天使の屍

貫井徳郎

角川文庫 11499

JN285584

I

郵便受けを覗《のぞ》いてみると、出版社からの画料明細書と一緒にチラシが入っていた。乱雑に郵便受けに押し込まれたチラシは、細かな字でびっしり埋め尽くされている。青木《あおき》はそれらを郵便物と共に無造作に摑《つか》み、エレベーターに乗った。

ケージの中で、郵便物の宛名《あてな》をひとつひとつチェックした。妻の美保子《みほこ》宛のダイレクトメールが一通あるだけで、後の宛名はすべて青木になっている。差出主のほとんどは出版社だった。月の初めなので、先月分の雑誌に描いたイラストの画料明細が届いているのだ。

エレベーターが六階に着き、ケージを降りる。廊下を右に進んで自分の部屋の前に立ち、ドアホンを鳴らした。すぐに「はい」と妻の声で応答があり、青木は「ただいま」とそれに応《こた》えた。

美保子はそれだけで青木の声を聞き取り、すぐに玄関に向かってきた。ぱたぱたというスリッパの足音が、ドア越しに聞こえる。開錠の音とともに、ドアが内側から開かれた。

「ただいま」

改めて言うと、美保子は「お帰りなさい」とにこやかに応え、青木のスリッパを揃《そろ》えた。青木は後ろ手に鍵《かぎ》を閉めてから、靴を脱いでスリッパに足を突っ込んだ。そのままダイニングルームに進み、手にしていたチラシを食卓に無意識に置いた。

「ご苦労様。お話はうまく進んだの？」

美保子の声が青木の背中を追ってきた。キッチンから話しかけているらしい。青木は振り向かずにそのままリビングのソファに坐《すわ》った。

「一応、オーケーだ。喜んでもらえたよ」

「それは良かった」

青木は今日編集者と会って、依頼を受けていたイラストを手渡したのだった。小説の単行本の表紙に使われるその絵は、青木もかなり気持ちを込めて描いたものだった。本文を読んで感じ取った、暗くはあるが底に青白い炎が仄《ほの》見えるような情念を視覚化するのに苦労した。苦労しただけ満足した仕上がりになり、青木としても自信作であった。編集者もひと目で気に入り、これが製本され店頭に並ぶときが楽しみだとも言ってくれた。

イラストレーターとしてそこそこ名前が知られ、頻繁に雑誌などに絵を描いている青木だが、特別に力を入れて描いたものを誉められれば嬉《うれ》しい。これが気に入ってもらえなければショックだということを出がけに美保子に漏らしていただけに、妻は編集者の反応を気にして青木に尋ねてきたのだった。

「お茶でも飲む？」

「ああ、頼むよ」

妻の言葉に、青木は口許《くちもと》を綻《ほころ》ばせて応えた。コーヒーを飲んできたばかりなので、日本茶を淹《い》れてもらえるのはありがたい。美保子は青木に亭主関白でいることを許すほど男に尽くすタイプの女ではなかったが、こうした場合の気配りには長《た》けている。十数年連れ添ってきて、幾度かつまらない口争いをしたことはあっても、妻に対して本気で腹を立てたことがないのは、自分が温厚な性格だからというよりも妻の明敏さに負うところが大きいのだろうと青木は考えていた。

いつもの習慣でテレビのリモコンに手を伸ばし、スイッチを入れた。ブラウン管には、芸能リポーターの差し出すマイクに囲まれたタレントの困惑顔が浮かび上がっている。違う番組はないものかと次々にチャンネルを変えていると、背後から「あら」と美保子の咎《とが》めるような声が聞こえた。

「ちょっと、お父さん。こんなところにこんなチラシを置いとかないでよ。そろそろ優馬《ゆうま》が帰ってくるんだから」

「何、どうした？」

なんのことだかわからず、青木は首《こうべ》を巡らせて美保子の方を見た。美保子は湯飲みをふたつ載せた盆を手にして、不愉快そうに眉《まゆ》を顰《ひそ》めている。美保子の視線の先には、青木が郵便受けから持ってきたチラシがあった。

「チラシがどうかしたか」

「どうかしたかじゃないわよ。これ、いやらしいビデオのチラシじゃないの」

「ああ、そうか」

青木は頷《うなず》いて立ち上がった。最近青木のマンションには、いかがわしいビデオのチラシが配られるようになっていた。通信販売で戸別売りをしているらしく、そうとは書かれていないものの これがいわゆる裏ビデオというものらしい。郵便受けにそれらが投函《とうかん》されるようになった当初こそ、ごみを投げ込まれているような不快感を覚えたものだが、最近ではなんとなく慣れてしまって気にしないでいた。先ほども郵便物にばかり目がゆき、自分が摑んでいるチラシがどういうものか見ようともしなかった。

美保子は、青木がそれをごみ箱にも捨てず、ダイニングテーブルに置きっぱなしにしていたことを怒っているのだ。

なるほど、チラシに書かれている言葉は、女性の美保子が読めば不愉快極まりないものだろう。男の青木でさえ、こんな言葉にそそられるのはいったいどういう類《たぐい》の人間なのだろうかと思う。女性を完全に物体としか見ていないようなフレーズが羅列されているそのチラシは、確かに無造作に部屋の中に放り出しておいてよいものではなかった。

「うっかりしてた。すまない」

青木は手を伸ばしてチラシを摑み取り、丸めてごみ箱に捨てた。そしてなんとなく手が汚れたような気がして、そのまま洗面所に行き石鹼《せっけん》で洗った。美保子の困惑が伝染したのか、青木もいささか不愉快な気分だった。だがそれはチラシに対しての憤りだけではなく、自分の無神経さへの腹立ちも含まれていた。仕事がひとつ片づいた安堵《あんど》から、配慮を忘れたというのは言い訳に過ぎない。美保子のように、常に優馬のことを念頭に置いているような真似《まね》が、青木はできないでいるのだった。気をつけなければならないと、青木は手を石鹸で擦《こす》りながら自戒した。

「いやね、あんなチラシ。自治会でどうにかできないのかしら」リビングに戻ると、美保子は苛立《いらだ》ったようにそう言った。「あたしが気づいたときは始末してるけど、絶対に優馬の目に触れないという保証はないでしょ。どうしたらいいのかしら」

「あまり神経過敏になることもないだろう。優馬だって馬鹿じゃない。あんなものを見て喜んだりはしないさ」

「でも、いい影響を与えるわけもないでしょ。優馬も中学二年なんだから、ああいうビデオを見たいと思ったっておかしくない頃よ。そうじゃない」

言われて青木は、自分が優馬の年頃にはどう感じていたかを、記憶の底から引っぱり出してみた。確かに中学も二年にもなれば、かなり色気づいていたような気もする。だが青木が子供の頃はビデオなど存在せず、興味の対象はもっぱら〝エロ本〟だった。それも自由に見られたわけではなく、誰かクラスのませた奴《やつ》がどこかから持ってきた物を、こっそり回し読みするのが関の山だった。初めて女性の裸が写っているグラビアを見たときは、頭に血が上って眩暈《めまい》すら覚えたものだった。

あの当時と比べたら、今の子供は考えられないほど大量の刺激を受けていることだろう。アダルトビデオなどが完全に市民権を得てしまった今、ただ裸の女の写真を見た程度では今日《きょう》びの中学生はなんとも思わないかもしれない。おそらく青木の子供の頃とは、感覚そのものに大きな相違があるように思われた。

「興味を持つこと自体はしょうがないだろう。みんなそうやって大人になっていくんだから。でも優馬は裏ビデオなんて見たりしないよ。もっと信用してやったらどうだ」

美保子は女親だけに、息子の性的成長が不安でならないようだった。最近事あるごとに、青木が若い頃はどうだったかと尋ねてくる。青木としては時代があまりにも変わりすぎたので、あまり参考にはならないだろうと思うのだが、美保子の心配ぶりを見ているとそう無下に切り捨てることもできない。心配しすぎの面もあるので、それを軽減してやるのが青木の務めだった。

「でもね、どうも最近あの子、自分の部屋でこっそりビデオを見ている様子なのよ。あたしがノックするとすぐに消すけど、ほら、テレビのブラウン管て、なんとなく点《つ》いてるのがドア越しにもわかるでしょ。あたしがノックするとすぐに消すなんてのは、親に見せたくないような物を見ている証拠じゃない。やっぱりテレビデオなんて買ってあげるんじゃなかったわ」

美保子は今年の誕生日に優馬に買って与えたビデオデッキ付きテレビのことに言及し、軽く嘆息した。湯飲みに手を伸ばし、両掌で抱え込んだものの、口に運ばずじっとそれに視線を据えている。青木はあえて軽い口調でそれに応じた。

「そうかもしれないけど、でもそれはしょうがないだろう。深夜のエッチな番組でも録画して見ているのかもしれないけど、せいぜいその程度のことだよ。そんなことまで咎めるわけにはいかないさ」

「男のあなたからすれば、なんとなく共感できるところがあるから心配もしないんでしょうけど、でもあたしには優馬の学校の成績が最近落ちてきたのは、変なことに興味を持ち始めたせいじゃないかと思えてしょうがないのよ。あなたも少しは考えてみてちょうだい」

「それこそ考え過ぎだよ。まったく関係がないとは思わないけど、むしろそんな理由だったとしたら一過性のことだから、なおさら心配する必要はないさ」

「だといいけど」

美保子はあまり納得いった様子ではなかった。それでも青木に強く言われると反駁《はんばく》の言葉もないのか、優馬についての話はそこで終わった。青木はお茶を飲み干してから、いったん自分の仕事部屋に戻るべくソファを立った。

部屋のドアの前に立ったとき、反対側の優馬の部屋を気にした。美保子が言うとおり、優馬が猥褻《わいせつ》な番組を見ているとしたら、ビデオテープにそれが残っているはずである。部屋には鍵がかからないから、優馬が帰ってこないうちにそれを確かめるのは簡単なことだった。

だが青木は軽く首を振り、その考えを頭の中から捨てた。いくら息子とはいえ、プライバシーを侵害するような真似はしたくない。最近優馬の態度に微妙な陰を見いだすようになっていただけに、息子との接触はより慎重でなければならないと、青木は自分に言い聞かせた。

2

　中学校から夕方に帰宅した優馬は、帰ってきたときこそむっつりと不機嫌そうに黙り込んでいたが、部屋に閉じ籠《こも》ってからしばらくして、夕食のために出てきたときには妙に弛《し》緩《かん》した表情になっていた。

　平素どちらかと言えば無口なたちで、あまり親との会話を楽しむ子供ではなかったが、それでも隔意があるわけではなかった。物事をじっくり考えてから発言するために勢い口数が少なくなるものの、決して陰気な性格ではない。むしろ浮ついたところがなく、中学二年にしては抑制が利いた性格をしており、青木はそんな息子を好ましく捉《とら》えていた。

　だから表情に乏しくても特に機嫌が悪いというわけではなく、そんな優馬の態度には慣れていたのだったが、今日の帰宅の際ははっきりと不機嫌そうな顔をしていた。真《ま》っ直《す》ぐに自室に籠ってしまい出てこないので、学校で何かいやなことでもあったかと漠然と推測していた青木だが、それだけに食卓に着いた優馬の、どこか焦点が定まらないような目つきには奇異な印象を受けた。

「どうした、優馬。疲れてるのか」

　声をかけても、優馬はすぐに返事をしなかった。自分の世界に没入しているように反応が鈍く、青木が再度声をかけてようやく顔を振り向けた始末だった。

「ああ、大丈夫だよ。元気だ」

声までも何やら茫洋《ぼうよう》としている。心ここにあらずといった感じで、青木の呼びかけに応《こた》えるのが面倒臭そうであった。

最近の優馬は、いつもこのような感じだった。勘ぐり過ぎなのかもしれないが、美保子に対してよりも自分への態度の方が若干よそよそしい気がする。愚鈍とは言えない息子だから、父親に対して漠たる違和感を覚え始めているのかもしれない。青木がそんな印象を受けるということは、同時に優馬も同じような感覚を覚えているのであろうから、気のせいとして見過ごしてしまうのはあまりいいこととも思えなかった。それが最近の、青木の密《ひそ》かな悩みであった。

「今日は部活があったわけじゃないんでしょ」

青木たちの会話を聞きつけた美保子が、キッチンから料理を運びながら口を挟んできた。その問いかけに対しても優馬は、何やら不自然な一拍をおいてから、「うん」と応じた。やはり何か考え事をしているようだった。

青木も仕事のことで、食事中も意識がそちらに引っ張られているということはよくある。そんなときにはあまり話しかけて欲しくはないもので、優馬もまたなんらかの思索中であるのならば傍《はた》からやいやい問い詰めるのも迷惑であろう。なんとなく気がかりではあったが、それきり放っておくことにした。

青木はテレビのリモコンに手を伸ばし、映っているニュース番組の音量を下げた。青木の家では、食事時は必ずニュースを見ることになっている。一日に幾度もない、家族全員が揃《そろ》う時間であったが、だからこそ逆にニュースでも見て共通の話題を持たないことには、話すことに変化がなく会話が途切れてしまうからだった。その番組の音量を下げたのは、むろん優馬の邪魔にならないようにするためだったが、優馬自身はそんなことにはまるで気づいていないようだった。

料理を配膳《はいぜん》し終えた美保子は、さすがに母親らしく目敏《めざと》く優馬の変調を見て取った。

「どうしたの、優ちゃん。熱でもあるの」

なるほど言われてみれば、優馬は熱に浮かされているかのようでもある。改めて優馬の顔を見つめたが、息子はやはりどこか上《うわ》の空の態度で、「大丈夫だよ」と答えただけだった。

「大丈夫なの？　なんだかポーッとしてるじゃない。風邪でもひいたんじゃないの」

「大丈夫、大丈夫。至って健康だよ。健康そのもの」

優馬は唄《うた》うように言った。それは普段の寡黙な優馬には似合わず、どこか上機嫌そうですらあった。帰宅の際に見せていた不機嫌な顔は、何かの間違いかと思わせるほどだった。

「そう。それならいいけど。具合が悪いなら早めに薬を服《の》みなさいよ」

なおも心配げに言い募る美保子に、優馬は「うん、わかった」と素直に答えた。改めて青木は、優馬はやはり考え事をしているのだろうと見做《みな》した。それもどうやら、何か楽しげなことらしい。取り立てて心配することもあるまいと、食事に取りかかることにした。

今日の献立は優馬の好きな鮭のムニエルにクリームソースをかけたものだった。スポーツが苦手な優馬は、子供には珍しく肉類をあまり好まず、むしろ魚を喜んで食べる。そのせいか体格は瘦《や》せぎすで一見もやしっ子のようだったが、骨格そのものは強く、これまで一度も骨折の経験がない。だがそんな好物が食卓に並んでいるにもかかわらず、今日の優馬はあまり食欲がなさそうだった。いたずらに鮭に箸《はし》をつけるだけで、ちっとも食が進んでいない。見かねた美保子が再度、「やっぱり具合が悪いんじゃないの」と尋ねたが、やはり優馬は「心配ない」とあっさり親の心配を否定するだけだった。

「学校の帰りにジュースを飲んだんで、あんまりお腹が空いてないんだ。食べたいんだけどさ」

「そう。じゃあ残しといて、また後でお腹が空いてきたら食べる？」

「ああ、そうしようかな」

優馬は頷《うなず》き、麦茶に手を伸ばした。食が進まない分、先ほどから優馬は麦茶ばかり飲んでいる。そんな優馬がどこか気にかかったが、青木は何も声をかけられないでいた。

ちょうど会話が途切れたときだった。アナウンサーの声がそこに割り込むように響き、青木の耳に飛び込んできた。山梨の中学校で、いじめを苦に自殺した生徒が出たという報だった。

最近このようなニュースが、ふた月に一度は伝えられているような気がする。学校教育が荒廃しているという話は知識として知っていたが、優馬の通う学校は生徒の自主性を重んじる校風のせいか、そうした陰湿な風潮からは奇跡的に免れているので、どこか他人事《ひとごと》のようにしか受け止められないでいた。子供がストレス故に、お互いに傷つけあっている図など、考えただけでぞっとする。優馬は苛《いじ》める側にも苛められる側にも回らずに、このまま真っ直ぐ育って欲しいものだと青木は考えていた。

だから青木が優馬に話を振ったのには、深い意味などまるでなかった。ここ最近の、優馬の自分への態度に混じる微細な陰や、先ほどからのどこか奇妙な様子が、青木にその質問をさせたのだった。

「優馬、お前の学校ではこんなことは起こらないよな」

すると優馬は、なぜかひどく忌々《いまいま》しそうに顔を歪《ゆが》め、吐き捨てるように言った。

「苛められて自殺する奴なんて、馬鹿だよ」

その語調は、先ほどまでの茫洋とした受け答えとは打って変わって、質問した青木がびっくりするほど強かった。優馬の口振りには、はっきりとした軽蔑《けいべつ》の意思が表れている。優馬が他人に対し、このような言辞を吐くのを聞くのは、親である青木も初めてであった。

「死んだ子だって、自殺したくて自殺したわけじゃないだろう。かわいそうじゃないか」

優馬が明らかな弱者に対して辛辣《しんらつ》な意見を口にしたのは、青木にとって軽いショックだった。優馬がいじめとは無縁だからといって、被害者への同情心のかけらも持ち合わせていないのは意外であった。優馬の発言はむしろ、苛める側の論理に近いもののように思われた。

「自分が弱いから苛められるんだ。苛められたくなければ、自分が強くなればいい」

「おいおい、優馬。それができないから、自分で自分の命を絶つほどにまで思い詰めるんじゃないか。そんな言い方はないだろう」

優馬は学校での成績も良く、常に学年で五番以内の順位に入っている。別にそのこと自体に文句があろうはずもなかったが、好成績を収め続けているうちに優馬が、どこか高慢なエリート意識を持つに至っていたのならば問題である。他人を自分より下に見て、それを容赦なく切り捨てて顧みないような人間に育っていたのだとしたら、親としては看過し得ない事態であった。やはり優馬は虫の居所が悪く、あまり考えもなしに辛辣なことを言っているのだと信じたかった。

「死ぬほどの勇気があるなら、正面からいじめに立ち向かえばいいじゃないかってことだよ。死ぬ気になれば、なんだってできるはずでしょ」

「……まあ、そうだな」

「そんなつまんないことなんかで死んで、どうするんだよ」

優馬はテレビ画面に目を据えたまま、自殺した見知らぬ相手に話しかけるように呟《つぶや》いた。青木はもっと言葉を重ねて優馬の真意を問い質《ただ》したかったが、息子の表情はそれ以上の対話を拒否するように引き締められていた。優馬もまた、いじめに対して強い憤りを覚えているのだと、青木は好意的に解釈することにした。

どこかいつもとは違う夕食を終え、優馬は自室に帰っていった。美保子は青木の顔を見つめ、「どうしたのかしら」と不安げに言った。青木は応える言葉を持たず、ただ首を傾《かし》げることしかできなかった。息子の変調に対する心当たりは、たったひとつしかなかった。

その三十分後に、優馬はコンビニエンスストアに文房具を買いに行くと言って部屋から出てきた。リビングで寛《くつろ》いでいた青木は、「行ってらっしゃい」とだけ声をかけて送り出した。優馬は珍しく大きな声で「行ってきます」と言葉を返し、玄関から出ていった。

それが青木が耳にした、優馬の最後の言葉だった。

3

出ていった優馬は、三十分経っても戻ってこなかった。青木一家が住むマンションから一番近いコンビニエンスストアまでは、歩いてもせいぜい六、七分くらいの距離である。用を足して真っ直ぐに帰ってくるのならば、こんなに時間がかかるわけはなかった。

「遅いわね、優ちゃん」

先に懸念を口にしたのは、青木ではなく美保子だった。汚れた食器を洗い終えた美保子は、壁掛け時計を見上げて不安げに言った。出版社から送られてきた文芸雑誌を斜め読みしていた青木も、実は少し遅いなと考えていた。だが時刻はまだ九時だし、女の子でもないのだからと、口に出してまで心配はしていなかったのだった。

「雑誌でも立ち読みしているんじゃないか」

美保子がひとり言で言ったのだということはわかっていたが、青木は雑誌から顔を上げてその言葉に答えた。美保子の顔に目を転じると、妻はいつになく落ち着かなげな表情をしている。最前の優馬の奇妙な態度を考え合わせて、胸の内で不安を膨らませているのだろう。

「そうかしら。それならいいけど」

「もしそうじゃないとしたら、友達にでもばったり会って喋《しゃべ》ってるんじゃないか。もうそろそろ帰ってくるだろ」

「そうよね」

美保子は相槌《あいづち》を打つというよりも、自分に納得させるようにそう言って頷いた。それでも何か胸騒ぎがするとばかりに、キッチンとリビングを忙しく往復している。目でその様子を追うと、取り立ててしなくてはならないことがあって動き回っているのではなかった。そうしていなければいられないほど、優馬の帰宅の遅れが気にかかっているようだった。

確かに優馬は夜の外出などしたことがなく、まれにコンビニエンスストアに行ったとしても用を済ませてすぐに戻ってくるのが普通だった。出ていったきり三十分も帰ってこないことなど、今日が初めてであった。

それだけに青木も、心配する気持ちがないわけではなかった。だが優馬ももう十四歳になったわけだし、そろそろ親の干渉を嫌い始める年頃である。もともと青木はこれまでも息子と距離を置いた接し方をしてきたのだが、優馬が年齢を重ねるにつれ、それはよりいっそう慎重さを増してきていた。そのために、心配だからといって、中学二年の息子が九時を過ぎても帰ってこないと騒ぐような真似もしかねた。

落ち着けよ、と美保子に声をかけることもできず、さりとて妻と同じように不安をさらけ出して動き回ることもできず、青木はただ雑誌の誌面と壁掛け時計に視線を何度も往復させていた。最初は漠たる不安でしかなかったが、美保子のばたばたとした足音を聞いているうちにそれはどんどん増殖していった。それでも青木は立ち上がったりはせず、あと二分もすれば帰ってくるだろうと自分に言い聞かせ、じっと時計の秒針を睨《にら》み続けた。最初の二分が過ぎてしまえばさらに二分、その二分も過ぎればもう二分と、自分をごまかすように優馬の帰宅を待ち続けた。そんないらいらする時間を過ごしているうちに、時刻はついに九時半になっていた。優馬が出ていってから、かれこれ一時間になる。

「あたし、ちょっとコンビニを見てくる」痺《しび》れを切らしたのか、ついに美保子がそう言い出した。「すぐそこに行ったにしては、あまりにも遅すぎるわ。交通事故にでも遭ったのかもしれない」

「事故」

何か変わったことが起きたために優馬の帰宅が遅れているのだろうとは思っていたが、事故の可能性までは考えていなかった。このマンションからコンビニエンスストアまでの道は、さして車の交通量も多くない。交通事故の可能性など、念頭にはなかった。

「おれが行ってくる」

青木はろくに見ていなかった雑誌を抛《ほう》り投げ、立ち上がった。優馬を捜しに行った妻の帰りを待って、ひとりぽつんとソファに坐《すわ》っているのなどまっぴらだった。

「あたしも行くわよ」

妻は硬い顔で言ったが、青木は首を振ってそれを押しとどめた。

「駄目だよ。優馬から電話でもあるかもしれないじゃないか。どっちかが家にいないと」

「じゃあ、あたしが行くわ」

「いや、おれが行く」

強く言うと、美保子はそれ以上反駁《はんばく》はしなかった。「なら、お願い」とじれったい気持ちを無理に抑えているような声で言い、切なげにまた時計を見上げた。

「なに、心配することもないよ。その辺で友達とお喋りに熱中しているんだろう。事故だったらとっくに連絡が入ってるさ」

「だって連絡先を示すような物を持ってないかもしれないじゃない」

「この近所だったら、誰かが顔を見てすぐにわかってくれるはずだ。いや、そんな不吉なことを言うのはやめよう。大丈夫だよ、ただちょっと時間を忘れているだけだ」

「そうならいいけど……」

三十分前と同じ台詞《せりふ》を美保子は口にしたが、今度は納得した様子は見られなかった。青木は顔を引き締め、「行ってくる」とだけ短く言って玄関を出た。

十月の夜ともなれば、空気はかなり冷え込み始めていた。エントランスを出たとたんに、何か上着を羽織ってくればよかったかと考えたが、またエレベーターで六階に戻る気にはなれなかった。そういえば優馬も、それほど厚着をしていたわけではなかったなと唐突に思い出した。上着もなしに一時間も表にいるのは、さぞかし体が冷えることだろう。その考えはまた、青木の不安をよりいっそう煽《あお》り立てた。

早足でコンビニエンスストアまで辿《たど》り着き、ガラス越しに店内を見渡した。ガラス側に面した雑誌の陳列棚の辺りには、若い男が何人か週刊誌の立ち読みをしている。だがその中に優馬の姿はなかった。

その後ろの棚の陰にも、何人かの人たちの頭が見えた。だが顔は棚に遮られて確認できない。青木は通り過ぎながら横目でそれらを見て取り、店舗の入り口のガラスドアを押した。

いらっしゃいませ、と誠意の籠《こも》らない義理の挨拶《あいさつ》をする店員の前を横切り、棚の間の通路に目を向けた。一列目では、高校生くらいの女の子がふたり、シャンプーの棚に顔を近づけて何やらくすくす笑っていた。次の列では、むさ苦しい格好をした大学生のような男がひとり、スナック菓子を物色している。そして最後の列、店舗の一番奥になるコーナーには、客の姿は見えなかった。

「いない……」

思わず声に出してしまった。優馬はここで時間を潰《つぶ》していたわけではないのだ。ではやはり、最初に青木が考えたように、どこかで友達とお喋りでもしているのか。マンションからここに来る途中では見かけなかったから、ここから先のどこかに行ったのだろう。行くとしたら駅の方角か。

青木は踵《きびす》を返し、店を後にした。来た方角とは逆に進路を取り、駅前の商店街に向かう。どこに行くという当てがあるわけではなかったが、自然青木の足は速くなっていた。だがそれと同時に、左右に目を配ることも忘れない。マンションのエントランスや公園などは、中学生が坐り込んでお喋りをするには適した場所のはずだった。

青木は駅までの最短経路ではなく、あえて遠回りをして近くの小さな児童公園にも足を向けた。ブランコと滑り台と砂場しかない、三十坪弱ほどの小さな公園である。それでもそこで遊ぶ幼児がいなくなる夕方頃には、制服を着た中学生が屯《たむろ》しているのを幾度か見かけたことがあった。そのことを思い出したので、青木は念のためにそちらに足を向けたのだった。

進んできた道を右に曲がると、視界に公園が入ってきた。だが公園は白々とした街灯の明かりに照らされているだけで、人影はひとつとして存在しなかった。昼間は子供たちの声に満ちている公園が、街灯の明かりの下では妙に寒々しく青木の目に映った。

ならばやはり駅の方か。青木は来た道をとって返し、駅前へと急いだ。駅のそばには一件だけゲームセンターがある。優馬は夜にそんな場所に出入りするような子供ではなかったが、こんな時間に中学生が行く場所など他にひとつとして思い当たらなかった。

結局駅前まで行き着き、ぐるりと見回して優馬がいないことを確認してから、ゲームセンターに入った。だがそこに客の姿は少なく、店舗の中をうろうろしなくとも入り口付近からすべて見渡すことができた。大学生から社会人と見受けられる年格好の若者が三人ばかり、つまらなさそうにゲームをしているだけで、優馬の姿はない。優馬と同年代の子供も、ひとりとしていなかった。

もしかしたらすれ違いになっているかもしれない。優馬がゲームセンターにいなかったことを確認した瞬間に、不意に希望が胸に兆した。電話をかけて確認してみようと思い立ったが、その一瞬後には自分が財布を持ってこなかったことに気づいた。青木は自分の迂《う》闊《かつ》さに、舌打ちをしたい気分だった。

ゲームセンターを出て、自宅へと戻ることにした。それでも先ほどとは違う経路を辿《たど》り、もう一度優馬の姿を捜しながら帰ることにする。同じ道を通ってのこのこと家に帰る気にはなれなかった。

ふと、遠くの方からサイレンのような音が聞こえてきた。パトカーのサイレンではない。遠いのでよく聞き取れないが、それは救急車のようであった。その微《かす》かな音がまた、青木の不安を膨れ上がらせた。

駅前を離れて二分ほど歩くと、今度は何やら喧噪《けんそう》が聞こえてきた。この時間にしては大きなざわめきである。青木はその声につられるように、足をそちらの方向へ向けた。進むにつれて、人々の声は大きくなってくる。声の方角には、いささか古ぼけたマンションがあった。どうやら人の声は、その周囲から聞こえてくるらしい。

角を曲がって問題のマンション前が見通せるようになった。一方通行の道に、二十人ばかりの人だかりができている。遠目だが、中には制服警官も混じっているのが見て取れた。何が起きたのか。

青木は無意識に駆け出し、その人だかりの一番後ろに辿り着いた。少し走っただけで息が切れる。呼吸を荒げて人垣の後ろから前を覗《のぞ》き込むと、警官に視界を塞《ふさ》がれた。

「はい、下がって、下がって」

警官は横柄に言いながら、青木も含めて立っている人たちを遠ざけようとした。だがたった数人の警官でそこにあるものを隠しきれるわけもなく、青木は少し首を傾けただけで警官の背後に横たわっている存在を見ることができた。

地面に倒れ伏しているのは、人間だった。

最初青木は、それをマネキンかと思った。それほど不自然に首が折れ曲がっていたのだ。だがマネキンでないのは一目瞭然《りょうぜん》だった。その折れ曲がった首の下には、赤いというよりも黒い血がたっぷりとこぼれていたからだ。

「飛び降りだってよ」

駆けつけてきた青木に教えるように、すぐ前に立っていた初老の男が言った。男はどこから飛び降りたのか確認するように、上を見上げた。つられて青木も目を天に転ずる。マンションの屋上は、遥《はる》か彼方《かなた》にあった。

青木はもう一度倒れている人に視線を戻す勇気がなかった。おそらく事切れているであろう投身者の服には、見憶《みおぼ》えがあるような気がしたのだ。そんな馬鹿なことがあるわけない、青木は自らの記憶を否定したかった。だがそんな現実逃避がいつまでも続くわけもなく、自分の意思に逆らって視線は徐々に下がってきた。ふたたび横たわる人体を視界に収めたとき、青木の喉《のど》からは意識せぬ絶叫が迸《ほとばし》り出ていた。

「優馬――優馬！」

4

青木は夢中になって人垣を掻《か》き分け、優馬に縋《すが》りつこうとしていたようだった。それを制服警官に制止され、ようやく自分の行動に気づいた。だが、それと同時にカッと頭に血が上るのを抑えることはできなかった。

「どうして止める！　あれはおれの息子だ！」

警官を突き飛ばさんばかりに押しのけ、倒れ伏す優馬の横に跪《ひざまず》いた。膝《ひざ》にはたちまち粘液質の血が沁《し》みてきたようだったが、そんなことはまったく気にならない。地面に片頰《かたほお》を付けたままの顔を起こしてやり、優馬であることを確認しようという意思だけが、今の青木を動かしていた。

「駄目だ、勝手に触っちゃ」

背後から大声で怒鳴られ、肩を掴《つか》まれた。不意を衝《つ》かれて、青木は尻餅《しりもち》をついた。ピシャリ、と尻の下で液体の撥《は》ねる音がした。

「どうしてだ！　これはおれの息子だぞ！」

とてつもなく理不尽なことを言われたように、頭の中が怒りで真っ赤になった。今自分の目の前で、優馬が血塗《ちまみ》れになって倒れているのだ。早く助けなければ優馬が死んでしまう。それをどうして妨げようとするのか。邪魔をする奴は、いくら警官といえども容赦しない。

「あなたがこの人の父親なのですね」

青木の大声に負けないように、警官もまた声を張り上げてそう問うてきた。

「そうだよ！　さっきからそう言ってるじゃないか！　邪魔しないでくれ！」

「ならば勝手に触らないで、ちゃんと確認をしてください。間違いなく息子さんなんですね」

肩を強く掴まれて、そのまま言葉とともに揺すられると、少し冷静さが戻ってきた。警官の手を借りてようやく立ち上がり、今度は上体を屈《かが》めて顔を覗き込む。地面に右半分を付けたままの顔だったが、そのままの姿勢でもそれが誰なのか見間違えることはなかった。

紛れもなく、それは息子の優馬だった。

改めてそれを確認すると、今度は脳裏が真っ白になった。網膜に結ぶ像を脳が受けつけようとせず、自分がいったい何を見ているのか判然としなかった。そこに優馬が血塗れで倒れているのはわかるのだが、それが意味するところがさっぱりわからない。自分が何をすべきなのかも、まるで判断がつかなかった。

「間違いないですか」

今度は優しい声で警官は尋ねてきた。青木の呆然《ぼうぜん》とした様子から、間違いがないことを悟ったのだろう。肩を軽く叩《たた》くと、脇《わき》の下に手を入れて青木の上体を起こしにかかる。青木はされるがままに、ただ人形のようにそれに従った。

墜落現場から少し離れた、パトカーが停まっている辺りに連れていかれた。そこで改めて、倒れているのが身内であるかどうかを尋ねられた。青木は言葉を発せず、ただ子供のようにこくりと頷《うなず》いた。視線は貼《は》りつけられたように、どうしても優馬から離せずにいた。

「——大丈夫ですか、しっかりしてください」

強く言われて、ようやく青木は我に返った。何かを言われていたようだが、まったく耳に入ってきていない。警官は同情心を露《あらわ》にしたような沈鬱《ちんうつ》な表情で、辛抱強く同じことを尋ねてきた。

「あなたの奥さんであるとか、緊急に連絡する必要がある方はいませんか」

「妻に、妻に知らせないと……」

譫言《うわごと》のように言うと、自分が小銭もテレホンカードも持っていないことを唐突に思い出した。美保子にこのことを伝えようにも、自分はその手だてをまるで持ち合わせていないのだ。それが大変な失態のように思われ、胸郭《きょうかく》が強烈な自責の念に圧搾《あっさく》された。

「ここに電話があります。もしよろしければ、お使いください」

警官はパトカーの中から携帯電話を取り出して、青木に差し出した。反射的に受け取ったはいいものの、どうするべきなのかとっさには思いつかない。見かねた警官が、「ご自分では電話できませんか」と気を利かせた。

「なんなら、私が代わってご連絡しましょうか」

「いえ、けっこうです。自分でできます」

青木は改めて電話を握り直し、ボタンをひとつひとつゆっくりと押した。優馬の身に起きた変事を美保子に伝えるのは、絶対に自分でなければならなかった。

コール音は、たったの一度だけしか鳴らなかった。すぐに回線は繋《つな》がり、縋《すが》りつくような美保子の声が届いてきた。

「おれだ」

なんと言っていいかわからず、青木はまずそれだけを言った。

「ああ、あなた」

安堵《あんど》と失望が混じっているような、複雑な声を美保子は発した。息子からの電話でなかったことを失望しつつも、優馬が見つかったという報を待ち侘びる気持ちがそこに錯綜《さくそう》しているのだろう。呆然とした頭であるにもかかわらず、なぜか妻の心境は手に取るように理解できた。

「気を確かに持って聞いてくれ」

「えっ」

「優馬が死んでる」

早口に言うと、電波の向こうからは深い沈黙が伝わってきた。言葉が届かなかったかと青木は、改めてもう一度同じ台詞《せりふ》を繰り返した。二度口にすると、それが事実であることが体の芯《しん》に沁みいるように実感されてきた。

「……どういうこと」

美保子の声は、瞬時に潤いをなくしたように嗄《しわが》れていた。青木は機械的に、ごく淡々とその質問に答えた。そうしなくては、これ以上会話を続けられそうになかった。

「駅に行くときにいつも通る道から少し逸《そ》れたところに、古いマンションがあるだろう。ポストがあるところのちょっと先の、八階建てくらいのマンション。あそこの上から、優馬は落ちたらしいんだ」

飛び降りた、とは言わなかった。自殺のわけはないと、とっさに考えたからだ。これは事故だろう。それ以外の何物でもない。

「今、警察の現場検証が行われている。すぐに来てくれ」

「ねえ、あなた。それ、たちの悪い冗談じゃないのよね」

「冗談ならどんなにいいか……」

自分の言葉に、青木は絶句した。本当に冗談であってくれれば……。これは何もかも優馬が仕掛けた悪ふざけで、今すぐにでも「なんちゃって」などと言いながら起き上がってくれないものか。他人を馬鹿にした低劣な冗談だとしても、今回ばかりは怒らないで許してやる。誰か、これは冗談だと言ってくれ――。

「すぐに来てくれ。頼む」

懇願するように言って、青木は返事も待たずスイッチを切った。もうこれ以上、美保子に事実を伝える役目に耐えられそうもない。このまま現実から目を逸らして、またこれまでどおりの日常生活に戻りたかった。

少し離れて立っていた警官が戻ってきて、青木から携帯電話を受け取った。礼を言って頭を下げると、先ほど聞こえた救急車のサイレンがずいぶん近くに来ていることに気づいた。目的地はここなのだろう。優馬をどこに運ぼうというのか。

警官は携帯電話をふたたびパトカーの中に戻すと、それきり青木に声をかけてこようとはしなかった。他の警官も、野次馬の整理に専念するだけで青木を顧みようともしない。皆、息子を失ったばかりの父親に気を使ってくれているのか。それとも愁嘆場《しゅうたんば》に近づくのを恐れているのか。

やがて人垣越しに、近づいてくる救急車が見えてきた。警官が野次馬を押しのけ、車が通れる道を作る。救急車はパトカーの後ろで停まると、後部ドアが開いてそこから白衣の隊員がふたり飛び出してきた。

担架を持った隊員は、横たわる優馬の傍らの、血で汚れていない場所でそれを広げた。ひとりが優馬に近寄り、顔や手を触って検分している。まだ息があるかどうかを確かめているのだろう。隊員はその作業をすぐに終えると、警官と何やら話を始めた。運んでいいものかどうか、相談しているようだった。

救急車に続くように、二台のパトカーがやってきた。そこからバラバラと降りてきたのは、背広を来た男たちである。所轄署の刑事のようだった。その刑事を交えてまた相談が始まり、しばらくすると救急隊員がそこを離れて、ふたたび優馬に近寄った。

ふたりで優馬の前後を持ち上げ、担架に乗せる。純白の担架が血で汚れたが、隊員たちはいっこうに頓着《とんちゃく》しなかった。てきぱきと機械的に作業を終えると、担架を担いで救急車まで運び始めた。

ちょうどそのとき、人間の声とは思えない奇声が周囲に響き渡った。青木がそちらに目をやると、口許を両手で押さえている美保子が見えた。美保子はしばし、我が目を疑うようにそこに立ち尽くしていたが、優馬が救急車に入れられようとした瞬間に動き出し、大声を上げながらそこに駆け寄った。

「優ちゃん！　優ちゃん！」

美保子は担架の上の優馬にのしかかり、そのまま倒れてしまいそうな勢いだった。青木はとっさに動いて、後ろから美保子の肘《ひじ》を摑んだ。そのために美保子は、右手だけで優馬に触れた。

「優ちゃん！　優ちゃん！」

救急隊員は暫時《ざんじ》動きを止めたが、美保子が青木に引き留められたのを確認すると、ふたたび動き出してしずしずと救急車の中に入っていった。美保子は半狂乱になってなおも優馬の名を叫び続けている。その分青木は冷静さを取り戻し始め、強く妻の肘を握り続けた。

「ご一緒に、どうぞ。我々も後ろからついていきますので」

背後から声が聞こえ、振り向くとそこには刑事らしき四十年輩の男が立っていた。刑事は青木と目が合うと、軽く頷いて目で救急車を指し示した。

「どうぞ、一緒に乗ってください。いったん病院に向かいます」

「そうですか」

青木は軽く頭を下げて、美保子の肩を抱くようにして救急車に近づいた。刑事もまた、それに会釈で応える。刑事の目は、取り乱した美保子を痛ましげに見ていた。

隊員の指示で、救急車の中のベンチに腰を下ろした。すぐ目の前には、ベッドに乗った優馬の体が横たわっている。頭部には傷口を隠すための白い布が被《かぶ》せられていたが、それは死者の顔を覆う儀礼のようにも見えた。

後部ドアが閉まって車が動き出すと、美保子はとたんにおとなしくなった。同時にうなだれてしくしくとしゃくり上げ始め、車内は沈鬱な雰囲気に包まれた。優馬の枕許に控えた隊員も、ひと言も言葉を発しなかった。

五分ほど走って、最寄りの救急病院に到着した。そこでいったん降り、優馬の体は担架ごとどこかに運び込まれた。おそらくは完全に事切れていることを、もう一度医師が確認するのだろう。その後はいったいどうなるのか。

後続のパトカーからも、数人の男たちが降りてきた。その中の先ほど声をかけてきた刑事が近寄ってきて、ロビーのベンチに腰かけるよう促した。青木は静かに涙を流し続ける美保子を抱いたまま、それに従って腰を下ろした。

「このたびは、大変なことになりました。衷心《ちゅうしん》よりお悔《くや》み申し上げます」

青木たちのひとつ前のベンチに坐《すわ》った刑事は、身を捩《よじ》ってこちらに顔を向け、頭を下げた。青木は言葉もなく、それに低頭して応《こた》える。刑事は青木と視線を合わせないまま、言葉を続けた。

「残念ながら、息子さんは完全に事切れていました。ですのでこの後は、一応変死ということで行政解剖の対象となります。この病院では解剖はできませんので、大塚《おおつか》の監察医務院というところに運ばれることになります。ご了承ください」

「解剖、ですか」

思いも寄らなかった言葉を聞かされ、青木はただ呆然と繰り返した。優馬の体が、容赦のないメスによって切り刻まれる。その事実は、ある意味で優馬の死を受け入れるより耐え難いことであった。

「お父さん、お母さんからも、いろいろとお話を伺うことになると思いますが、それは後ほど席を移してからになります。辛《つら》いところにいろいろ不躾《ぶしつけ》なことを尋ねるかとは思いますが、なにとぞご勘弁を」

「……いえ」

「では、そういうことで」

刑事は言うと、仲間たちが屯《たむろ》する玄関先へと戻っていった。何やらそこで、こちらに聞こえない声で相談を始める。青木はその会話の内容にまったく興味が持てなかった。

「……どうして、どうして優馬が解剖なんかされるの？」

自失状態と思われた美保子の耳にも、今のやり取りは届いていたようだ。理不尽なことを聞かされたとばかりに、切れ切れにそれだけを尋ねてくる。青木はきつく美保子の肩を抱き、一語一語嚙《か》み締めるように言葉を吐き出した。

「優馬は、死んでしまったんだ」

言葉と同時に、涙が溢《あふ》れた。

5

刑事の言葉どおり、優馬の遺体は大塚の監察医務院に搬送された。青木たちはそれについていくことが許されず、刑事に伴われて警察署へと移動した。警察署では殺風景な応接室に案内され、そこで優馬が家を出ていく直前の様子を根掘り葉掘り訊《き》かれた。放心状態の美保子はろくに受け答えができず、質問に応じるのはもっぱら青木であった。

刑事は自殺の可能性も示唆し、心当たりはあるかと尋ねてきた。だが青木には、優馬が自殺したとはどうしても思えず、当然のことながら心当たりなどは皆無だった。事故に間違いないから、現場の状況を詳しく調べてくれと、逆に青木の方から刑事に懇願したほどであった。

小一時間ほどで聴取は終わり、帰宅を許された。優馬の遺体は明朝に帰されるという。明日からは葬儀の準備に忙殺されるのだろうと、青木は疲れた頭で漠然と考えた。

覆面パトカーで送られてマンションに帰り着くと、なぜか数時間前に後にしたばかりの家がひどく閑散として見えた。気温が低いせいか、どこか寒々しい印象がある。優馬の存在が欠けているためだと、青木は悄然《しょうぜん》とその事実を認めた。

青木に引きずられるようにして帰り着いた美保子は、ソファに倒れ込むとふたたび泣き出した。涙も涸《か》れるなどという表現があるが、あれは嘘《うそ》だなと、妻の姿を見ながら青木は考えた。たとえ体の中から水分が涸れ果てようとも、それでも涙は出てくるものだ。美保子の涙はいくら泣いても涸れることはないだろうと思われた。

青木自身も、もはや二度と立ち上がることすらできないのではと思えるほどの、言いしれぬ脱力感に襲われていた。気づかぬうちに自分が悪夢の中にさまよい込み、魘《うな》されて身《み》悶《もだ》えしているかのような非現実感がある。夢ならば醒《さ》めて欲しいと、顔を覆って幾度も頭の中で唱え続けた。

改めて、なぜこんなことになってしまったのかを考える。刑事は自殺の可能性を仄《ほの》めかしていたが、それは断じてあり得ないように思えた。なぜならば優馬は、家を出ていくほんの三十分ほど前に、「自殺する奴なんて馬鹿だ」と言っていたばかりだったからだ。その優馬が、それこそ舌の根も乾かぬうちに自ら命を絶つとはとうてい考えがたかった。

では事故か。しかし事故としても、どうして優馬はあんなマンションの屋上に上ったのか。あそこに知り合いがいて、屋上でふざけているうちに落ちてしまったのか。優馬はそれほど軽率な子供ではないはずだが、それでも可能性としては他に考えられなかった。

納得がいかない。改めて考えてみて、すべてが納得できなかった。どうして優馬が死ななければならないのか。優馬はまだ十四歳でしかなかったのだ。そんな子供が、どうして命を落とさねばならない。なぜ両親より早く他界しなければならないのだ。絶対に、こればかりは絶対に納得しかねた。

突然に、いても立ってもいられない、激しい衝動を覚えた。この理不尽な思いを、このまま胸に抱えて坐り込んでいることはどうしてもできない。なぜならば優馬は、たとえ血が繋がらなくても青木の息子であったからだ。息子の死を前にして、父親がめそめそと泣いているわけにはいかない。優馬の死の原因を己《おのれ》の手で究明しないことには、自分が父親であることに失格を宣告されたも同然のように感じられた。

優馬は自ら命を絶ったのか。もしそうであるならば、何にそれほどまでに追いつめられていたのか。その悩みは、己の死という形でしか解消し得なかったのか。なぜ親に相談してくれなかったのか。

青木は立ち上がり、優馬の部屋に向かった。美保子は依然、ソファに突っ伏して泣き続けている。憐憫《れんびん》の思いが強く青木の心を揺さぶったが、今はどんな言葉も無力であることを痛いほど悟っていた。自分自身もまた、何も言って欲しくなかったからだ。

優馬の部屋の前に立ち、今日一度ここに入ろうかと考えたことを思い出した。もしあのとき、優馬のプライバシーを侵しても部屋に入り込んでいたなら、自分は何かを発見していたのだろうか。もしそうしていれば、優馬の死を未然に回避することができたのか。そう考えることは、青木に強烈な後悔の念をもたらした。天を仰ぎ声を上げたいほどに、それは青木の体を容赦なく締め上げた。

ドアを開けると、ほんのわずかだが優馬の気配のようなものが残っていた。おそらくここは、優馬の十四年間の人生のうち、最も多くの時間を過ごした空間なのだ。主がこの世から去ったとはいえ、その温《ぬく》もりが残っているのは当然だった。青木はその発見に、またしても涙を誘われた。

しばし立ち尽くして落涙の衝動に耐えていると、やがて机の上のメモ片に視線の焦点が結び始めた。近寄って手に取ると、そこには優馬の字で簡潔な文章が記されていた。《何もかもいやになった。絶望だ》。殴り書きのような字で、優馬は書き綴っていた。

これは遺書なのか。鈍い衝撃を後頭部に受け、青木は何度も何度も短い文面を読み直した。そこに書かれている言葉の意味そのものは単純であるが、だが真意はまったく摑《つか》めなかった。絶望だ、と優馬は言う。だが十四歳の子供が、いったい何に絶望していたのか。何もかもいやになったとは、どういうことなのか。

親の目から見た限りでは、優馬は粘り強く、簡単に物事を諦《あきら》めるような性格ではなかった。熟考に熟考を重ね、そして行動に出る場合は果断だった。優馬が投げやりな言動を吐いているのを、青木は一度として耳にしたことはない。簡単に極端な結論に飛びつくような、そんな軽薄さとは無縁の性格だったのだ。

その優馬が「絶望」を表明している。いったい優馬の身に何が起きていたのか。その絶望とは、これからの人生を放擲《ほうてき》してしまいたくなるほど大きなものだったのか。あまりに巨大な絶望感が、優馬を自殺に追いやったというのか。

おそらく警察は、これを遺書と見做《みな》すだろう。だが青木にとっては、この程度の走り書きでは遺書と受け取ることはできなかった。親に理由も告げずに、自ら命を絶つような子供ではないのだ。優馬はそんな親不孝な息子ではなかった。

もしこれが優馬の死の直前の気持ちであり、その絶望感故に生を自分の意志で終えたのだとしたら、なんらかの痕跡《こんせき》が残っているはずだった。優馬は自分が死ねば美保子が悲しむであろうことに想像が及ばないような、そんな自分勝手な性格ではなかった。薄々血の繋がりがないことを悟っていたとしても、青木が我が子として優馬を愛していたことも充分に承知していたはずだ。にもかかわらずこんな走り書きだけを残して死に向かったのは、よほど衝動的な行動であったということか。ならばなおさら、その原因は遺品の中に発見できるはずだった。

青木は紙片を机の上に戻し、改めて部屋の中を見回した。窓際の勉強机の他の家具は、向かって右側の壁に付けられたベッドと、その反対側の壁に並べられた本棚とテレビ、それだけだった。机の上は優馬の性格を物語るように、きちんと整頓されている。教科書類とノートはブックスタンドを使って一ヵ所にまとめられ、すぐにどの本も手に取れるようになっていた。

青木はまず、そのノートから手をつけた。パラパラとページを捲《めく》って、何か書き込みがないかを調べる。それらは学校の授業に使っていたノートらしく、罫線《けいせん》に丁寧に書き綴られているのはすべて勉強の痕跡だけだった。余白部分にはいたずら書きひとつない。

次々にノートを取り出してみたものの、どれを見ても同じだった。机の上に出ているノートはすべて、生前の優馬の気持ちとは無縁の数式や漢文などの羅列に過ぎなかった。もっと違うものを探さなければ。

抽斗《ひきだし》を開けて、他のノート類がないかを見る。一番大きな抽斗の奥に、何冊かまとめられたノートがあった。それを取り出してみたが、内容は机の上のノートと大同小異だった。勉強に使い切ったノートであったらしい。

その他にはまとまった文章を書き込んだようなものはなかった。優馬は日記をつける習慣はなかったはずだから、直接的に心情を覗《のぞ》かせるようなものは存在しないことになる。では手紙の類《たぐい》はどうか。

レターラックは、本棚の横に吊《つる》されていた。死んだ息子のプライバシーを探るのにはなお抵抗感があったが、今はそんなことを言っている場合ではない。ラックに入っている手紙をすべて取り出し、ひとつひとつ検証してみた。

便箋《びんせん》が入った封筒は少なく、ほんの二通しかなかった。後はすべて年賀状などの葉書である。二通の封筒は両方とも、転校していった友達からの手紙だった。消印を見ると、二通とも三年以上前のものだ。最近の優馬の心の動きを知る手がかりにはならない。

早くも行き詰まり、青木は改めて部屋の中を見回した。壁にアイドルのポスターが貼《は》ってあるわけではなく、かといって模型などの類があるわけでもなく、言ってみれば殺風景な部屋である。およそ子供らしくないその様子は、優馬の成熟を物語るものか。それとも心象風景の現れか。

青木は部屋に備えつけの物入れの扉を開け、中を覗いた。物入れの上段にはゲーム機とそのソフトが置いてある。攻略本も片隅に丁寧に積み上げられていた。

その奥のスペースには、何か黒い物が積み上げられている。青木はそれがなんなのか一見しただけではわからず、手を伸ばして取り上げてみた。

摑んですぐに、何であるか判明した。ビデオテープだった。ケースに入っているでもなく、レーベルが付いているでもなく、ただ飾り気のない黒いテープが積み上げられていたために、見ただけではわからなかったのだ。なんだビデオテープか、と青木は手に取った一本を元に戻そうとし、そしてその数の多さに改めて気づいた。

見たところ三十本ばかりある。そのいずれもが、ただの剝《む》き出しのテープなのだ。一本や二本ならばどうということはないが、まとめて三十本近くあると、何やら壮観な感じがする。優馬はいつの間にこんなにビデオテープを買い込んでいたのか。

テープをよく見ると、再録を防ぐために爪《つめ》が折れていた。それを改めてセロハンテープで塞いでいる。もう一本手に取ってみたが、それも同じ状態だった。

なんとなく奇異に思い、青木はそれを再生してみることにした。テレビに近づき、電源を点《つ》けてデッキ部にテープを突っ込む。ブラウン管に映っていたテレビ画像が消え、すぐに青い画面が現れた。

青い画面は何もテープに入っていないときに映る、デッキ側の画像パターンである。テープに録画されたシーンが始まり次第それに取って代わられるはずだった。

だがしばらく待ってみても、意味のある画像はブラウン管に浮かばなかった。少し早送りしてみても、結果は同じである。どうやら空テープのようだ。

諦めてそれはイジェクトし、もう一本のテープを挿入してみる。再生ボタンを押してしばらく待ったが、やはり画面は青いままだ。このテープもまた、空テープというわけだった。

まさかと思い、さらに三本調べてみたが、どれも何も映っていなかった。この調子では物入れにあったテープすべてが、ただの空テープのようである。優馬はいったいなんのために、これほど大量のビデオテープを用意していたのか。これから何かを録画しようと考えていたのか。

だがそれにしては、テープそのものは新品ではなかった。爪が折れているところを見ると、一度何かを録画した後からその画像を消したようである。最初に映っていた画像はなんだったのか。優馬はこれから録画しようとしていたのではなく、これらテープの画像を消す作業をしていたのだろうか。

さらに物入れの奥を調べてみると、案の定その推測を裏づける物が発見された。画像を消すための専門の機械である、ビデオテープイレイザーだった。こんな物を優馬に買い与えてやった憶《おぼ》えはないから、自分の小遣いで買ったのだろう。優馬はなぜこのような物を必要としたのか。消えた画像には何が映されていたのか。

三十本のビデオテープは雄弁に何かを物語っているようだったが、残念ながら青木はその意味を理解することができなかった。

6

その晩美保子は、泣くのに疲れたように寝入ってしまった。ソファに突っ伏したままの美保子を寝室まで運び、青木自身もその横に寝たが、睡魔はどこか彼方《かなた》に退散してしまいいっこうに訪れては来なかった。何度も寝返りを打って、頭の中を乱舞する様々な思考を追いやろうとしたが、そんな努力はまったくの無駄でしかなかった。二時を過ぎた時点で寝つくのを諦め、ふたたび優馬の部屋に足を向けた。こんな夜は何かをしていた方が落ち着くと考えたのだ。青木は一度目を通したノートを手に取り、再度丁寧に読み直した。優馬の勉強の過程を追うことで、息子が何を考えていたのか感じ取れるかもしれないと、淡い期待を抱いた。だが結局、そんな作業はただの自己憐憫《れんびん》でしかなかった。優馬の気持ちなど読み取ることはできず、空《むな》しい努力を重ねるうちにいつしか夜が明けていた。

朝になったので一度諦め、優馬の部屋から出たが、他に何もする気力がない。それでも優馬の解剖が終わったことを報告に警察がやってくるはずだから、着替えて顔くらいは洗っておかなければならない。美保子は目覚めてはいたが、精も根も尽き果てた様子で、とうてい起き上がれそうになかった。

十時半になって、ようやく玄関の呼び鈴が鳴った。ドアスコープ越しに覗いてみると、いかにも刑事然とした男がふたり、ドアの外に立っている。青木は扉を開けて、ふたりを迎え入れた。

刑事はふたりとも、昨日は見かけなかった顔だった。ひとりは五十前後と見受けられる、半分白髪の中年。もうひとりは身長ばかりひょろりと高い、三十前くらいの年格好の男だった。

半白髪の方が警察手帳を示し、生活安全課の平井《ひらい》と名乗った。生活安全課という部課名は初めて聞いたが、それがこうした場合の事後処理をする部門なのかと、青木は勝手に納得した。

平井は昨日の刑事とは打って変わって、その表情にまるで同情の色を上《のぼ》せなかった。むしろ容疑者に相対するような硬い顔つきで、青木のことを睨《にら》んでいる。悔やみの言葉ひとつ言うでもなかった。

いやな感じの男だと思いながらも、彼らの話を聞かないわけにはいかなかった。取りあえずリビングに通し、妻が臥《ふ》せっていることを詫《わ》びてから茶の準備を始めようとした。

「どうぞおかまいなく。我々は茶を飲むために来たのではありません」

ぴしゃりと言われ、青木はいささかむっとした。こちらだってできるならさっさと用件を済ませて帰ってもらいたい。だがそれでは失礼に当たると思って、茶のひとつでも出そうとしているのではないか。それに対して、そんな言い種《ぐさ》はないだろう。

内心の腹立ちを抑えて刑事たちの正面に腰を下ろすと、若い方の刑事が背広の内ポケットから折り畳んだ紙片を取り出した。それを広げて、青木の方に示す。寝不足の青木の目には、そこに書かれている字がすぐには読み取れなかった。

「これは捜査令状です。これから息子さんの部屋を捜索させてもらいます」

「は？」

若い刑事の言葉に、青木は虚を衝かれて一瞬ぽかんと口を開いた。刑事の申し状は、どんな素《す》っ頓狂《とんきょう》な台詞《せりふ》よりも意想外だった。なぜに自分が捜査令状などを示されなければならないのか。自殺にしろ事故にしろ、優馬は亡くなった側の人間であって、そのように犯罪者のような扱いをされる謂《いわ》れはないはずだ。部屋を捜索とはどういうことか。

刑事たちは青木の返事など待っていられないとばかりに、同時に立ち上がるとさっさとリビングを後にした。慌てて青木がその後を追うと、優馬の部屋はどこだと横柄な口調で尋ねてくる。青木は平井の肘《ひじ》を摑《つか》んで、いったいどういうことなのかと問い質《ただ》した。

「息子さんの部屋はどこですか」

それでも平井は、青木の質問を無視するように問いを繰り返す。渋々青木が教えてやると、顎《あご》をしゃくって若い刑事に先に行けと命令した。身長の高い刑事は、白い手袋を手にはめながら、優馬の部屋に入っていった。

「生活安全課、などという呼称ではピンと来ないでしょうが、我々は以前は防犯課と称していた部署の人間です」

平井は硬い顔のまま、そんなふうに青木に答えた。

「防犯？　どうして防犯課の刑事が、優馬の部屋を調べるんです？　優馬の引き取り方を指示してくれるのではないんですか」

「それは後ほど、別の人間がやってきて説明することになっています。本当は解剖の結果もそのとき一緒にお話しするはずだったのですが、納得いかないようなので私の口から申し上げましょう」

「納得などできるものですか。この無礼な仕打ちはいったいなんですか」

「息子さんの遺体を解剖した結果、おかしなことが判明したのですよ」

「おかしなこと？」

「ええ。どうやら息子さんは、亡くなったときＬＳＤをやっていたようなんです」

「ＬＳＤ」

耳慣れない単語に、青木は思わず繰り返した。すぐにそれが、ドラッグの一種であることに気づく。愕然《がくぜん》として、声を荒らげ平井に食ってかかった。

「冗談じゃない！　何を言ってるんですか。ＬＳＤですって。何を間違えたんだか知らないが、優馬はただの中学生なんですよ。そんなものをやってるわけないじゃないですか」

「ただの中学生がＬＳＤをやっていたから問題なんです。だから我々生活安全課の人間が出張ってきたというわけです。ドラッグ取り締まりは、我々の仕事ですからね」

「……本当なんですか」

淡々とした平井の口調は、頭ごなしの言葉よりも説得力があった。呆然《ぼうぜん》として、相手の肘を摑んでいた手を下ろすと、平井は「そういうことで」と断って、若い刑事の後を追った。取り残された青木は、もはや系統だった思考はいっさいできなくなっていた。

自失状態のままふらふらとリビングに戻り、ソファにぐったりと腰を下ろしていた。どれほどの時間が経過したのかも判然としない。気づいてみれば刑事たちが戻ってきていて、若い方が優馬の部屋から持ち出したらしき物を詰めた袋を持って、先に出ていった。

「突然のことでびっくりなされているでしょうが、少々お話を伺わせてください」

平井はごく事務的に言って、青木の正面に坐《すわ》った。青木は返事もせずにただ黙っていたが、平井はそんなことはいっこうに意に介さず、まるで商談でもするように話を進めた。

「驚いてらっしゃるところを見ると、息子さんがＬＳＤに手を出しているのはご存じなかったようですね」

「……当たり前です」

何を馬鹿馬鹿しいことを訊《き》くのかと思ったが、平井は冗談で言っているようではなかった。

「薄々そんな気配を察していたということもないのですか」

「まるで気づきませんでした。今でも何かの間違いだろうと思ってますよ」

「間違いではありません。息子さんが墜落時にかなりの酩酊《めいてい》状態であったことは確かです。そのために足を踏み外して落下したのか、あるいは覚悟の上の自殺かは、これからの捜査ではっきりすると思いますが」

昨日発見した優馬のメモ片は、部屋にそのまま置きっぱなしにしてあった。刑事たちが見逃すはずはない。にもかかわらず平井は、まるでそんなものは存在しなかったかのような口振りだった。自殺か事故かの断定は自分の職掌《しょくしょう》外のことだと、きっぱり割り切っているようだった。

「信じられない」

思わず青木は、額に手を当てて呻《うめ》いた。優馬が死んだことだけでも現実のこととは思えないのに、その遺体からＬＳＤが検出されたとは。これは悪夢か、それともとんでもない勘違いなのか。

「息子さんが、そうしたドラッグの類《たぐい》を扱う売人たちと付き合っている気配もなかったのですね」

「まったくありません。ただ普通に中学校に通っている男の子でした」

「しかし、どこかで売人と接触していたのは間違いないはずです。普通の中学生が手にできる物ではないですからね、LSDは」

「心当たりはありません」

青木は首を振って、否定の意を強く示した。平井は冷静な目でじっとこちらを観察するように見つめていたが、青木の態度に軽く頷《うなず》いた。

「まあ、いいでしょう。今は混乱なさっているでしょうから、その辺は改めて伺わせてもらいます。学校の方にも当たれば、何かわかることもあるでしょうし」

「優馬は、優馬は普通の子供だったんですよ。不良ですらなかったんだ。それなのにどうしてLSDなんか……」

「普段から悪い奴らとつるんでいるような子供であれば、むしろ我々としても安心です。安心、などと言ってしまっては語弊がありますが。でもそれでも普通の中学生の間にLSDが蔓延《まんえん》していると考えるよりは、ずっと救いのあることです。問題はそういうレベルの深刻さを孕《はら》んでいるのですよ」

平井は初めて苦々しげにそう吐き捨てると、また来ると言い残して立ち上がった。おそらく次に来るときは、もう少し外堀を埋めてから質問を繰り出してくることだろう。ことによると、青木が息子の罪を隠していると眼前の刑事は考えているかもしれなかった。

立ち去る平井の後を追おうとすると、見送りは結構と拒絶された。その言葉に張りつめていた神経が途切れ、青木はくずおれるようにソファにへたりこんだ。見慣れた我が家が一瞬にして崩れてしまったように、何もかもが暗転して見えた。

7

優馬の亡骸《なきがら》はその日のうちに帰ってきたが、青木は物を言わない息子を前にして何もする気にならなかった。ひと晩ただ呆然と過ごし、翌日にやってきた美保子の姉に尻《しり》を叩《たた》かれ、ようやく葬儀社の手配をした。その間美保子は寝込んだまま起き上がろうともしなかったが、青木はそれに対してしてやれることがなかった。美保子はほとんど食事も摂《と》らずにただ寝ているだけなのだが、何かを勧める気にもならない。自分自身が何も喉《のど》を通らない状態だったからだ。

マンションでは葬儀を執り行うスペースがなかったので、一番近い葬儀場ですべてを済ませることにした。優馬はふたたびマンションから運び出され、葬儀場へと移送される。優馬が自分の家から出ていく最後の瞬間を、青木は網膜に焼きつけるようにじっと見つめた。

葬儀社の人間は、さすがにこうした場合の手続きに慣れていて、青木は提案されることにただ頷いているだけでよかった。それでも周りが慌ただしく動いている間は、自分もそれに巻き込まれて、忙しく立ち働いているかのような錯覚を覚えた。てきぱきと動き回る葬儀社や斎場の人たちを見ていると、辛うじてその間だけ気持ちを紛らわすことができた。

通夜が始まってみると、弔問客は思いの外に多かった。青木の知人関係にはまったく知らせていなかったからもう少しこぢんまりとしたものになるかと考えていたが、優馬の学校の生徒たちがやってきたので、焼香の列は後を絶たなかった。同級生であったらしき女生徒たちは皆沈鬱《ちんうつ》な表情でうなだれ、中には雰囲気に呑《の》まれたのか泣いている子供もいる。男子生徒は悲しんでいるというよりは、むしろどうしてこんなことになったのか釈然としないといった戸惑いを示している顔が多かった。

こうして同級生たちが来てくれるということは、まだ刑事たちはそう大っぴらに動き回っているわけではないのだろう。青木は遺影の斜め横に坐り、焼香する人たちに機械的に頭を下げながら漠然と考えた。もし優馬がLSDをやっていたことが同級生の親たちに知れれば、おそらくこの半分も弔問には来ないであろう。自分の子供たちを、ドラッグをやっていたような生徒に関わらせたくないと思うのは自然な心情だ。いずれは知られることであっても、葬儀が終わるまでは派手な動きを控えてくれている警察に感謝をしなければならないのかもしれなかった。

だがもし本当に優馬がLSDをやっていたのだとしたら、ここにいる生徒たち全員がそれに無関係とは思えなかった。優馬ひとりがたちの悪い仲間たちと付き合って、ドラッグに手を出していたとはとうてい考えがたい。学校の友人の中の誰かがまずLSDを始め、優馬は後からそれを分けてもらっただけなのではないか。都合の良い解釈であるのはわかっていたが、それでも青木としてはそう考えるより他に納得のいく回答はなかった。

神妙な顔つきをしている子供たちを見ていると、ひとりひとり摑まえて真実を問い質《ただ》したい衝動が次第に湧《わ》き起こってくる。優馬に仲間がいたとしても、おそらくその人物は自分からLSDをやっていることを申し出たりはしないだろう。警察が動いていると知ればなおさら、優馬の死にまつわる秘密を隠し通すに違いない。

いったい子供たちの間で何が起きていたのか。優馬がLSDをやっていたことを、彼らはもともと承知していたのか。それともドラッグなどに手を出していたのは優馬ひとりなのか。そもそも優馬はなぜ、そんなものに我が身を毒させていたのか。

日を追うごとに疑問ばかりが堆《うずたか》く積み重なり、そしてその答えはひとつとして見いだせないでいた。青木がいくら希求したとしても、このまま永遠に真実は知り得ないのではないかという恐怖がある。それは優馬を喪《うしな》ったこと以上に、青木に絶望を強いることであった。

しばらく子供たちの焼香が続いた後に、二十代前半の若い女性が現れた。青木はすぐに、それが優馬の担任の先生であろうと察した。一度も会ったことはなかったが、まだ教師になって三年程度の若い女性だということは聞いている。名は確か光岡《みつおか》といったはずだ。

光岡は焼香を終えると、青木たち夫婦に向かって深々とお辞儀をした。それは自分の受け持ちの生徒の悩みを事前に察知し得なかった自分の非力を詫《わ》びているようでもあった。

青木は尋常に挨拶を返したものの、内心では眼前の女性に対して抑えがたい怒りを感じていた。もし学校でなんらかの異常事態が出来《しゅったい》していたのだとしたら、一番近くでそれを見ているはずの先生が察知しなかったのは怠慢だと考えたのだ。

むろんそれが逆恨みであることは充分承知している。それでも青木は、恨み言のひとつも言いたくなる気持ちを堪《こら》えることはできなかった。もし担任の先生が、もっと経験を積んだベテランであったとしたら。生徒の変化を敏感に察して対処できる洞察力と行動力があったなら。考えても仕方のない繰り言が、振り払っても振り払っても頭の中に次々と湧いてきた。

光岡は祭壇の前から下がっても、斎場を後にしようとはしなかった。少し離れたところにぽつんと立ち、生徒たちが焼香する様子を見つめている。青木はその姿を、まるで視界に入っていないかのように意固地に無視し続けたが、それは同時に自己嫌悪を助長させる行為でもあった。

光岡に対しての恨み言は、そっくりそのまま我が身に跳ね返ってくるものだということを、青木はとっくに承知していたのだった。

8

幾度か訪ねてきた刑事の口振りからすると、優馬の死は自殺という方向で処理されそうな雲行きであった。優馬の部屋にあった書き置きが筆跡鑑定の末本人の手によるものと判断され、それが捜査方針を大きく左右したようだった。加えて優馬がＬＳＤをやっていたことも、自殺説の補強となった。投身の恐怖を紛らわすためにＬＳＤを服用していたのだと、警察は考えているのだ。

そうした警察の判断は、青木にとってとうてい納得のいくものではなかった。さりとて具体的な反論の材料が手許にあるわけでもなく、青木の釈然としない思いは単なる気分の問題でしかなかった。何しろ優馬の自筆で、厭世《えんせい》観に覆われていたことが書き残されているのだ。それを論理的に否定する手段など、青木は持ち合わせていなかった。

青木が優馬の死を自殺として受け入れがたく思う理由は、ただひとつだった。それは親の目から見て、優馬が自殺するような子供ではなかったという理解である。現に優馬は、死の直前に「自殺する奴なんて馬鹿だ」と言っているのだ。警察はそれを、ＬＳＤによる混迷状態時の妄言としか見做《みな》していないようだが、青木にはあれが優馬の本音と思えた。少なくとも優馬は、いじめに負けて自殺する子供への軽蔑と嫌悪を、はっきりと示していた。あれはドラッグが口走らせた、心にもないこととはとうてい思えなかった。

葬儀が終わってから青木は、懇意にしている出版社に事情を話し、しばらく仕事を休みたい旨を伝えた。担当者たちは同情を示し、青木の申し出を承知してくれた。皆が皆、焼香に行きたいと言ってくれたが、それはこちらの気持ちが落ち着くまで待ってくれと丁重に断った。

青木は意味もなく仕事を休んだわけではなかった。このまま優馬の死を、謎《なぞ》のまま終わらせてしまうことはできない。自殺という極端な手段を選ばなければならなかった理由を明らかにしなければ、今後自分は平穏な気持ちで生きてゆくことなどできないと考えたのだ。

　青木は葬儀が終わるとすぐに、優馬の部屋に籠《こも》った。警察が隅から隅まで漁《あさ》り回った後ではあるが、親の自分でなければ気づかない、自殺に至るまでの経過を示す何かが存在するかもしれない。青木はそれを発見するまで、何日でも優馬の部屋に籠り続けるつもりだった。

　玄関チャイムが鳴ったのは、告別式の翌日の午後二時過ぎのことだった。青木は昨日に引き続き、朝から優馬の部屋にいた。警察が持っていかなかったノートというノートをひっくり返し、すべてに目を通している。チャイムが鳴ったときも青木は、残り二冊となったノートのページを繰っているところだった。

　出てみると、来客は意外な人物であった。また警察だろうと確認もせずに扉を開けると、そこには若い女性が喪服に身を包んで立っていた。優馬の担任の光岡教諭だった。

「突然に申し訳ありません。青木君の担任をしておりました、光岡と申します」

　光岡は抑えた声で静かに言うと、丁寧に頭を下げた。青木の絶句を拒絶の意にとったのかもしれない。その低頭は深く、長かった。

「どうぞ、頭を上げてください」

　辛うじて青木は声を絞り出し、眼前の若い女性に語りかけた。突然の訪問には驚かされたが、それが誠意に発するものであることは瞬時にわかった。通夜の際に覚えたような恨み言が心から消えたわけではなかったが、わざわざこうして足を運んでくれた教師に対して邪険な振る舞いをするほど、青木は錯乱してはいなかった。

光岡は顔を上げると、沈鬱な表情で青木を見た。

「お取り込み中のところ、突然お邪魔して大変に申し訳ありません。事前にお電話することも考えたのですが、やはり直接お目にかかってお話がしたいと思いました。無礼をお許しください」

「そう……でしたか」

青木は振り返ってリビングを見渡し、優馬が出ていった日以来一度も掃除していないことを思い出した。だが客を上げられないほど極度に散らかっているわけでもない。改めて客用のスリッパを揃《そろ》え、中に入ってくれるよう促した。

光岡はしきりに恐縮しながら、スリッパに足を入れた。リビングまで導いてソファに坐《すわ》ってもらい、妻は寝込んでいるので失礼すると断った。すると若い教師は身を縮こまらせ、かまわないでくれとか細い声で言った。見ている青木が痛々しく感じるほどの緊張ぶりだった。

お茶を淹《い》れて出すと、光岡はさらに恐縮して頭を下げた。膝《ひざ》をきっちりと合わせ、手を腿《もも》の上で握り締めたその態度は頑《かたく》なですらある。受け持った生徒の死という事実に、親とはまた別種の強い衝撃を受けているのが如実に見て取れた。

「今日は、お父さんにお詫びをしようと思って、やって参りました」

「お詫び？」

「そうです。自殺の兆候に、担任としてまったく気づかずにいたのをお詫びするために参ったのです」光岡は、一語一語はっきりと発声するように、硬い声で言った。「詫びて済むことではありませんが、お詫びしないわけにはいきません。申し訳ありませんでした」

　そしてふたたび、頭の自重に耐えかねたとばかりに低頭し、そのまま顔を上げなかった。

青木はその真摯《しんし》な謝罪に、赤面するのを禁じ得なかった。優馬の死を未然に防げなかった責を担任の先生に帰するのが、単なる言いがかりに過ぎないことはよくわかっている。にもかかわらず内心でそうした思いをわだかまらせていたのは、青木の現実逃避に過ぎなかった。本来ならば光岡に詫びてもらうことではなく、その言葉をそっくりそのまま刃《やいば》として己に向け、自己反省を促さなければならないところなのだった。光岡の言葉は、青木の親としての怠慢を責めているに等しかった。

「頭をお上げください。先生に詫びていただくことではありません」

　青木は手を差し伸べ、いつまでも頭を上げようとしない光岡を促した。そのときにようやく気づいたのだが、光岡の肩は細かく震えていた。自責の念や衝撃に耐えかねて、心と体が乖離《かいり》するような胴震いを覚えているのだろう。まだ教師経験も浅かろう光岡にとっては、どのように受け止めたらよいのか判断すらつかない出来事に違いない。

「息子の死に責任があるのは、むしろ親である私たちです。先生にそのように詫びていただくわけにはいきません」

重ねて言葉を向けたことで、ようやく光岡は顔を上げる勇気を奮い起こしたようだった。ゆっくりと頭《こうべ》を持ち上げたときには、大きな眸《ひとみ》が涙で潤んでいた。

「もし自分でなかったら……」光岡は体から力を抜くことなく、硬直したままそう切り出した。「もし青木君の担任が自分でなければ、このようなことにはならなかったかもしれないと考えると、いても立ってもいられなくなります。自分の経験のなさが、恨めしくてしょうがなくなります」

「すべて先生の責任というわけではないと思います。親の私にとってでさえ、優馬の死は青天の霹靂《へきれき》だったのですから」

「私は教師になって三年目ですが、教え子に死なれたのなどむろん初めてのことです。情けないことに、自分がどうすべきなのかもわかりません」

「ベテランの先生であろうと、それは同じことでしょう。気にしないでくれ、などというのもおかしいですが、でもあまりご自分をお責めにならないでください。むしろご迷惑をかけたことを、こちらからお詫びしなければならない」

今度は逆に、青木の方が頭を下げた。だが相手に負担をかけまいと、すぐに顔を上げる。互いに繰り言を口にし合っているよりも、もっと話し合わなければならないことがあるはずだった。

「私としてはむしろ、先生に責任を感じていただくよりも、優馬の学校での生活を教えていただきたい。優馬は先生の目から、どのような生徒に見えていたのでしょうか」

青木が尋ねると、光岡は目を落としてしばし考え込んだ。

「……大変思慮深い生徒でした。他の生徒に比べても精神的な成熟の度合いが高く、ある意味で大人びた性格と言えました」

光岡は、言葉を選びながらそう言った。その優馬評は的確で、親の観察とも一致した。優馬は学校でもやはり、親が見たとおりの子供であったのだ。

「自殺するような子供ではなかった、ということでしょうか」

「それは……わかりません。現にこうして亡くなったのですから、私の観察が皮相的すぎたということでしょう」

光岡は、優馬の死を自殺としか捉えていない口振りだった。関係者の間では、すでにそのような了解ができあがっているのだろう。青木はいたずらにそれに対して疑義を挟むつもりもなかった。光岡は慎重に続けた。

「私が見る限りでは、特に青木君がいじめに遭っているとか、そういう理由で悩んでいるようではありませんでした」

「優馬の死はいじめが原因である、と先生は考えるのですね」

「中学生の自殺の原因は、八割までがいじめです。青木君はまだ二年生であったことですし、受験ノイローゼとも思えません。もし悩みがあるとしたら、いじめであった可能性が高いです」

「しかしそんな兆候はなかったわけですよね」

「——私の見ている範囲では」

青木の言を責め言葉と受け取ったように、光岡はふたたび悄然《しょうぜん》とした。優馬の通っていた学校はいじめとは無縁ということで父母の信頼を得ている。先生たちもそれには密《ひそ》かな自負もあったことだろう。おそらく光岡は、そうした認識が楽観であったと知って強いショックを受けているのだ。

「……これは他校のいじめの実態の報告書に書かれていたことですが」光岡は、今度はだうなだれるだけではなく、痛みを堪《こら》えるような表情で自分から続けた。「生徒間のいじめを発見するのは本当に大変だそうです。苛《いじ》める側の生徒は大人が思う以上に巧妙で、一見したところではふざけあっているのか苛めているのか区別がつきません。つい先日までは仲が良かったグループの間で、いじめは突然生じるのです。また苛められる側の生徒も、なんとか自力で解決を図ろうと努力します。先生が傷跡などから異変を悟っても、自分の不注意で怪我《けが》をしたと言い張るのです。教師は基本的に生徒の言葉を信用したいと考えていますから、苛められる側の子供と苛める側の子供が口を揃えてなんでもないと言えば、そうなのかと納得せざるを得ません。はっきりといじめがあると気づいたときには、すでに遅すぎるケースが大半です。正直に言って、現代の子供たちの間で起きているいじめに対して、教師が対処し得る余地はほとんどありません」

光岡の言葉は、深い絶望に裏打ちされていた。学校の教育方針に恃《たの》むところがあったであろう光岡にとって、このような形で生徒に唐突に裏切られるのは、背後からいきなり猛獣に襲いかかられるに等しい驚愕《きょうがく》のはずだ。年若い教師にとっては、あまりにも大きすぎる衝撃だろうと推察した。

「ただ一点、最近青木君の成績が下がってきていたのが、気がかりではありました。思えばそれが、唯一の兆候だったのでしょう。もっと早く、私がそれを気にかけていたらと残念でなりません」

光岡の指摘は、美保子の心配していたことでもあった。美保子の言葉は受け流してしまった青木だったが、今となってはやはり見過ごしにはできなかった。

「恥ずかしい話ですが、私はあまり優馬の成績を気に留めていませんでした。子供の尻《しり》を、勉強勉強と叩《たた》くような真似はしたくなかったのです。学校の試験の成績が少し下がったくらいで大騒ぎする気はなかったのですが、やはりそれは優馬が発していた信号だったのでしょうか」

自制心の強い優馬は、親の前では悩んでいる素振りなどいっさい見せなかった。だが内心ではひとりで抱えきれないほどの苦悩を持て余し、それが成績の降下という形で表れていたのだとしたら、意に留めようともしなかった自分の態度は責めて余りあるものであった。優馬に対する気配りが欠けていたと第三者に非難されたとしたら、青木は反駁《はんばく》する言葉を持たない。子供の自主性を重んじたのだなどという言い訳は、この際空疎にしか響かないはずだった。

「入学当初からトップクラスにいた青木君にしては、二学期に入ってからの成績はあまり芳《かんば》しいものではありませんでした。それでもまだまだ上から数えた方が早い順位だったのですから、青木君が優秀な成績を収めていたことには変わりありません。それが兆候ではなかったかというのも、今考えてみればという私の繰り言です。お許しください」

「優馬は親に助けを求めていたのでしょうか。それを私は無視してしまったのだろうか……」

年若い教師に尋ねるには、あまりにも重い質問だというのは承知していた。だが青木はどうしてもその問いを口にせずにはおれなかった。光岡の答えを期待していたわけではない。青木は己の胸に質問を突きつけ、親としての怠慢を自らなじっているのだった。

「私にはわかりません」光岡は青木の言葉に真摯《しんし》に答えた。「担任として情けないのですが、何もわからないのです。どうして青木君は自ら命を絶ったのか、それを知らないことには自分が今後教師を続けていく資格がないと宣告されたも同然のように思いました。でもわからないのはお父さんも同じなのですね。私たち大人は皆、青木君に取り残されてしまったんですね……」

光岡の言葉には、深い諦念《ていねん》が滲《にじ》んでいるようだった。もしかしたらこの女性は、近いうちに教職を捨てるかもしれないと、青木に予感させるものがあった。それほど光岡は、親である青木に負けぬほど精神的ダメージを受けているのだ。だがそれを軽減してやるすべを、今の青木は持ち合わせていなかった。

光岡は頭を振りながら、言葉を振り絞るように続けた。

「教師になってすぐ、ベテランの先生に言われたことがありました。子供は裏切るものだ、と。私はその言葉の意味がわからず、きょとんとしていたような記憶があります。子供がいったい何を裏切るのか、その当時の私は想像すらつかなかったからです。でも今となっては、朧気《おぼろげ》ながらわかるような気もします。子供は大人の論理を裏切るのです」

「大人の、論理」

「そうです。子供には子供の論理があります。それは大人の社会では通用しない、子供たちだけの論理です。その論理は大人の目からすれば理不尽にも、また正当性を欠くようにも見えるのでしょうが、子供には法律以上に大事なことなのです。おそらく青木君は、その論理に殉じて亡くなったのだと思います。それを私たち大人が理解しようとするのは、容易なことではないのでしょう」

「子供の論理ですか……」

光岡の言は、青木が抱いている違和感を的確に表現しているようであった。まさに優馬は、大人には理解不能な理屈で死に向かったのだった。自殺を否定するような言動をしていた人間が、その直後に命を落とすなど、誰が想像し得よう。まさしくそれは、〝理に適《かな》わないこと〟であった。

しかし青木は、理解不能とすべてを放棄してしまうわけにはいかなかった。子供には子供の論理があるのだとしたら、それを把握しないわけにはいかない。自分が親としての義務を少しでも怠っていたのだとしたら、今後は同じ過ちを二度と繰り返してはならないのだった。たとえそれが、どうしようもなく遅すぎるのだとしても。

「私は今日、青木君の自殺の理由を伺いたいと考えて、失礼を顧みずやってきました。私と親御さんの意見を付き合わせれば、何か新しいことが見えてくるかもしれないと思ったのです。ですが、やはり子供の論理は大人にはわからないものなのですね」

光岡は腿《もも》の上で握り合わせていた手を、さらにきつく握り締めた。それは嗚咽《おえつ》に耐える仕種《しぐさ》だった。光岡の目からは、抑え切れぬ涙が落ち始めた。

「おそらく私は、一生青木君の死の理由を知らずに過ごすのでしょう。それが悔しくてなりません」

絞り出すように言った光岡は、しばし静かに涙を流した。身を硬くして歯を食いしばっているその様子は、悔恨とひたむきに闘っているように見えた。

その姿は青木に、新たな認識をもたらした。青木はようやく、自分の心の中にあるものが〝悔しさ〟であったことに気づいた。なぜ優馬は、抱えている苦悩を分かち合ってくれなかったのか。自分は優馬が信頼するに足る親ではなかったというのか。そう考えることは、後悔や自責の念よりも、〝悔しさ〟を呼び起こした。この悔しさがある限り、自分は決して優馬の死を受け入れることはないだろうと、青木は改めて再確認した。

9

光岡の辞去後、リビングでひとり己の考えに没頭していた青木は、ふと視線を感じて顔を上げた。和室との仕切りの襖《ふすま》が開き、そこに窶《やつ》れた美保子が立っていたのだ。

「起こしてしまったか」

声をかけると、美保子は力なく首を振って、リビングに進み出てきた。

「ううん、寝ていたわけじゃないから。寝られないのよ」

「そうだったか」

「先生がいらっしゃっているのは気づいてたんだけど、こんな格好だし、お話しする元気もないから、失礼させてもらっちゃったわ。あなたにだけ応対させて、ごめんなさいね」

「いいさ。おれは気が紛れた」

青木は手を差し伸べて、自分の隣に坐《すわ》るよう促した。美保子は子供のようにこくりと頷《うなず》き、素直にそれに従った。

「コーヒーでも淹《い》れてやろう。頭がすっきりする」

「ありがとう」

美保子の声は平板で、感情の起伏は皆無だった。もはや悲嘆を通り越して、麻痺《まひ》状態になっているのかもしれない。美保子の心の一部もまた、優馬と同時に死んでしまったのだ。

青木は光岡に出していた日本茶の湯飲みを片づけ、キッチンでコーヒーメーカーのセッティングをした。水を注いでスイッチを入れ、ふたたびリビングに戻る。美保子はあまり瞬《まばた》きもせず、そうした青木の動きをじっと見つめていた。

「先生はいい人だったよ。おれたちと同じように、優馬に対しては無力だったかもしれないけど、でも優馬の死を正面から受け止めてくれている。そのせいで自分の心がぼろぼろになっても、それでも逃げずにこうしておれに会いに来てくれた。そのことだけで、親としてはありがたいと思わなければならない」

「聞こえてたわ。あたしも今まで、あの先生のことを若くて頼りない人だと思ってた。受験がある三年生のときまで、この先生に担任されたらいやだなって考えてたわ。でもそれが失礼だったことに、いまさら気づいた」

「おれも通夜に来た先生を見たときは、まだ女子大生みたいな雰囲気から、この人が未熟なせいで優馬が死んだんだと逆恨みした。でもそんなふうに他人を恨んだってどうにもなりゃしない。誰よりも子供の死に一番責任があるのは、他ならぬ親であるおれたちなんだ」

「わかってる。わかってるわ」

　美保子は言うと、魂そのものを吐き出すほどの深いため息をついた。その姿はあまりにも痛々しく、青木は正視することができなかった。美保子の外見は、ここ数日の間に十も年をとってしまったかのように張りをなくしている。コーヒーができあがったのをよいことに、青木は立ち上がって美保子の傍らを離れた。

　互いのマグカップにコーヒーを注《つ》ぎ、それぞれに牛乳だけを入れた。それを両手に持ってダイニングテーブルまで運び、美保子を呼ぶ。美保子は機械仕掛けのようにぎくしゃくした動きでこちらに移動してきた。

テーブルを挟んで向かい合って坐り、しばし無言でコーヒーを啜《すす》った。その間青木は、先ほどまで考えていたことを頭の中で反芻《はんすう》し、それをどう美保子に伝えるか思案した。

考えた挙げ句青木は、ごく直截《ちょくせつ》に切り出すことにした。持って回った言い方は、この期《ご》に及んでふさわしくない。むしろ青木は、もっと早くこのことについて美保子と語り合うべきであったのだ。

「優馬が何か悩みを抱えていたとしたら、それは自分の出生についてのことじゃないだろうか」

言うと、美保子は力のない目でじっと青木を凝視した。まるで人形に見つめられているようだった。

「優馬が、あなたと血の繋《つな》がりがないことに気づいていたと言うの？」

「確証があったわけじゃないだろうが、なんとなく薄々勘づいていたんじゃないか。おれに対しては、最近どこかよそよそしい素振りが見られた」

「あたしはそんなふうには感じなかったけど」

「お前には態度を変えたりしなかったんだよ、優馬は」

「そんな……、どうして優馬がそんなことに気づくわけがあるの。中学生になって難しい年頃だから、あなたへの接し方に変化が出てきただけのことだわ」

美保子は青木の言葉への否定を示して、首を弱々しく振った。青木が言うようなことは考えたくもないといった仕種だった。

「そうかもしれない。でもそうでないかもしれない。優馬は勘の鋭いところがある子だった。なんとなく気づいていても、おかしくはないさ」

「あなたが中学生の頃はどうだったの。お父さんに対して、小さいときみたいに無邪気に振る舞えた？」

「おれの親父《おやじ》は、お前も知っているとおり厳格な人間だったからな。昔っからおれは、ただ親父を恐れていただけだったよ。だから逆に、優馬との接し方をどうしていいかわからなかった。優馬はそんなおれの態度から、敏感に何かを感じ取ったんじゃないか」

「そうだとしたら……、あの子はそれに悩んで自殺をしたのかしら」

「そうは思いたくないが……」

青木は語尾を曖昧《あいまい》に濁し、カップを口に運んだ。豆が多すぎたせいか、ミルクを入れてもひどく苦い。だがその苦さが、今はむしろ心地よかった。

舌の先で感じた苦みは、今や朧気になりつつある回想の中の苦さをも誘い出した。当時の懊悩《おうのう》を青木は、最近になってようやく平静に受け止めることができるようになった。それほどに優馬の存在は、青木の心を揺さぶり騒がせたのだった。

青木が美保子と知り合ったのは、大学時代にアルバイトをしていた喫茶店でのことだった。同僚であった美保子に、青木は初めて会ってから三日と経たぬうちに心を惹《ひ》かれ始めた。人間の一生を左右するような出会いが、生きているうちに一度はあるものだと青木は考える。美保子との出会いが、青木にとってはまさにそれであった。

だが美保子は、当時すでに将来を誓い合った婚約者がいた。美保子が短大を卒業したらすぐに、ふたりは結婚することになっていたのだ。青木はそれを知ったとき、一瞬視界が閉ざされたのを、今でもはっきりと憶《おぼ》えている。おそらくあのときの絶望感は、今こうして優馬に死なれてみるまでは、最も大きなものであったはずだ。それほどに青木の思いは、美保子に強く向けられていた。

だから美保子の婚約者が交通事故で亡くなったとき、青木は内心で喜びを感じないではいられなかった。他人の不幸を喜ぶ卑しさを嫌悪する気持ちはむろんあったが、それ以上に自分にも巡ってきたチャンスに浮かれた。美保子はこれ以上ないほどに落ち込んでいたが、そんな彼女を慰めるのすら、青木にとっては心躍ることであった。

当然のことながら、美保子はすぐに青木に振り向いたりはしなかった。青木は自分の思いをひた隠しにしていたため、ただ〝いい人〟としか思われていなかったようである。それでも青木は、美保子と縁が切れることだけを恐れて、何くれとなく彼女に気を配り続けた。婚約者の死によるショックで美保子がアルバイトを辞めた後も、青木は友人としての付き合いを保ち続けることができた。

そんな青木が二度目の衝撃を受けたのは、美保子が妊娠していることを知ったときだった。美保子は亡き婚約者の子供を身籠《みごも》っていたのだ。美保子は親や親類の反対を押し切り、その子供を産むことにした。婚約者の忘れ形見として、ひとりで子供を育てる決心をしたのだった。

青木はそのときになって、ようやく自分の思いを伝えた。美保子はそれに驚き、また戸惑いながらも喜びを口にしてくれたが、青木の気持ちを受け入れようとはしなかった。あくまで子供を産んで、自分の手で育て続けると言い張った。

産まれてくる子供もろとも美保子を受け入れようと心を決めるまでには、しばらくの時間がかかった。だが決心してみれば思いはいささかも揺らぐことなく、そしてその後後悔は一度としてしなかった。美保子と結婚し、そして現在まで連れ添えたことを、青木は今でも嬉《うれ》しく思っている。

美保子が心の整理をするまでには、優馬が誕生してから三年の歳月を必要とした。その間青木はじっと待ち続け、一度として強引な態度に出ることはなかった。美保子がついに結婚に応じてくれたときには、ただ長い思いが報われてひたすら嬉しかった。優馬の父親となることには、なんらためらいはなかった。

優馬は青木の実子として、籍に入れた。青木自身もまた、優馬を実の子として愛した。美保子が青木との間に子をなさなかったための代償行為というわけではなく、それはまさに親が子に向ける自然な感情だったという自覚がある。自分にとって優馬は、たったひとりの息子なのだった。

その優馬に対し青木が距離を置いた接し方をしてきたのは、血の繋がりの有無には関係なく、自らの経験の欠如のためだった。美保子に言ったとおり、青木の父親は自分の息子に笑い顔を見せるような男ではなかった。大正生まれの父は、頑固であることが父親の役割だと信じていたかのように、青木には厳格に接した。青木は父が死ぬまで、親しみめいた感情をついに持つことがなかった。自分の心情を冷静に分析すれば、おそらく青木は父を憎んでいたのだと思う。それがために青木は、優馬にだけは厳しい父親を与えたくなかったのだった。

「――おれは優馬と接するのに、どういう態度をとったらいいのかよくわからなかった。おれの親父がそれを教えてくれなかったんだ。だからおれは、優馬を一人前の男と扱うことにした。子供は親の所有物などではなく、あくまで一箇の人間であることを、優馬にわかって欲しかったんだよ。でもそういうおれの態度は、優馬にとってよそよそしいものだったのかもしれない。おれ自身も本当は、心のどこかで血の繋がりがないのを意識していたのかもしれない。いずれにしても、父親としては何かが間違っていたんだろう」

そうでなければ、優馬が必ず示していたに違いない変調にもっと敏感であったはずなのだ。現に美保子は、ここ数ヵ月神経質なばかりに優馬に気を配っていた。それを無視して、なんでもないだろうとやり過ごしていたのは青木なのだ。自分は優馬の父親ではなかったと、青木は幾度目かの自責の念に胸を締めつけられた。

「あたしだって、そうよ。優馬がＬＳＤをやっていたことになんて、ぜんぜん気づかなかった。優馬が死ななければならないような羽目に陥っていても、それに気づいてあげることができなかった。母親失格よ」

美保子の言葉は依然力がなかったが、それは自虐ではなく、痛みを分かち合うことで青木の心理的負担を軽減しようという思いやりの発露であった。これほどまで窶《やつ》れ果て、自らの心ですら支えることが困難になっている美保子が、青木の自責の念を和らげてくれようとしている。妻の心に青木は、強く感謝しないではいられなかった。

「優馬が何を考えていたのか、おれは知りたいよ。おれは本当の父親にはなれなかったかもしれないが、でもこのまま泣き暮らすような情けない男にはなりたくない。どうしようもなく遅すぎるけど、でも今からでも優馬のことを理解しようと努力したいんだ」

「だから先生に、優馬の友達について尋ねていたの？」

青木は光岡が辞去する直前に、いつも優馬が親しくしていた友人の名を訊《き》いていた。まずその人たちに会って、優馬がどんなことを考えている中学生だったのか知りたいと考えたのだ。

「何もわからないかもしれない。優馬が死んだ理由なんて、友達でもわかる人はいないかもしれない。それでもわかろうと努力することが、今のおれにとっては大切なことなんだと思う。そうしなければ優馬は、おれの心の中にすら居続けてはくれないだろうから」

青木が言葉に力を込めて言うと、美保子は初めて表情を動かした。筋肉が強張《こわば》っているためにぎこちなく、とうてい笑みとはいえない表情だったが、それでも青木に対する励ましであることに間違いはなかった。それに対し青木は、大きく頷《うなず》くことで応《こた》えた。

10

倒れ伏す優馬と出くわして以来、青木は現場のマンションに一度として足を向けていなかった。そのそばに近寄るだけで血塗《ちまみ》れの優馬の姿を思い出してしまいそうで、どうにも再訪する勇気が湧《わ》かなかったのだ。

警察の現場検証によれば、優馬はやはり屋上から飛び降りたようだった。屋上には第三者と争ったような形跡もなく、それは優馬が自分の意志で投身したという推測を強く裏づけていた。マンションに優馬の知人がいないことも、警察の捜査で確認されている。優馬は死ぬためだけに、自分のこれまでの生活とは無縁だったマンションの屋上に上ったのだった。

青木は行動を開始するに当たり、まず自分の目でもう一度現場を確認することにした。警察が詳細に検証した後の現場から、素人の自分が何かを発見できるはずはない。青木もそんなことは充分に理解していたのだが、もう一度だけ優馬が命を絶った場所を見てみたいという思いを抑えられなかったのだった。

自宅を出て徒歩で現場に向かうと、そこは一時的な狂騒からすでに忘れ去られたようにひっそりとしていた。ここで投身騒ぎがあったことを示す痕跡《こんせき》は、エントランス脇《わき》に供された花束だけである。若い優馬の死を憐れんだ誰かが置いてくれたのだろう。青木はその見知らぬ誰かに、心の中で限りない感謝の意を表した。

花束から少し離れた地点の路面には、優馬の死を物語るもうひとつの痕跡である、黒い染みが残っていた。その染みすら今は、一見しただけでは血痕《けっこん》と判別することはできない。青木はその染みに近寄り、跪《ひざまず》いて手を当ててみた。

綺麗《きれい》に洗い流されたアスファルトの路面は、ここでひとりの若者が落命したことなど嘘《うそ》であったかのように、なんの変哲もない手触りを伝えてくる。その代わりのように路面は、ただ青木の無念だけを一方的に吸い取った。優馬が二度と帰らないという事実を、青木は改めて再認識させられた。

立ち上がり、頭上を仰ぎ見る。八階建てのマンションの屋上は、空にくっつきそうなほど高く感じられた。投身者は地上に落下する以前に失神しているという話を聞いたことがあるが、優馬はどうだったろうかと考えた。せめて体に衝撃を受けた瞬間は、意識を失い何も感じない状態であって欲しかったと望んだ。

エントランスをくぐり、マンション内に入った。入って右手がメールボックスで、その反対側に管理人室がある。青木はいったん管理人に断ってから屋上に出ようかと考えたが、すぐに思い直して声はかけないことにした。マンションを管理する側としては、優馬にここで死なれたことは大変な迷惑以外の何物でもなかったはずだと気づいたからだ。自分が親であることを名乗れば、塩でも撒《ま》かれかねないほど邪険にされるかもしれない。

青木は足早に管理人室の前を通り、エレベーターに乗った。八階のボタンを押し、上昇するに任せる。優馬もあの日、このエレベーターを使ったはずだった。そのとき優馬は、いったいどんなことを考えながら上昇を示すランプを見つめていたのだろうかと青木は想像した。最上階に到着するまでの時間は、優馬にとって人生で最も長い数秒だったに違いない。その心境を思うと、痛ましさのあまり覚えず顔が歪《ゆが》んだ。

最上階の八階でエレベーターを降りると、すぐ脇に屋上へと続く階段がある。青木は躊躇《ちゅうちょ》なくそちらに足を向け、階段を上った。

上り切ったところには、スティール製のドアがあった。そこを開けると屋上に出るはずだったが、今は取っ手部分が頑丈な鎖で封印されていた。優馬の事件があってから、自由に出入りができないようになったのだろう。仕方ないので、諦《あきら》めてふたたび八階へと戻った。

このマンションは各戸が開放廊下で結ばれているため、廊下から顔を出せば遥か下方の地上を見下ろすことができる。青木はせめて優馬が感じた高さだけでも実感しようと、立ち止まってしばし視線を真下へと向けた。

予想していたことではあったが、身を乗り出すにはいささか度胸を要するほどの高さであった。じっと真下だけを見つめていると、そのまま体が吸い込まれるような眩暈《めまい》感を覚える。同じような光景を目にしたとき、優馬はいったい何を思ったかと推し量ってみたが、その気持ちは朧気《おぼろげ》にすら見えてこなかった。

マンションを後にして、その足で駅前のファーストフード店へと向かった。時刻を確認すると、約束までにはまだ三十分の余裕がある。ことさらに急ぐ必要はなかったが、それでも青木は先に到着して相手を待ち受けたかった。

青木は家を出る前に、光岡から聞き出した優馬の友人のひとりに電話を入れていた。水《み》原佑《はらたすく》という名のその生徒は幸いにも在宅していて、青木が会いたい旨を伝えるといやがりもせず快諾してくれた。自宅ではなくどこか外で会えないかと持ちかけると、では駅前のファーストフード店ではどうかと水原は言った。青木はそこで落ち合う時間を決め、家を後にしてきたのだった。

ファーストフード店に到着して、レジでコーヒーを頼んだ。紙コップに入って出てきたコーヒーとミルクを手に持ち、客席がある二階へと上がる。土曜の午後だけあって、店内は十代の若者たちで混み合っていた。

青木はフロアの中央にあるカウンター席は避け、トイレ脇の小さなテーブル席に坐《すわ》った。窓際と違い、トイレのそばは客も少ない。店内は声高な喧噪《けんそう》に包まれていて、あまり改まった話をするには適していなかったが、相手が中学生であるからにはこうした店で会うのも仕方がなかった。せめてすぐそばで話し声がしないような場所をと考え、あえてトイレの脇に陣取ったのだった。

青木はコーヒーにミルクを入れながら、これからやってくる水原の人となりについて、光岡から得た知識を反芻《はんすう》した。光岡によると水原は、優馬とは違いスポーツもそこそこできるタイプだそうだ。スポーツ万能、とまではいかないが、入学以来所属している剣道部では、熱心に稽古《けいこ》に励んでいる。さりとて運動一辺倒の生徒というわけではなく、勉強の面でもかなり優秀らしく、優馬とともに常に全学年でトップテンに入る成績だという。優馬と気が合っていたのは、そうして好成績を争い合う、いい意味でのライバルだったからのようだ。

水原の名は青木も幾度か耳にしたことがあった。親の目で見る限りでは、水原は優馬にとって親友とも称していい友人だったようである。生前の優馬の口振りを思い出してみると、スポーツもできる水原に対し、半ば羨望《せんぼう》にも似た気持ちで一目置くところがあったようだった。

電話で言葉を交わした水原は、青木からの接触を意外に思いこそすれ、親友の死に対してはさして感情的乱れを生じさせてはいないようだった。生前の優馬の話を聞かせて欲しいと青木が申し出ると、あっさり「いいですよ」と応じた。その軽い応対は、いささか青木に拍子抜けの感を味わわせた。電話口で泣きくれて欲しかったわけではないが、もう少し友人の死を悼む態度を示してくれてもいいのではないかと、軽く文句をつけたくなるほどドライな反応だったのだ。

水原の顔は、入学の際の集合写真で確認してある。眉《まゆ》が太く色黒で、なかなか凛々《りり》しい顔立ちだった。真剣な表情で写真に写っている少年は、中学一年にして意志の強さを感じさせる。そんな点もまた、優馬と気が合う一因であったのかもしれなかった。

コーヒーを半分ほど飲んだところで、写真の人物が青木の視界に現れた。入学時の容貌《ようぼう》からは、かなり成長した様子が見て取れる。青木が手を挙げて注意を引くと、水原はめりはりの利いた挙措で頭を下げて近寄ってきた。

「水原君、だね。わざわざ来てくれてありがとう」

青木が立ち上がって礼を言うと、水原は「いえ」と大人びた返事を寄越《よこ》した。

「時間が空いてましたから。気にしないでください」

「何か下で注文をしてくるといい。これで買ってきてくれ」

言って財布から出した千円札を渡すと、水原は悪びれずそれを受け取り階段を下りていった。

ふたたび水原が上がってきたときには、ジュースの紙コップとフライドポテトを載せたトレイを手にしていた。おつりを青木の前に置き、「ありがとうございます」と落ち着いた口調で言う。腰を下ろした姿勢は背筋がピンと伸びていて、年長者には好印象を与えるに違いないと思わせるものがあった。

「優馬の通夜に来てくれていたね。どうもありがとう。優馬も喜んでいると思うよ」

青木はまず、至極無難なところから切り出した。息子である優馬にさえどういう態度で接したらよいのかわからなかった青木には、眼前の落ち着き払った中学生からどうやって話を聞き出したものか考えあぐねるところがあったのだ。

「青木は喜んだりしませんよ。誰が通夜に来てたかなんて、死んだ人間にはわかるわけないですから」

水原の返事は、驚くほどに現実的だった。別に斜に構えているわけではなく、当たり前のことをただ口にしているだけといった様子である。今時の中学生はこういうものなのかと、青木はいまさらながらに認識を改めた。どうやらあまり子供扱いするのは得策ではないらしい。対等の大人として遇した方が、話が早そうであった。

「もちろん、そうだな。死んだ人間にはわかるわけない。では改めて、私からのお礼というふうに受け取ってくれ。優馬のクラスメートの人たちが来てくれたのは、私たち親にとって嬉《うれ》しいことだった」

「そうですか。でも普通、クラスの誰かが死んだりしたら、みんな揃《そろ》って通夜に行くものだと思いますよ。改まってお礼を言われても、なんだかくすぐったいだけです」

「そうは言っても君は、優馬と親しくしてくれていたのだろう。優馬の葬儀には、他の人とは違う気持ちで参列してくれたんじゃないのかい」

「さあ、それはどうでしょうね。ショックだったのは、みんな同じですよ」

水原は言うと、食べていいかとフライドポテトを指差して尋ねてきた。気づかなかった青木は、慌てて「どうぞ」と言葉を添えた。水原は頷《うなず》いてポテトを口に運び始めた。

青木はかなり面食らう思いだった。水原はショックを受けたと言うが、態度にはそんな様子は微塵《みじん》も見られない。青木としては友人を喪《うしな》った水原を慰めなければならないかと考えていただけに、この淡々とした口振りには驚かされた。ひょっとして友情を感じていたのは優馬の側だけで、この水原はさほどの感情を抱いていなかったのではないかとすら思えた。

「ショックね。君は本当にショックを感じてくれているのかな」

親である青木としては、水原の態度にひと言言わずにはいられなかった。これで水原を怒らせてしまうことになったとしても、真意を確かめないわけにはいかない。そうでもしなければ、あまりにも優馬が憐れに感じられたのだ。

「もちろんですよ」だがそれに対してすら、水原は冷静な口調を崩さなかった。「ぼくがおじさんの前で泣き崩れたりすればいいんですか。いくら泣いたって青木は帰ってこない。おじさんだって今泣いてなくても、悲しい気持ちでいるでしょう。ぼくだって同じことですよ。口先だけではなんとでも言える。ぼくが何も言わないからって、青木が死んだことを悲しんでいないなんて思わないでください」

激したところのない口振りではあったが、その内容は水原の本心のようであった。なるほど本音を聞いてみれば、水原の言うことには一理あった。水原に悲しんで見せろと強いるのは、単にこちらの勝手に過ぎない。青木は反省するとともに、水原がかなり冷静な判断力を持った子供であることを認識した。

「失礼した。ちょっとこちらも、まだ気が動転していたんだ。変なことを言って申し訳なかった」

「別に謝ることはないですよ。おじさんの気持ちはわかりますから」

あくまで水原は、大人びた口調を崩さない。どちらが年長者なのか、会話の内容だけを聞いていたらわからないようなやり取りだった。

青木は中学生に翻弄《ほんろう》されているような自分に軽い苛立《いらだ》ちを覚え、一番訊《き》きたいことを単刀直入に切り出すことにした。

「今日こうして足を運んでもらったのは他でもない。もし優馬が自殺したのだとしたら、友達である君には何か心当たりがないだろうかと思って、それを尋ねたかったんだ。優馬は何か、悩みのようなものを口にしていなかっただろうか」

「遺書があったんじゃないんですか。そのように聞いてますけど」

「ただ『絶望した』と書いてあるだけだった。何が原因で絶望していたのかは、優馬は書き残さなかったんだ」

「そうですか」

水原は軽く相槌《あいづち》を打つと、ジュースのストローを口に運んだ。俯《うつむ》いたまま、しばし喉《のど》を潤している。自分からはそれ以上言葉を続ける気はないようだった。

「何か心当たりはないかな。優馬は悩みを抱えていたんじゃないか」

青木は辛抱強く、再度同じことを問いかけた。すると水原は、ジュースの紙コップを置いて首を傾《かし》げた。

「さあ、特別そんな話は聞いてないですが。自殺するほど悩んでいるなんて、ぼくはぜんぜん気づきませんでした」

青木はそう答える水原の表情をじっと見つめていたが、目立った変化は見られなかった。青木の質問にとぼけているのか、それとも言葉どおりに何も知らなかったのかは、表情を見るだけでは判断がつかなかった。

「じゃあ君は、優馬が突然死んだことに対して、不思議に思ったりしないのかい」

「不思議かどうか、と訊かれれば、別に不思議じゃないとしか答えられないですね」

「どうして。友人が何も理由を告げずに死んでも、君は不思議に思わないって言うのか」

「ええ。というか、自殺する人の心理なんて不思議であることが当たり前だから、取り立てて疑問にも思わないというのがより正確な言い方ですね」

「不思議なのが当たり前？」

「ええ、そうですよ。その人が死ぬ理由なんて、本当のところは自殺する当人にしかわからないじゃないですか。仮に遺書に理由が書き残されていたって、それが本当の理由かどうかは誰にもわからない。一応わかりやすい理由があれば、残された人が安心するっていうだけのことでしょう。それは単なる気休めに過ぎないんですよ」

「だから君は、優馬が死んでも不思議に思わないわけか。友人の死んだ理由を知りたいとも思わないっていうのか」

「おじさんは知りたいわけですか」

「むろんだ」

青木が強く言い切ると、水原は困ったとばかりに口をへの字に曲げた。青木はなんとな

「君は優馬の友達だったんだろう。優馬が死んでも、その理由がぜんぜん気にならないのか」

　なおも語気を強めて言葉を重ねた。

く韜晦《とうかい》されているような気がして、なおも語気を強めて言葉を重ねた。


「おじさんは青木のお父さんでしょう。それなのに青木は、何も打ち明けずに死んでいった。友人であるぼくが自殺の理由に心当たりがないからといって、そんなふうに責められなきゃならない謂《いわ》れはないはずですよ」

　ぴしゃりと言われて、青木はたちまち言葉に詰まった。水原の理性的な言葉に比べ、自分が平静でなかったことを恥じる気持ちが湧《わ》いてくる。水原の言い分に対し、反論する言葉を青木は持ち合わせていなかった。

「改めて言いますけど」水原も自分の口調が冷たすぎたと感じたのか、少し和らいだ物腰で続けた。「ぼくは青木の死を悲しんでいないわけじゃないですよ。むしろたぶん、クラスの誰よりも悲しんでいると思います。でも青木が死にたいと思うほどの悩みを抱えていて、それをぼくにも親にも打ち明けずに死んでいったのだとしたら、それはそれだけのわけがあったはずなんです。どうしても人には打ち明けられない類《たぐい》の悩みだったんだ。だからぼくは、それを暴くような真似はしたくないんですよ。おじさんの気持ちはよくわかりますが、でも青木の気持ちも考えてあげてください。青木のことを思うなら、いたずらにつつき回したりしないでください。そうすることが、青木への一番の供養のはずなんです」

水原は頑固な年寄りに諄々《じゅんじゅん》と言い聞かせるように、懇願も交えて言った。水原の言葉は確かに優馬の気持ちを代弁したもののようにも思われたので、青木は蒙《もう》を啓《ひら》かれる心地がした。優馬が死の理由を隠したがっているとは、これまで考えたこともなかったのだ。だが同時に、水原の口振りはその理由を知った上でのもののようにも感じられた。優馬が自殺に至るまでの理由を知っているからこそ、水原はそれを探り出す青木を制止しようとしているのではないか。そんな疑いが頭の隅に生じ、どうにも捨てきれなかった。

「なるほど、確かに君の言うとおりかもしれない。でも父親としては、たとえどんな理由であろうと知っておきたいんだよ。息子が死んだのに、その理由も知らずに納得できる親なんていないからね」

「それが青木の意志に反していたとしても、ですか」

「もちろんそれを知ったからといって、第三者に漏らしたりはしない。自分の胸に留めておくだけだ。だからもし君が理由を知っているなら、私にだけ教えてくれないか」

「知らないと言っているじゃないですか。信じてくれないんですか」

水原は心外そうであった。いささか憮然《ぶぜん》としてフライドポテトを摘《つま》む。その態度を見て青木は、これ以上押すのは得策ではないと判断した。

「じゃあ、最後にもうひとつ、質問することを許してくれ。君の許《もと》には警察の人間が来なかったか」

「警察？　来ましたよ。今のおじさんと同じようなことを尋ねに来ました。ぼくの答えは変わりませんけどね」

「他に警察は何かを尋ねなかったか。例えば、優馬が不良グループと付き合っていたんじゃないかとか」

「ええ、尋ねました。なんですか、それは？」

「で、どうなんだ。優馬は悪い仲間と付き合っていたのかな」

青木は水原の問いを無視して尋ね返した。水原はそれに首を振って応《こた》えた。

「付き合ってませんよ。青木はそういう奴じゃなかった」

「そうか」

青木は安堵《あんど》するような、失望するような、複雑な感情を胸に感じた。優馬が不良グループと付き合っていなかったことは嬉《うれ》しいが、LSDに繋《つな》がるルートが見つからないことにはもどかしさを覚える。警察も同じ目的で質問をしたに違いないが、どうやらLSDという言葉を持ち出さない程度の配慮はしてくれているようだった。

水原は優馬がLSDをやっていたことを知ったらどう思うだろうか。青木は考えてみたが、この落ち着き払った中学生の思考を予測することは難しかった。LSDと聞けばさすがに驚くだろうと思える反面、何を耳にしても決して動じることがないのではないかという気もする。優馬を理解することができなかった自分には、水原の考えを忖度《そんたく》することもできないのだと、半ば諦《あきら》めも交えて青木は考えた。

ファーストフード店を出て水原と別れてから、青木は電話ボックスに向かった。ポケットから折り畳んだメモ片を取り出し、開く。そこには家を出る前に名簿から書き写してきた名前と電話番号があった。

青木はメモに、〝永井嘉了《ながいよしあき》〟という名を記していた。光岡が教えてくれた、優馬が最も親しくしていた三人の友人の中のひとりである。水原の次には、この永井に会おうと考えたのだった。

公衆電話のボタンを押して、回線が繋がるのを待つ。数回のコール音の後に、中年女性の声が電話口に出た。永井の母親のようだった。

青木は丁寧に自分の名を名乗り、永井嘉了と会いたい旨を申し出た。すると母親は、

「どういうご用件でしょうか」

と木で鼻をくくったような物言いをした。青木という名を聞いても、それが自分の息子の自殺したクラスメートとは結びつかないらしい。仕方ないので、青木は努めて平板な口調で言った。

「実は私の息子が先頃死亡したのですが、永井君と親しくしていたという話を伺ったものですから、少し生前の息子についての話を聞かせてもらえたらと思ってお電話差し上げた

のです」

「あら」

母親は言われて初めて青木の名に思い当たったようで、驚きを示してしばし絶句した。ようやく言葉を発したときには、「少々お待ちください」と言い置くだけで、すぐに電話口を離れてしまった。息子の嘉了を呼びに行ったのだろう。

保留音を聞きながら相手が出るのを待っていると、ようやく音楽が途切れた。だが、聞こえてきた声は男のものではなく、先ほどの母親の声だった。

「もしもし、今息子に尋ねましたところ、お会いしてもかまわないとのことです。今からこちらにいらしていただけるなら、あたくしともどもお目にかかれますが」

「そうですか。ありがとうございます」

青木は礼を言い、永井の家までの道順を尋ねた。母親の説明は大雑把だったが、青木に土地勘があるのでおおよその見当はついた。今から伺うと告げて、青木は受話器を置いた。

駅から永井のマンションまでは、歩いて十分ほどの距離だった。青木の住むマンションとは、駅を挟んでほとんど対称の位置関係になる。同じ中学の学区内とはいえ、互いに一番端と端に位置しているのだった。

そのマンションはまだ真新しい、最新の設備を揃《そろ》えた建築物のようだった。エントランスはオートロックで、自動ドア横のボタンを押して訪ねる相手を呼び出さなければならない。青木は電話で聞いた部屋番号を押し、ドアを開けてもらった。

エレベーターで五階に着き、目的の部屋の前でチャイムを鳴らす。すぐにドアが開けられ、中から若い男の子が顔を出した。永井嘉了のようだ。

「いらっしゃいませ」

永井はにこやかに言うと、体を引いて青木が通る道を空けた。青木は頭を下げ、三和土《たたき》に入った。すぐに奥から、母親が顔を出した。

「突然にお邪魔して申し訳ありません」

礼を述べると、母親が答える前に永井が応じた。

「かまいませんよ。青木君のお父さんがぼくを訪ねてこられるのは当然ですから。どうぞ、奥へ入ってください」

自分が家の主であるかのような振る舞いで、青木に中へ進むよう促す。母親もそれに同意を示して頷《うなず》いたので、青木は導かれるままにリビングへと足を向けた。

応接セットに腰を下ろすと、正面に永井が着いた。母親はキッチンでお茶の準備でもするようだ。永井は改めて青木に頭を下げ、「永井嘉了です」と自分の名を名乗った。

光岡の言葉によれば、永井は学年で一番の人気者だそうだ。サッカー部に所属し、一年生のうちからフォワードの正ポジションを得ているのだという。部そのものがあまり強くないので大きな大会に出たことはないが、校内では抜群の技術を持った生徒だそうだ。勉強も、優馬や水原ほどではないが、そこそこに好成績を収めている。加えて顔立ちも整っていて、女生徒の人気を一身に集めているということであった。なるほど眼前の少年は、青木の目にもテレビに出ているアイドルタレントと比べて遜色《そんしょく》がなさそうに映った。ニキビひとつない顔は、笑みを刻めば溢《あふ》れんばかりの魅力を周囲に発散するに違いない。どんな世界にも人気者はいるものだが、永井もまたそうした選ばれた人間だけが持つオーラを身にまとっているようであった。

あらかじめ準備してあったらしく、母親はすぐにキッチンからこちらにやってきた。トレイに載せたポットから紅茶をカップに注ぎ、青木の前に差し出す。青木は頭を下げて、かまわないでくれと言い添えた。

給仕を終えた母親は、当然とばかりに永井の隣に坐《すわ》った。一緒に話に加わるつもりらしい。こうして自宅まで押しかけてくれれば、親が同席するのも仕方ないことであった。

母親は中学生の息子がいるとは思えぬほど、若々しい外見を保っていた。自宅にいるというのに、きっちりと化粧をして身なりも整えている。これにアクセサリーを加えれば、そのまま外出できそうな出で立ちだった。青木が来るというので、急遽《きゅうきょ》めかし込んだという感じでもない。家庭の主婦という雰囲気ではなく、何か仕事を持って外を動いているという印象を受けた。

「仕事でヨーロッパに行っておりまして、つい昨日帰ってきたばかりだったので、息子さんの事件を耳にしておりませんでした。先ほどは失礼いたしました」

母親は詫《わ》びを口にし、青木の推測を裏づけた。どんな職種に就いているのかわからないが、なるほど世界を飛び回っている母親といったイメージを、そのまま体で表現しているような風情である。こういう親ほど、普段は子供をほったらかしにしているくせに、対外的には何かと口を挟んでくるものだ。少しやりにくいかもしれないなと、青木は内心で母親に対し身構えた。

「改めて、お悔やみを申し上げますわ。ご心中、お察しいたします」

母親は言って、優雅に頭を下げた。子を持つ親として、青木の気持ちに想像が及ぶのであろう。電話での素っ気なさとは打って変わって、言葉には感情が籠《こも》っていた。

「ぼくも青木君が亡くなったのは、大変ショックでした」

母親の言葉に合わせるように、永井も口を開いた。目を伏せて、沈鬱《ちんうつ》な表情をしている。水原とは違い、優馬の死に素直に衝撃を受けているようだ。

「ついこの間まで学校で顔を合わせていただけに、未《いま》だに信じられない気持ちです。いったい何が起こったんだか……」

永井は首を振って、やるせないとばかりに眉《まゆ》を顰《ひそ》めた。水原のドライな反応を目《ま》の当りにしてきたばかりだけに、その仕種《しぐさ》にはほっとさせられるものがあった。青木は紅茶のカップを脇《わき》にどけて、少し体を前に乗り出した。

「どうもありがとう。君が悲しんでくれているのは、優馬の親としてありがたく思うよ。優馬と親しくしてくれたことにも、改めてお礼を言わせて欲しい」

「そんな、お礼なんて。ぼくの方こそ、青木君に世話になっていました。ぼくが学校でそこそこの成績を残しているのも、青木君がいつもわからないところを教えてくれていたからなんです。いつかは青木君を抜いてやろうと思ってましたが、それももうできないと思うと残念でなりません」

永井は淀《よど》みなく、まるであらかじめ用意していたかのようにするすると言葉を吐き出した。如才ないのか、頭の回転が速いのか、いずれにしてもなかなか弁が立つ子供のようだ。先ほどの水原といいこの永井といい、今時の中学生は大人を前にしても物怖《ものお》じなどまるで知らないのだなと青木は感想を抱いた。

「先ほどお電話をちょうだいしてから詳しい話を聞いたのですが、嘉了は大変青木君とは仲が良かったんだそうですね。この子もショックを受けたらしく、昨日からずっとふさぎ込んでいたんですよ。どうしたのかと気になっていたのですが、こんな悲しいことが起きていたとは知りませんでした」

母親もまた、永井と同じように小刻みに首を振り、青木に同情を示した。首を隣に向け、自分の息子に目をやる。当の永井はそんな母親の視線を平然と横顔で受け止め、顔の筋ひとつ動かさなかった。

「自殺、というふうに息子は言ってますが、そうなんでしょうか？」

母親は青木に顔を戻すと、恐る恐る尋ねてきた。青木は曖昧《あいまい》に首を傾《かし》げ、答えた。

「一応遺書らしき走り書きは残っていましたが、なんとも言えません。親の私としては、自分の息子が自殺したなどとは信じたくないですが」

「そうでしょうねぇ」母親は力を込めて頷いた。「嘉了には父親がいなくて親はあたくしひとりなんですが、あたくしはあたくしで仕事が忙しく始終飛び回っているものですから、いつも家でひとりなんです。あたくしがいない間にこの子に何かが起きたらと思うと、青木さんの気持ちは他人事《ひとごと》ではありませんわ」

言って、また息子に目を向ける。永井はそれをうるさがりはしなかったが、さりとて母親の言葉に反応を示すでもなかった。ただじっと、大人同士の会話に耳を傾けているだけである。

青木はこの状況を、いささかもどかしく思い始めていた。母親とこのような世間話をするために、自分はやってきたのではない。永井自身の口から、優馬をどう思っていたかを聞きたいのだった。

「永井君、君は優馬は自殺したと思っているのかい」

青木は体を永井に向け、永井にだけ尋ねているのだという意思を明確に示した。永井はそれを敏感に察したのか、こちらの目を真っ直ぐに見て頷いた。

「ええ。そのように聞いていますが、違うんですか」

「わからない。その書き置きには、死ななければならない理由は何も書かれていなかったからね。親の私には、優馬が自殺しなければならないような理由が、何ひとつ思い当たらないんだよ」

「遺書には何も書かれていなかったんですね」

念を押す言葉には、先ほどまでの優等生じみた口調には見られなかった力が籠っていた。

青木が「そうなんだ」と答えると、視線を下げて俯《うつむ》く。気のせいかその態度は、青木の目には安堵《あんど》を表に出さないための努力のように映った。

「君は優馬の自殺の理由に心当たりがあるのか？」

永井の表情の動きから目を離さず、青木は問いかけた。永井が何かを知っているなら、是が非でもそれを喋《しゃべ》らせずにはおかない気持ちだった。

「いえ、そういうわけではないんですが……」

それに対し永井は、首を振って否定の意を示した。困惑を示すように、眉根が軽く寄せられている。青木はさらに身を乗り出して追及した。

「今日訪ねてきたのは他でもなく、もし君が優馬が自殺しなければならなかったいきさつを知っているなら教えて欲しいと考えたからなんだ。どんなことでもいい。思い当たることがあるなら教えてくれないか」

「嘉ちゃん、何かを知っているなら、教えて差し上げたら」

母親も一緒になって促す。永井は青木と母親に交互に視線を向けてから、しばし考え込んだ。青木は永井が口を開くのをじっと待った。

「それが原因とは思わないんですが……」ようやく言葉を続けたときには、永井はひどく言いづらそうだった。「もしかしたら、と思うことはあります」

「なんでもいい。思い当たることがあるのかい」

「ええ」

永井は頷いてから、「ぜんぜん違うかもしれませんよ」と前置きして、言った。

「ぼくも青木君からはっきり聞いたわけじゃないんで、あくまで推測なんですが、最近彼はどうも失恋したようだったんですよ」

「失恋？」

思いがけぬ平凡な答えに、青木は拍子抜けする思いだった。自殺の理由に失恋とは、あまりにもありきたりである。だがありきたりであるからこそ、それは真実であるかもしれないと瞬時に思い直した。青木は先を続けてくれるよう促した。

「詳しくは知らないんです」永井はそれ以上聞かれても困るとばかりに、顔の前で大袈裟《おおげさ》に手を振った。「ただ傍《はた》で見ていて、なんとなくそうじゃないかなと思ったってだけで」

「なんとなくでもいいよ。相手の女の子が誰かもわかってるんだろう」

「ええ、まあ」

「教えてくれないか」

しつこく問い詰めると、根負けしたとばかりに永井は苦笑いを浮かべた。

「常磐暁子《ときわあきこ》という子ですよ。ぼくらと同じクラスの女の子です。でもそれは、ただぼくがそうじゃないかと思ったってだけですよ」

永井はくどいばかりに念を押す。自分でもあまり信憑性《しんぴょうせい》がないと考えているようだ。青木は永井が優馬をどう捉《とら》えていたのか気になった。

「君は優馬が失恋して自殺するようなタイプだと思うわけだね」

「どうでしょうか。その辺は想像もつかないです」

永井はまた優等生的な言動に戻ってしまった。よけいなことを言ってしまったと後悔しているのかもしれない。だが青木にしてみれば、これまで知らなかった優馬の学校生活の断片を知ることができただけでもありがたかった。

「言いにくいことを言わせて申し訳なかったね。でもすごく助かるよ。このままでは優馬がなぜ死んだのか、親のくせに知ることができないんだからね」

「理由がはっきりするまで、調べ続けるつもりなんですか」

「そうだよ。どうして？」

「いえ、別に……」

永井はどこか奥歯に物が挟まったような口振りだった。言いたいことがあっても、親の手前言えずにいるのだろうか。もう一度、今度は親がいないところで会う必要があるかもしれないなと青木は考えた。

「心当たりはその失恋だけかな。他にはない？」

重ねて尋ねると、永井は一瞬表情をなくした。しつこいと感じたのかもしれない。それでも青木は、追及の手を緩めるつもりはなかった。

「いえ、特に思い当たりませんが」

「例えば優馬が悪い友達と付き合っていたとか、そういう事実はないかな」

青木が水を向けても、永井はなおも無表情だった。先ほどまでの、こちらへの同情を満面に浮かべた顔つきとは違う。その変貌《へんぼう》はあまりにも鮮やかだったので、まるで如才なさという仮面を剝《は》がしたかのようだった。

「知りません」

言葉もいささかつっけんどんになっている。相手が協力的なのに甘えて、気を悪くさせてしまったのかもしれなかった。そろそろ潮時だろうと、青木はその辺で質問を打ち切った。

突然の来訪を詫びながら辞意を告げると、ようやく永井は愛想の良さを取り戻した。だが今となっては、それが上辺だけのことであるのが見て取れる。この少年とはもう一度会ってみたいと、青木は送り出されながら内心で考えた。

12

永井のマンションを出ると、時刻はすでに五時半になっていた。これから優馬の三人の友人のうちの最後のひとりを訪ねるには、いささか時間が遅すぎる。今日は諦《あきら》めて帰宅することにした。

駅前を通り、徒歩で自宅へと帰り着く。さして動き回ったわけではないが、体には骨の髄に染み込むような重い疲れを覚えていた。おそらくこれは、単なる肉体的な疲労ではないのだろう。優馬を喪《うしな》った精神的痛手から、心身ともに未だ回復していないのだ。こうした疲労感を感じずに済む日が来るのだろうかと、いささか悲観的な思いで青木は吐息をついた。

鍵《かぎ》を自分で開けて部屋の中に入ると、澱《よど》んだような空気が一掃されているのに気づいた。いっ時は荒廃の気配を滲《にじ》ませていた家の中が、優馬がいたときのような状態に戻っている。美保子が床から出て、家中を掃除したようだった。

「お帰りなさい」

リビングのソファに坐《すわ》りこちらに背を向けていた美保子が、立ち上がって青木を迎えた。

「もう、起きて大丈夫なのか」

「うん。体を動かしている方が気持ちが紛れることがわかったわ。寝込んでると、いつまでも無駄なことを考えちゃうから」

「そうか。その方がいい」

見ると、美保子の前には本が積まれていた。そのうちの一冊は、ページを開いたまま伏せられている。青木が戻ってくるまで、美保子は読書をしていたようだ。

「珍しいな。本を読んでいたのか」

「うん、ちょっとね」

美保子は見られたくない場面を見られた子供のような、なんとも複雑な表情を浮かべた。近寄ってその本の表紙を覗《のぞ》き込み、理由がわかった。積み上げられている本の背表紙にも目をやる。それらはすべてドラッグに関する本だった。

「図書館で借りてきたのよ。ＬＳＤがどういうものだか、ぜんぜん知識がなかったから」

「そうか」

頷《うなず》いて、青木も腰を下ろしその一冊を手に取った。目次を開き、ＬＳＤに関する項目を見つける。かなりのページがＬＳＤに割《さ》かれているようだった。

「こんな本があるんだな。知らなかった」

「あたしも、どうせないだろうと思って図書館に行ってみたのよ。そうしたらこんなにいっぱいあったからびっくりしちゃった。まとめて全部借りてきたわ」

美保子はそれほど読書家というわけではない。年間でせいぜい十冊も読めば多い方だろう。図書館を利用するのはもっぱら青木と優馬だけで、これまで美保子は足を踏み入れたこともなかったはずだ。その美保子が本で調べるという発想をしたということは、それを思いつくまでに様々な考察をした証拠であるように思われた。美保子もまた、優馬の死をそのまま受け止めることができずにいるのだろう。

「何か、わかったか」

尋ねると、美保子は伏せてある本を取り上げてそのページを示した。

「うん、まだ読み始めたばかりだけど、ＬＳＤに関してはどういうものか漠然とわかったわ。ドラッグにはダウン系とアップ系という二種類があるそうだけど、ＬＳＤはアップ系に属するのね」

「アップ系？」

「そう、日本語で言うと興奮剤。ダウン系は抑制剤ね。でもＬＳＤはアップ系だけど、いわゆる興奮剤とは違うみたい。幻覚剤だそうよ」

「幻覚剤」

その語感だけで、どのような効果を持つかなんとなく想像がついた。興奮剤や抑制剤よりも、青木が持つドラッグに対するイメージに合致した。優馬はそのようなものを体に入れていたのか。

「ドラッグと言えば、覚醒剤《かくせいざい》中毒者のような、ほとんど廃人じみた中毒患者を連想するけど、ＬＳＤはどうなんだ？　体に与える影響は覚醒剤ほどじゃないのか」

「それがね、ＬＳＤはほとんど中毒性はないんだって。それだけが少し救い」

「中毒性はないのか」

それは意外だった。ドラッグなどと聞けば中毒と結びつけるのが素人感覚である。中毒にならないドラッグがあるのなど、初耳のことであった。

「注射器で体に打ったりするんじゃないのか」

「そうじゃなくて、錠剤や、紙状のクスリらしいわ。もともと精神病の治療に使われていたくらいだから、覚醒剤のようなものとは違うみたい。それでも使用法を誤ると危険なクスリには違いないけど」

「どう危険なんだ」

「幻覚剤と言うくらいだから、幻を見たり聞いたりするのよ。ここに書いてあるとおりだとすると、それはほとんど超感覚的な知覚だそうだわ。ほら、新興宗教が信者にＬＳＤを服《の》ませていて、マスコミでも騒がれたでしょ。そんなふうに使われるくらいで、疑似神秘体験が味わえるものらしいわ」

「疑似神秘体験。優馬はそれが味わいたくて、そんなものに手を出したんだろうか」

「そういう方面に興味を持ってる子だとは思わなかったけど……」

「でも現にやっていた」

青木は美保子に答えるというよりも、自分に納得させるようにそう言った。そう、優馬は実際にＬＳＤを服用していたのだ。優馬は自分の意志でＬＳＤを服み、自分の手で「絶望した」と書き残し、死んだ。その事実から目を逸《そ》らすことはできなかった。

「ＬＳＤの入手方法については書いてあるか」

「それはさすがにないわ。でもどうやら、けっこう広範囲に出回っているみたい。普通の人が思う以上に」

「そう、なのか」

青木はしばし黙り込んでから、今度は自分の今日一日の行動の成果を話して聞かせた。優馬の失恋について言及すると、美保子は驚いたように眉《まゆ》を吊《つ》り上げた。

「じゃあ、その失恋で自暴自棄になって、優馬はＬＳＤなんかに手を出すようになったのかしら」

「そんなふうには思いたくないが。優馬はそれほど弱い人間ではなかったはずだ」

そうは言ったものの、美保子の推測が今のところは一番蓋然性《がいぜんせい》が高そうであった。優馬が精神的に不安定でなければ、決してイリーガルドラッグなどに依存する気は起こさなかったはずだ。青木たち残された者は、その精神が不安定だった理由をこそ知りたいのだ。

「ちょっと、電話貸してくれ」

美保子の坐る脇《わき》に置いてある電話の子機を指差した。ついでに学校の名簿もこちらにくれるよう頼む。美保子はそれらを手渡しながら、怪訝《けげん》そうに尋ねた。

「その常磐暁子さんに電話するの？」

「そうじゃない。それは明日にする。今は光岡先生に電話するんだ」

言いながらボタンを押し、子機を耳に当てた。美保子はなんのためにと言いたげな顔だったが、それ以上重ねて尋ねはしなかった。青木は回線が繋《つな》がるのを待った。

すぐに相手の声が聞こえた。数時間前に聞いたばかりの、光岡教諭の疲れ果てた声音である。青木が名乗ると、光岡は意外そうに応じた。

「どうされましたか」

「今日あの後、先生に教えていただいた優馬の友達たちに会ってきました」

かいつまんで、自分のこれまでの行動を説明する。そして永井から常磐暁子のことを耳にしたと告げた。光岡は沈鬱《ちんうつ》な声で、「そうでしたか」と言った。

「先生はそのことをご存じでしたか」

「いえ、知りません」光岡は己《おのれ》の無力を隠そうという気もないようだった。「お話ししたとおり、私は生徒たちのことを何も知らなかったようですから。特にそういう恋愛に関しては、教師の耳にはなかなか入ってきません。彼らの世界のみで完結していることですので」

それは無理からぬことと、青木にも感じられた。今時の子供が、恋愛の悩みを教師に打ち明けるとは考えにくい。世代の断絶を感じてはいても、その程度は青木にも想像がついた。

「いえ、それはいいのです。今日お電話したのは、明日その常磐暁子さんに会ってみようと思うので、どのような生徒なのか予備知識を得たかったためですから」

優馬が特別な感情を抱いていた相手であれば、青木としてはより深く知る必要がある。教師から見た印象でもかまわないから、少しでも知識を仕入れておきたかった。

「相手が常磐さんというのは、教師の私からするとあまり意外ではありません。常磐さんは男子生徒に人気がありますので」

「つまり、優馬以外の男の子からも、好意を寄せられていたというのですね」

「おそらく。常磐さんはかなり目立つ美少女ですから」

「美少女、ですか」

中学生くらいの年代は、大人以上に容姿の美醜にシビアである。男子生徒に人気があるというのならば、やはり容貌《ようぼう》はかなり際立っているのだろう。

「ええ、モデルクラブに所属しているくらいなので。中学生ですからあまり派手な活躍はしていませんが、雑誌とかにはよく出ているようです」

「それだけの人気者だとしたら、やはり特定の、なんというか、付き合っている相手はいるのでしょうね」

「それがそうではなく、常磐さんは誰とも付き合っていませんでした。少しプライドの高いところがあるようで、いくら好意を向けられても相手にしていない様子が見られました」

「失恋したのは優馬ひとりではなかったわけですね」

「たぶん、そうだと思います。常磐さんはちょっと変わった子ですから」

「変わった子？」

「ええ、大人びていると言いますか、中学生にしてはかなりしっかりした将来のビジョンを持っていると言いますか。ともかく周りの男子生徒に比べて考え方が大人なものですから、真剣に相手をする気になれないのかもしれません。勉強なんて自分の将来に関係ないからと、最低限度しかしようとしないのです。もともとは優秀な生徒のはずなんですが」

「将来は何になりたいと考えているのですか」

「歌手だそうです。それもいわゆるアイドルではなく、歌そのものを聞かせるボーカリストになりたいとか。確かに音楽の成績は抜群ですし、歌もうまいようです」

「なるほど」

朧気《おぼろげ》ながら、常磐暁子の人となりが摑《つか》めたような気がした。光岡が言うように、かなり個性的な生徒のようだ。優馬が魅力を覚えたのは、常磐暁子のどのような面なのだろうか。それを考えることは、生きていた頃の優馬に少しでも近づけるようで、青木の心を少しだけ浮き立たせてくれた。

青木は参考になった旨を告げ、丁寧に礼を述べて通話を切った。明日の常磐暁子との対面が楽しみに感じられていた。

13

一夜明けて青木は、朝九時に常磐暁子の自宅に電話を入れた。中学生にとってはせっかくの休みの日に、朝九時とはいささか早すぎるかと思わないでもなかったが、出かけられて摑まらなかったら困る。九時ならば、用事がない限りまず在宅しているだろうと考えた。名簿を見て電話番号を押してから、昨日の永井を訪ねた際の経緯を思い出した。あのときは親が電話口に出てしまったために、自宅まで訪問することになった。そのせいで永井が言いたいことを言えなかったのだとしたら、こちらのやり方がまずかったことになる。常磐暁子とは、なんとか親の目のないところで会いたかった。

そう考えていた矢先だったので、回線が繋がって年輩の女性の声が出たときには、いささか失望した。丁寧に名前を名乗り、常磐暁子を呼び出すと、永井の場合と違いすぐにこちらの事情を察したのか、待たされもせずに声の主が代わった。常磐暁子は、応対する母親のすぐ傍らにいたようだ。

「お電話代わりました」

常磐暁子の声は、中学生の女の子にしてはかなり低音だった。三十過ぎの女性ジャズボーカリストのような艶《つや》のある響きで、一瞬違う相手が出たのではないかと錯覚する。青木は改めて念を押した。

「常磐暁子さん、ですか」

「そうですが」

こちらが尋ね返したのが不審なのか、怪訝な口調を隠さずに相手は応じた。間違いなく、中学生の常磐暁子のようだ。

「青木と言います。先頃亡くなりました、青木優馬の父親です」

「はい」

常磐暁子は、唐突な電話にも緊張した様子はなかった。依然落ち着いた声音で、言葉少なに応対する。光岡の、大人びた子供だという評が頭をかすめた。

「突然お電話してごめんなさい。噂《うわさ》で聞いているとは思うけど、優馬は自殺したと見られています。でも親の私には、優馬が自殺した理由がどうしても思い当たらないのです。それで、生前優馬が親しくしていた友達に会って、話を聞かせてもらっています。もしよかったら、常磐さんも少し時間を作ってもらえませんか」

青木の口調も、自然丁寧なものとなった。声だけを聞いている限り、自分の話している相手が中学生とはどうしても思えない。なるほどこの声で歌を歌えば、なかなか聴かせるボーカリストになるだろう。歌手を志望するというのも頷《うなず》けた。

「どうしてあたしなんですか？　あたしはそれほど青木君と親しかったわけではありませんが」

常磐暁子の応答は平板で、まるで役所の窓口のような情のない口振りだった。面倒事を申し込まれたとでも感じているのかもしれない。常磐暁子の立場としては、そう感じるのも無理はなかった。

「なるべく大勢のクラスメートに会いたいと考えています。別に妙なことを訊《き》こうと思っているわけではありません。少し生前の優馬について、話を聞かせてもらえればそれでいいのです」

「誰かが変なことを言ったのですか」

「そういうわけじゃないですよ。あまり深く考えないで、気楽に会っていただけませんか」

努めて青木が軽い口調で言うと、しばらく考えた末に常磐暁子は、「わかりました」と答えた。

「何もお話しできることはないと思いますが、それでもかまいませんか」

「ええ、ふだんの優馬の様子を聞ければ、それでいいのです」

「そうですか。では、お会いします。どちらに伺えばいいですか」

「出てきてくれますか。じゃあ、駅前のファーストフードの店はどうですか」

大人びた声とはいえ、相手が中学生であることを慮《おもんぱか》る。喫茶店などには入りにくいだろうと、水原と会った際と同じ店を指定した。常磐暁子は同意し、一時間後にそこに向かうと言った。青木は礼を言って通話を切った。

家を出る間際に、美保子が自分もついていきたいようなことを言ったが、今日は任せてもらうことにした。美保子が何かをしたい気持ちになっているのはよく理解できるが、こちらが大人ふたりで出向けば相手を緊張させるだけである。美保子には昨日に引き続いて、LSDについて調べてもらうことにした。

店に着き、レジでコーヒーを頼んでから、先日と同じ席に坐《すわ》る。そしてしばらく店内の人の動きに目を配っていると、ほどなく目指す相手が現れた。常磐暁子だった。

常磐暁子は足のラインがくっきりと出る黒いスパッツに、ざっくりとした赤いセーターをまとっているだけだった。見ようによってはひどくシンプルな服装だが、それをセンス良く着こなしている。とても中学二年生には見えなかった。優馬の写真に写っていた、制服を着ている姿とはまるで雰囲気が違う。知らなければ、十八、九くらいと思っていたことだろう。さすがにプロのボーカリストを目指していると言うだけのことはあった。

手を挙げて注意を引くと、常磐暁子は颯爽《さっそう》とした足取りで近づいてきた。近くで見ると、身長が女の子にしては高いのに気づく。百七十センチ近くあるだろう。項《うなじ》が見えるほどのショートカットと相まって、美少女というよりはむしろ美形の男の子にも見える。宝塚に入団すればさぞかし人気スターになるだろうと思われる、整った顔立ちだった。

「常磐さんですか。青木です」

腰を浮かせて頭を下げると、常磐暁子も思いの外に尋常に挨拶《あいさつ》をした。フルネームを名乗り、坐っていいかと断る。すでに手には、紙コップを載せたトレイを持っていた。

「どうぞ、坐ってください。その飲み物はいくらだったかな」

尋ねて財布を取り出すと、常磐暁子は首を振った。

「いいですよ。紅茶の一杯くらい、あたしの小遣いでも飲めますから」

例の低い声で、青木が金を払おうとするのを止める。その声を聞くと、なんとなく相手を子供扱いするのが憚《はばか》られるようで、青木はすぐに財布を引っ込めた。

「休みのところ、わざわざ出てきてくれてありがとう。突然面倒なことを頼んだのに、会ってもらえて感謝しているよ」

これで中学生と会うのも三人目なのに、青木は未《いま》だどのように扱うべきか判断をつけかねるところがあった。皆が皆、子供として対するにはあまりにも醒《さ》めた一面がある。自分が中学生だった頃とは、精神的成長の度合いがまるで違うのだろう。ひと昔前の大学生くらいの成熟度と見ても、さほど間違いではなさそうだった。

常磐暁子は紙コップの紅茶に、ミルクだけを入れて掻き回していた。青木の言葉に、

「いえ」とだけ短く答えて、それを口に運ぶ。この年頃の女の子には珍しく、あまり多弁ではないようだった。そんな点もまた、妙に常磐暁子を大人びて見せていた。

ちょっと間を置いてみたが、常磐暁子は自分から何か言葉を発しようという気はないらしい。紙コップを口許から下ろしても、顔を上げずに何か考え込むように視線を落としている。笑みひとつ見せない表情は、それがかえって魅力と映るほど、造作が整っていた。多数の男子生徒に人気があるというのも、なるほどと頷けた。

「つまらない前置きはなしにして、私が聞かせて欲しいことを訊くよ。私は息子が学校でどんな生活をしていたのか、クラスメートの人たちから訊いて回っているんだ。常磐さんの目からは、優馬はどんな子供に見えたのかな」

問いかけると、ようやく常磐暁子は顔を上げた。硬い表情には、いささか困惑が見て取れる。問いに対する答えを、頭の中で組み立てあぐねているようであった。

「どんな、と言われても……、電話でも言いましたけど、あたしはそれほど青木君と親しかったわけではないですから」

「うん、それでもいいんだ。あまり親しくなかった常磐さんから見て、優馬がどんな子供だったか、率直に言ってくれればいい。私が優馬の父親だからといって、遠慮することはないよ」

優馬と親しかったわけではない、と幾度も常磐暁子が強調するのは、自分が優馬を振ってしまったことに対する罪悪感なのかもしれない。青木としては、極力常磐暁子に心理的負担をかけないようにしなければならなかった。

「――青木君は強い人でした。私は青木君が自殺するなんて、思いもしませんでした」

熟考した末といった風情で、常磐暁子は言葉を選びながらそう答えた。

「自殺するとは思わなかった？　あなたもそう思うんですか」

優馬の自殺を意外と捉《とら》えている発言は、考えてみればこれが初めてであった。水原も永井も、優馬が自殺するような性格ではなかったとは言っていない。それは彼らが特別に優馬と近い存在だったからなのだろうか。常磐暁子が自分と同様、優馬の自殺を不思議に思っているのは、やはり彼女があまり優馬を知らないためなのか。

「でも、青木君は自殺したわけですよね。遺書があったと聞いていますけど」

「正確には遺書らしき書き置きがね。それには死ぬ理由は書かれていなかったんだ。私はそれが知りたくて、こうして優馬の友達に会っているわけなんだ」

「たぶん、あたしが知らない理由があったんでしょうね。青木君は、大したわけもなく自分から死んだりするような人ではなさそうでしたから」

「私もそう思う。息子が死ぬからにはよっぽどのことがあったんだろう。でもそれが、親の私にすらまったく心当たりがないんだ。あなたは何も、思い当たることはないかな」

「特には。ただびっくりするだけです」

常磐暁子は大人びた仕種で小首を傾《かし》げると、また紅茶を口許に運んだ。青木は本題を切り出した。

「違っていたら申し訳ないけど、優馬はあなたのことが好きだったんじゃないかな」

「えっ？」

常磐暁子は顔を上げ、青木の目を正面から見た。その表情に、さして驚きの色はない。青木がそれを問い質《ただ》す意図でやってきたことを、すでに朧気に察していた様子だった。

「誰がそんなことを言ったんですか」

先ほどまでの平板だった口調に、心なしか力が籠《こも》る。顔にこそ出さないが、内心で腹立ちを覚えているようだった。

「なんとなく、生前の息子の態度から察したんだ」

永井の名を出すのは信義に反すると、曖昧《あいまい》にごまかそうとしてそう答えたが、常磐暁子にはそんな子供だましは通用しなかった。

「嘘《うそ》をつかないでください。誰がそんなことを言いふらしてるんですか」

「誰も言いふらしてなんかいないよ。君に迷惑はかからないはずだ」

「すでに迷惑です。青木君が自殺したのは、あたしのせいだと思ってらっしゃるんでしょう」

「そんなことはないよ。ただ――」

「永井君ですか」

常磐暁子はこちらの言葉を遮って、ずばり核心を突いてきた。その鋭さに、一瞬答えに詰まる。それだけで常磐暁子は、真相を察したようだった。

「やっぱりそうなんですね。青木君の友達を順番に回っているんだとしたら、すでに永井君にも会っているわけでしょう。こんなことを言いそうなのは、永井君だけですからね」

「どうですかね。いやがっているように見えたとしても、永井君が本当に言いたくなかったとは思えませんが」

「永井君を責めないで欲しい。いやがる彼から、私が無理矢理聞き出したんだから」

初めて常磐暁子は、苛立《いらだ》ちを露《あらわ》にして顔を歪《ゆが》めた。あまり永井に好意を持っていないらしい。アイドルのような容貌《ようぼう》の永井と、人目を引く美少女の常磐暁子が並べば似合いの一対となるのではと思うが、実際はそう単純ではないようだ。

「永井君が本当に言いたくなかったわけじゃない？　それはどういう意味だい」

疑問を覚えて問い質すと、常磐暁子は肩を竦《すく》めてみせた。外人じみたそんな仕種も、常磐暁子がすると妙に板について見える。今時の若い子にとっては、すべて自然な動作なのだろう。

「彼のことをどう思いました？　はきはきした感じのいい少年、って思ったんじゃないですか」

「そのとおりだよ。勉強もスポーツもできるらしいし、すごい優等生じゃないか。そうじゃないのかい」

「彼は確かにいろいろな才能に恵まれていますけど、一番豊かなのは演技力だと思いますよ」

「演技力？」

常磐暁子の口調は皮肉に満ちていて、容赦というものがなかった。青木は確認を求めずにはいられなかった。

「彼はいい子に見えるように、演技をしているというのか」

「中傷する気はありません。彼がどんな人格であろうと、あたしには関係のないことですから」

「うん、むろんあなたが永井君の悪口を言っているとは受け止めないよ。でも彼は優馬の親友だったわけだろう。その永井君が大人の前ではいい子ぶってるだけだというのは、あまり聞き捨てにできないことだな」

「親友？　誰からそんなことを聞いたんですか」

「先生だよ。光岡先生」

「ああ」つまらない返事を聞いたとばかりに、常磐暁子は声を上げた。「先生ですか」

「先生は何も知らない、と言いたいんだね。永井君は優馬の親友だったんじゃないのか？」

「どうでしょうね。最近いつも一緒にいるのは見かけましたが」

「あなたの言うことはよくわからないな。私にもわかるように教えてくれないかい」

「永井君は見たとおりの人ではなく、本当は怖い人ですよ。悪い仲間と付き合っているという噂《うわさ》もあるし」

「悪い仲間？　それは不良ということか」

「よく知りません。噂で聞いただけですから。あたしもあまり関わりたくないですし」

言うと常磐暁子は、自分の腕時計を見て「そろそろいいですか」と切り上げにかかった。これ以上、永井の話題は続けたくないらしい。だが青木としては、常磐暁子が仄《ほの》めかすことを聞き逃すわけにはいかなかった。

「ちょっと待ってくれないか。もう少しその話について聞かせて欲しい。永井君はいったい、どういう連中と付き合っていると言うんだ」

「ですからあたしはよく知りません。あたし、午後からダンスのレッスンがあるんですよ。これで失礼します」

にべもなく常磐暁子は言って、青木が引き止める間もなく立ち上がった。トレイを持って、青木に一礼して踵《きびす》を返す。それはまるで、この場から逃げるような態度であった。去ってゆく常磐暁子を見送る青木は、彼女の言葉の意味を把握しかねていた。常磐暁子が永井と関わり合いになりたくないというのは本音らしい。だがその理由となると、青木には皆目見当がつかなかった。どうやらもう一度永井と会う必要があるようだった。

14

安易な結論を出すのは危険だったが、永井が見かけどおりの子供ではなく、実は悪い仲間と付き合っているのだとしたら、優馬とLSDを結ぶ接点となっていた可能性がある。青木が知っている限りでは、優馬は夜遊びめいたことはしなかったし、特に素行が荒れているわけでもなかった。そんな優馬がＬＳＤを服用していたのは、誰かが橋渡ししたためとしか考えられない。もしそれが永井なのだとしたら、彼は昨日話してくれたこと以上の何かを握っているはずである。常磐暁子が単なる悪口として永井を貶《おとし》めたのでなく、本当にもうひとつの顔を持っているのならば、青木は是が非でも永井に真実を話して欲しかった。

青木は席を立ち、フロア中央にある公衆電話に向かった。カードを差し込み、手帳に書き込んである電話番号を押す。できれば永井をここに呼び出すつもりだった。

コール音が三度鳴って回線が繋《つな》がる音がしたが、聞こえてきたのは無機質な女性の声の合成音だけだった。留守番電話がセットされているのだ。すでに母子ともに出かけ、誰もいないらしい。舌打ちしたい気持ちをこらえ、青木は何もメッセージを吹き込まずに受話器を置いた。

仕方ないので次善の策として、もう一件の電話を入れた。光岡から教えてもらった、優馬の三人の友人のうちの最後のひとりである。園田《そのだ》久祥《ひさよし》という名のその少年は、光岡に言わせると他人との接触が苦手なタイプらしい。そのために青木は、会うのを一番最後にしていたのだった。

だが残念ながら、園田の家も留守であった。受話器を首に引っかけながら腕時計を見ると、時刻は十時半を回っている。もし出かける予定があるのであれば、すでに出発していておかしくない頃だった。今日は永井も園田も摑《つか》まらないかもしれなかった。

諦《あきら》めて青木は、飲み残したコーヒーを紙コップごと捨てて、ファーストフード店を後にした。真っ直ぐ帰宅することにする。家で待っている美保子は、多少生気が戻ってきたとはいえ、未《いま》だ精神的ショックから完全に立ち直ってはいない。これ以上調べることがないのならば、なるべく妻のそばにいてやりたかった。

十分ほど歩いて帰り着くと、美保子は今日も熱心にドラッグに関する本を読んでいた。すでに何冊か読み終えたようで、本の山がふたつに分かれている。一方の山の本には、何枚もの付箋《ふせん》が付けられていた。

お帰りなさい、との声に迎えられ、青木はソファに腰を下ろした。常磐暁子とのやり取りから得た情報をかいつまんで説明する。青木は永井に関する推測も併せて口にしたが、美保子の反応は鈍かった。

「つまりその永井君が、優馬にLSDを渡していたんじゃないかって言うの？」

「そういう推理も成り立つ、というだけだけどね」

妻の危惧《きぐ》がわかるだけに、青木も勢い慎重な物言いとなった。美保子は眉根《まゆね》を寄せて、難しげな表情を作った。

「常磐暁子さんは、あまり永井君にいい感情を持っている様子ではなかったんでしょう。そういう人の言うことを、一方的に真《ま》に受けるのはあまり公平じゃないんじゃない。まして相手は中学生なのよ。変な疑いを向けておいて、後で間違いでしたと謝っても、それじゃ済まないのよ」

「わかってるよ。でも常磐さんは、単なる好き嫌いでこんなことを言う子じゃなさそうだった。その彼女があえて口にしたんだから、もう一度永井君に会って確かめてみるのも無駄じゃないと思うんだよ」

「この本に書いてあるんだけど」美保子は積んであった本を取り上げて、付箋の付いているページを開いた。「LSDは服用すると、かなり集中力が落ちるみたいなのよ。幻覚を見るんだから、当然のことだけど。でね、考えたんだけど、優馬の成績が最近落ちていたのは、LSDのせいだったんじゃないかしら」

「ああ、そうかもしれないな」

青木は美保子が急に話の矛先を変えた意味がわからなかった。取りあえず同意を示すと、美保子はすぐに続けて青木の疑問を晴らした。

「だからね、もし永井君もLSDをやっていたのだとしたら、彼もやっぱり成績が落ちているはずじゃない」

「なるほど」

青木は納得して、大きく頷《うなず》いた。美保子の言うことには一理ある。もともと永井は、優馬ほどではないが成績がいい生徒だと光岡から聞いていた。その永井も最近になって成績が下降気味だったのだとしたら、決定的な証拠とはいえなくとも、傍証くらいにはなるはずだ。青木は電話の子機に手を伸ばし、さっそく光岡にそのことを確かめることにした。

光岡もまた外出しているのではないかと危ぶんだが、幸いなことに在宅していた。何度も青木が電話を入れることにも、迷惑そうな口振りひとつしない。青木は挨拶《あいさつ》の後、直截《ちょくせつ》に質問をぶつけた。

「つかぬことを尋ねますが、教えていただいた優馬の友人たちの、最近の成績についてお伺いできますでしょうか」

「最近の成績、ですか？　それがどうかしましたか」

「ええ、少し気になったもので」

青木は曖昧《あいまい》にごまかし、それ以上の追及を拒んだ。通常であればそんな質問などとうてい受け入れられないはずだろうが、光岡は青木に負い目を感じているのか、素直に応じてくれた。

「実は気になっていたんですが、青木君も含めて彼らのグループはみんな成績が落ちてきていたんです。あまり勉強が手についていないようでした」

「そうですか」

声に喜色が混じるのを、青木は意志の力で抑えつけなければならなかった。やはり永井の成績も落ちていたのだ。

「みんな、というのは水原君、永井君、園田君の三人ですよね」

それでも念のためのつもりで確認すると、光岡は意外な返事を寄越《よこ》した。

「いえ、四人全員ではありません。永井君だけは例外で、彼はそれほど変動がありませんでした。他の三人の成績が落ちているので、相対的に永井君の校内の順位が上がっているほどでしたから」

「えっ」

思いがけない答えに、青木はしばし言葉を失い黙り込んでしまった。こちらの沈黙を気にした光岡に、「どうされましたか」と尋ねられてようやく息をついた始末だった。

「い、いえ、なんでもありません」

青木は汗をかく思いだった。傍証を摑《つか》んだと考えたのも束の間、それはあっさりと否定されてしまった。やはり青木の推測は的外れだったのか。

しどろもどろに礼を言って話を切り上げると、光岡は訝《いぶか》しそうに挨拶を返した。青木の質問の意図を測りかねているのだろう。それを無視して通話を終えると、傍らでやり取りを耳にしていた美保子が諦め顔で首を振って見せた。

「永井君の成績は落ちていなかったのね」

「そう、なんだ。どうやらおれの邪推だったようだ」

青木が失望を抑えて頷くと、美保子は頭痛をこらえるような表情で言った。

「ねえ、今思いついたんだけど、ＬＳＤを手に入れるには、お金がかかるはずよね」

「ああ、ただでもらえるわけはないだろうな」

「優馬はそんなお金、どうやって作っていたのかしら」

尋ねられても、青木は美保子の言葉がピンとこなかった。美保子は焦《じ》れたように続けた。

「ここに書いてある末端価格の相場は、一枚で千五百円から五千円だわ。意外と安いけど、でも一枚の値段よ。いたずらで一度だけ試すならともかく、常習するには高額だわ。優馬のお小遣いは、月六千円よ。どうやってLSDを買っていたのかしら」

警察の解剖の結果によれば、優馬は死の間際に初めてLSDを服用したわけではなく、ある程度一定の期間に亘《わた》ってそれを体に入れていたのだそうだ。検査に間違いがなければ、確かに美保子の言うような疑問も浮かんでくる。それに気づかないのは迂闊《うかつ》だった。

「LSDは中学生が買えるようなものじゃないんだな。つまり優馬にLSDを与えていたのは、金銭的に余裕がある大人ということか」

「そうかもしれないけど、でもあたしには何がなんだかさっぱりわからないわ」

美保子は吐き捨てるように言うと、本をテーブルに戻して額に手をやった。本当に頭痛を覚えているのかもしれない。

自分は単に、優馬の仲間を作り出したかっただけなのかもしれない。青木もまた、疼《うず》くような痛みを胸に感じながら、己の心の動きを思い返した。青木は自分の息子がドラッグに手を出した末に自殺したという事実を、どうにも受け止めかねていたのだ。それをなんとか理解できる形に歪《ゆが》めて、永井を優馬のドラッグ仲間に仕立て上げようとした。優馬を違法行為に導いた相手が見つかれば、自分が感じている精神的圧迫感も軽減されるはずと無意識に考えたのではなかったか。軽々しく罪もない中学生に疑いを向けたことは、あまりにも恥ずべき行為であった。自己を嫌悪する気持ちは強酸のように胸郭を蝕《むしば》み、青木をいつまでも責め立ててやまなかった。

15

その電話が鳴ったのは、夕方六時半過ぎのことであった。今日は久しぶりに料理をするという美保子が台所に立っていたので、青木が電話に出た。

「青木です」

名乗ると、回線の向こうからは女性の喚《わめ》くような声が聞こえてきた。それがあまりに大声だったので、青木は眉を顰《ひそ》めて受話器を耳から離した。

「どちら様ですか」

幾分つっけんどんに尋ねると、ようやく相手は「光岡です」と声を落として名を告げた。

「どうされました。何かあったのですか」

声の主が光岡と知って、その慌てようが心配になってきた。また、優馬に関するよからぬことが発見されたのだろうか。

「今、今、今、今」

光岡は相当狼狽《ろうばい》しているようで、まともに言葉を続けることができないでいた。青木はそれをじれったく思うよりも、むしろ不安が沸々《ふつふつ》と胸の中に募ってくるのを感じた。

「どうか落ち着いてください。私はちゃんと聞いていますから」

内心のざわめきを抑えつつ、努めて冷静に促した。こちらの落ち着きが伝染したのか、光岡はそれを聞くと、「すみません」と詫《わ》びて息を吸い込んだ。

「あまりびっくりしたもので、取り乱してしまいました」光岡はそう言うと、しばし次の言葉を発しかねたように間を置き、やがて早口に続けた。「永井君が、たった今亡くなりました」

「何ですって！」

あまりに思いがけない言葉に、青木は大声を出して尋ね返した。光岡の言う意味が、とっさには理解できない。まるでフランス語で告げられたように、頭の中に浸透していかなかった。

「永井君が、学校の屋上から飛び降りたのです。病院に運ばれましたが、ほとんど即死でした。私は今、その病院にいます」

「飛び降りた――」

ようやく光岡の説明が頭で意味をなし始めると、今度は鈍い衝撃が襲ってきた。永井もまた、優馬と同様に投身により落命したという。これはいったいどうしたことか……。

青木の大声を聞きつけた美保子が、手をエプロンで拭《ぬぐ》いながら近づいてきた。青木の傍らに立ち、不安そうにこちらを見つめている。その顔を見て青木は、ようやく何をなすべきか考えられるようになった。

「私もそちらに伺います。病院を教えてください」

尋ねると、光岡は近くの大学病院の名を告げた。優馬が運び込まれたのとは別の病院だ。

青木は礼を言って、投げ出すように電話の子機を架台に置いた。

「何かあったの」

美保子は硬直した表情で尋ねてきた。青木もまた、顔が強張《こわば》っているのを自覚しながら応じた。

「永井君が亡くなったらしい。学校の屋上から飛び降りたそうだ」

「亡くなった？」

「ああ、病院に運ばれたそうだが、すでにもう息を引き取ったようだ。今からおれも行こうと思う」

「あたしも行くわ」

美保子はきっぱりと言った。今度は青木も反対しなかった。

手早く身支度を整え、ふたりでマンションを飛び出した。大通りに出て、折よくやってきたタクシーを摑まえる。飛び乗って行く先の病院を告げ、大至急と言い添えると、運転手はこちらの異変を察したのか無駄口も叩《たた》かず車を飛ばした。

十分ほどで病院の車回しに到着した。青木は精算を美保子に任せ、自分は車から飛び出し玄関に駆け込んだ。自動ドアをくぐってすぐが待合室になっている。今は客もいない閑散としたベンチの列に、ひとりだけぽつんと坐《すわ》っている人影があった。光岡だった。

「先生」

呼びかけると、光岡はこちらに顔を向けた。青木を認め、表情を変えて立ち上がる。その両手は見えない手拭いを絞るように、体の前で固く握られていた。

「青木さん」

光岡は言って、よろけるようにこちらに足を向けた。青木も早足で近寄り、互いに向き合う。近くで見る光岡の顔には、明らかに混迷の色が窺《うかが》えた。

「ええ、私がもう亡くなったというのは、本当ですか」

「永井君がここに着いたときには、すでに息を引き取っていました。蘇生《そせい》措置もとられたのですが、頭を強打していたため、それも間に合わなかったそうです」

「なんということだ……」

無意識の呟《つぶや》きが口から漏れた。すぐには続けるべき言葉を見つけられない。光岡もまた、現実を拒否するようにうなだれて首を振っていた。

そこに美保子が到着し、改めて光岡と挨拶を交わした。美保子はこれまでに何度か、光岡と対面したことがある。だがこのような形で再度顔を合わせようとは、お互いに想像すらしていなかったはずだった。

「取りあえず、坐りましょう。そして詳しいことを教えてください」

まず自分がしっかりしなければならないと、青木は光岡と美保子を促して腰を下ろした。ふたりとも素直にそれに従う。青木は光岡の方に膝《ひざ》を向け、改めて相手の顔を見た。

光岡は唇をわなわなと震わせながら、その間から言葉を吐き出した。

「私もよくわからないのです。永井君が学校の屋上から落ちたとだけ聞いて、それで駆けつけたものですから」

「先生のところには、誰から連絡が行ったのですか」

「宿直をしていた先生です。その方が、警察にも知らせました」

「永井君のお母さんや警察は、今どこに？」

「この奥の、処置室の前にいます」

光岡は顔を向けて、目でその方向を指し示した。青木もそちらを見やる。確かに日曜日の病院にはそぐわない、何か慌ただしいような気配があった。

「永井君は自殺したのですか」

最も気になる点を、青木は尋ねた。つい昨日会ったばかりの少年が、数分前に命を絶ったと告げられても、すぐには実感が湧《わ》かない。悼む気持ちよりもまず、優馬の死との関連性が頭に浮かんだ。このふたつの事件には、どのような繋《つな》がりがあるのか。

「まだ、何もわかりません。私は何も知らないのです！」

声を荒らげて言うと、光岡はたまりかねたとばかりに顔を手で覆った。心中のパニックが極限に達しつつあるのだろう。この年若い教師には、あまりにも重すぎる現実の展開だった。

青木はあえて言葉をかけず、光岡を放っておくことにした。何を言っても、今は空疎に響くだけである。互いの胸の痛みと混乱は、確認し合わなくとも痛切に理解することができた。

体の向きを変え、美保子と顔を見合わせた。美保子は光岡の狼狽する様に、憐れむような視線を向けている。青木は首を振って、これ以上何を尋ねても無駄だということを言外に告げた。美保子はすぐに理解して、硬い表情で頷《うなず》いた。

しばらく待っていると、ざわめきがこちらに近づいてきた。号泣する声が聞こえる。青木は立ち上がり、やってくる人の気配を待ち受けた。

声を上げて泣いているのは、永井の母親だった。一分の隙《すき》もないほど身なりに気を配っていた昨日の様子とは一変し、母親は髪を振り乱し涙を流している。両脇《りょうわき》を刑事らしき男に支えられていなければ、その場にくずおれて泣き伏してしまいそうであった。

母親を両脇で抱えている男たちの他に、警察の人間は三人いた。皆、優馬の事件の際に見た憶《おぼ》えのある刑事たちである。そのうちのひとり、生活安全課の平井と名乗った刑事が、目敏《めざと》く青木を見つけて近寄ってきた。

「ご苦労様ですね。わざわざいらしたのですか」

平井の口調は淡々としていて、それが皮肉なのか額面どおりの言葉なのか、判断することが難しかった。青木はこの刑事に対する不愉快な印象を思い出し、昂然《こうぜん》と応じた。

「優馬に続いてこんな事件が起これば、駆けつけるのは当然です」

「まあ、そうでしょうね。親御さんの気持ちを思うと、いても立ってもいられないというところでしょう」

平井は永井の母親を見やりながら、まるで野球の解説でもしているように冷静に評した。

青木の傍らに立っている美保子は、不安そうにこちらの右肘《みぎひじ》を摑んでいる。泣きやんだ光岡は、放心したようにベンチに坐り続けていた。

「自殺なのですか」

「わかりません」尋ねても、平井はにべもなく答えるだけだった。「遺書は今のところ、見つかっていませんが」

平井が言い終えたちょうどそのとき、「青木さん！」とヒステリックな声が待合室に響いた。永井の母親が、こちらのやり取りに気づいて声を上げたのだった。

「青木さん！」

母親は両脇の刑事の腕を振りほどき、青木に駆け寄ってきた。化粧が涙で流れ、それが狼狽と混乱を如実に物語っている。だが母親は、その顔を恥じる余裕さえ今は失っているのだった。

「どうして、どうして……」

青木の顔を見て感情を激発させたものの、母親は口にする言葉を持ち合わせていないようだった。ただとっさに、強烈なまでの理不尽な思いに駆られたのだろう。青木はその心の動きが手に取るように理解できたので、ただ沈鬱《ちんうつ》に頭を下げてそれに応じた。

「どういうことなんです！　どうしてうちの息子までが死ななければならないんですか！　どうして……」

母親は今にもベンチを乗り越えて、青木に摑みかかりそうな勢いだった。追いついてきた刑事がそれを押さえ、肩を叩いて宥《なだ》めようとしている。おそらく今から母親は、青木が経験したのと同じように、警察署での事情聴取を受けなければならないのだ。数日前の己自身の錯乱を、今眼前の母親の上に見る思いだった。

青木が何も答えずにいると、刑事たちは少し強引に母親の腕を取って玄関へと導いていった。その様子を見て平井は、青木たちに言葉をかけた。

「お宅の息子さんの件との繋がりはまだわかりませんが、いずれお話を伺うこともあるかもしれません。詳細はまたそのときに」

手短に切り上げると、軽く頭を下げて後を追う。青木はそれを、無言で見送った。右肘を摑んでいる美保子の手には、青木が痛みを覚えるほどに強く力が込められていた。

16

取り残されてみると、待合室には閑散とした冷たい気配だけが漂っていた。光岡はようやく自失から立ち直ったのか、また以前のようにきっぱりとした挙措で腰を上げた。

「私、これから学校に行こうと思います。まだ現場検証が行われているでしょうし、発見者の宿直の先生もいるはずです。詳しいこともいろいろ聞けると思います」

「そうですか。では詳細がわかったら、私にも知らせていただけませんでしょうか」

青木としては一緒についてゆき、この目で何が起きたのかを確かめたかったが、この件に関しては部外者である自分がそこまで出しゃばることは気が引けた。ここはすべて光岡に任せ、自宅で待機することにする。光岡は青木の言葉に頷《うなず》き、答えた。

「ええ、もちろんです」

「遅くなってもかまいません。お待ちしていますので」

「わかりました」

まだショックの色を隠せない光岡であったが、その口振りはしっかりしていた。もともと気丈な性格なのだろう。起こってしまったことに対して、精一杯に立ち向かってゆこうという気概が感じられた。

三人で病院を出、ひとまず別れた。先に拾えたタクシーを光岡に譲り、青木たちは次の一台を待った。ようやく通りかかったタクシーを拾って帰宅したときには、午後八時を回っていた。食事も摂《と》らずに病院に駆けつけたのだが、食欲などはとっくに霧散してしまっていた。

だが漫然と光岡からの連絡を待つわけにもいかないので、取りあえず夕食だけは済ませることにした。ふたたび美保子がキッチンに立ち、放り出してあった料理に取りかかる。その間青木は、ソファに坐り状況の整理に努めることにした。

まず軽く深呼吸をして、動転している頭を鎮める。自分の頰《ほお》を二度叩き、そして目を瞑《つぶ》ってこれまでの経緯を思い返してみた。

永井の死が事故である可能性を考える。永井は何かの用があって学校の屋上に赴き、そして不測のアクシデントに見舞われ足を滑らせたのだろうか。

その推測は、すぐに頭の中で打ち消した。青木自身が自分の目で確認したわけではないが、学校の屋上には必ずフェンスがあるはずだった。それがある限りは、単純なアクシデントで地上に落ちるなどということは起こりようがない。永井本人が意識的にフェンスを乗り越えなければ、落下事故など生じないはずだった。

といって、永井がそのような行動をとらなければならない理由など、考えられなかった。つい先日、他ならぬ優馬があのような死に方をしたばかりなのである。通常以上に、高所にいる際には注意を払っていてしかるべきだった。永井がそのような危険な遊びをするほど幼いとは、青木にはとうてい思えなかった。

加えて今日は日曜日である。授業がある日ならまだしも、わざわざ日曜日に学校の屋上に上がって事故を起こすというのも奇妙だ。日曜日は部活動が許されているので、まったく生徒の出入りがないわけではなかったが、それも夕方五時までと制限されていたように記憶している。刻限を過ぎても校舎に残り続けていたのは、何か理由があってのことのはずだった。

では自殺だろうか。もし自殺なのだとしたら、やはり優馬の死との関連を思わずにはいられない。すでに警察は優馬の死を自殺と断定し、捜査を終えようとしていた。永井もまた、同様の認識を持っていた様子だった。それが永井の精神に、微妙に影を落としたということか。

思春期の子供の自殺は、連鎖する場合が少なくないという。永井は優馬の死に誘われるように、自ら命を絶ったのだろうか。

しかしその考えも、青木はすぐに納得することはできなかった。昨日会ったばかりの、物言いのはっきりした少年の顔を思い出す。永井は優馬の死に対する驚きを口にはしたものの、それによって気持ちを揺さぶられているような様子は見られなかった。どこか他人《ひと》事《ごと》のような、優等生が非の打ち所のない弔辞を読み上げるような、そんな態度を永井はとっていたのだ。

今時の子供の考えることはわからない。現に青木は、自分の息子である優馬の死の理由すら、知ることができずにいるのだ。にもかかわらず、永井が自殺をしたという可能性は、どうにも受け入れがたいものを覚える。優馬の自殺に対する違和感と同じものを見て取るのだ。違和感も一度だけなら気のせいと受け流せるが、二度目はそうもいかない。単なる考えすぎと見逃すのは、あまりにも危険ではないだろうか。

永井は殺されたのではないか。青木は自分の考えが、行き着くべき必然の場所に行き着いたことを自覚した。永井の死は単純な事故や自殺ではない。ならば優馬の死もまた、自殺ではあり得ないはずだ。優馬も永井も、何者かの手によって強制的に命を絶たれたのではないのか。

それはあまりにおぞましい推測であったが、それでも優馬が自殺したと考えるよりは納得できるような気がした。優馬は自ら命を絶つような子供ではなかった。そして永井もまた、優馬の死に触発されるようなタイプとは見えなかった。ふたりとも殺されたのだとの推理は、青木の違和感を払拭《ふっしょく》する力を有していた。

美保子が調理を終え、配膳《はいぜん》を始めようとしていた。青木は立ち上がり、それを手伝った。美保子は何かを考え込むように、終始無言で手を動かしている。青木もまた、自分が到達したばかりの推理を美保子に話そうとはしなかった。優馬が殺されたのではなどという考えは、まだ美保子には受け入れがたいだろうと気遣ったのだ。

テレビも点《つ》けず、ただ黙々と料理を口に運ぶだけの夕餉《ゆうげ》を済ませた。鯖《さば》の味噌煮《みそに》は青木の好物のひとつだったが、ろくに味もわからない。機械的に箸《はし》を動かし、気がつけば腹が膨れていたといった感じだった。

食器を洗うのは自分がやろうと申し出たが、美保子はそれを断った。何かをしていないと、闇雲《やみくも》に叫び出したくなってしまうと言うのだ。その気持ちは痛いほど理解できたので、美保子の望むままにしてやることにした。

電話が鳴ったのは、食事を終えて二分と経たないときであった。青木はすかさず手を伸ばし、架台から子機を取り上げた。

「ご連絡遅れて申し訳ありません。光岡です」

果たして相手は、待ち続けていた光岡であった。幾分落ち着きを取り戻したようで、言葉がはっきりしている。青木は「いいえ、かまいません」と応じ、先を促した。

「で、何かわかりましたか」

「はあ、それが」光岡は困惑したように言葉を濁した。「大したことはわからないのです。ただどうも、やはり自殺ではないかという話が、私たち教師の間では出ています」

光岡の声の背後からは、慌ただしげなざわめきが聞こえる。教師たちが集合し、父母の問い合わせに応じているのだろう。その合間を縫って、なんらかの話し合いが持たれたようだった。

「と言いますと、遺書か何かが見つかったのですか」

「いえ、そういうわけではありません。自宅にそのようなものが残っている可能性はありますが、学校には何も残されていませんでした。私たちが自殺ではないかと推測する根拠は、屋上に永井君の靴が揃《そろ》えて置いてあったからなのです」

「靴が揃えて」

投身者が身を投げる際に、靴を脱いで揃えるという話はよく耳にする。優馬は靴を履いたまま飛び降りたが、永井の靴は残されていたというわけだ。

だがだからといって、短絡的に自殺という結論に飛びつくのは早計すぎる。他殺である場合、そのような細工は決して難しくないはずだからだ。

「その他には、自殺とする根拠はあるのですか」

「いえ、特に今のところは発見されていません。警察も何も教えてくれませんし」

「屋上に争ったような痕跡《こんせき》は？」

「私たちが見たところ、特にありませんでしたが……。ということは、青木さんは永井君が誰かと喧嘩《けんか》でもした末に落ちてしまったと考えているのですか」

「そういう可能性もあるということです。宿直の先生は、永井君の出入りには気づかなかったのですか」

「ええ、まったく気づかなかったそうです。校舎の入り口はいくつかありますから、職員室から離れたところから忍び込まれたら、まずわかりません。夜間ではないので、まだ施錠もしていませんでしたし」

「では、永井君以外の生徒が出入りした様子などもないのですね」

「ええ、ないです」

「不審者も侵入していない？」

「そう聞いています」

しつこく念を押してみたが、目撃証言は得られそうになかった。だがそれが他殺説を否定するわけではない。結論をよりいっそう曖昧《あいまい》にするだけのことだった。

「永井君を発見したときの様子を教えてください」

青木が求めると、光岡はすでに要点を整理していたようで、要領よく答えた。

宿直の先生の言葉によると、最初はどすんという物音がしたのだそうだ。何かが落下した音だとはわかったが、それが人間だとは思いもしなかったという。まだ校舎内に残っていた生徒がいたずらでもしたのだろうと、半ば呆《あき》れながら宿直の先生は腰を上げたのだった。

ゆっくりと職員室を出て、音がした校庭の方角に向かおうとして、人が倒れているのを発見した。駆け寄り、それが生徒であることを確認する。すでにその時点で、永井の周りは血で満たされていた。ひと目で事切れていることが判別できたという。

宿直の先生は、息があるかを確認せず、すぐに職員室に戻って一一九番をした。そのときにようやく、音の正体が永井の転落によるものであったことに思い至る。校庭に戻り屋上を見上げたが、そこに第三者の人影などは見なかった。

そのまま永井につきっきりでいたため、宿直の先生は屋上を改めはしなかったそうだ。だから第三者がいたとしても、逃げる余裕は充分にあったことになる。しかしそのときの先生の対応を咎《とが》めることはできなかった。自分の学校の生徒が血塗《ちまみ》れで倒れているときに、教師がその傍らを離れてうろうろするわけにはいかないからだ。救急車がやってくるまでの数分間、校内の人の出入りはまったく確認されていなかったということだった。

青木が適宜挟む質問に答えつつ、光岡はそれらのことを説明した。状況は青木が想像していたものと大差はない。後は警察の捜査でなんらかの痕跡が発見されるのを待つだけだった。

「私はまだしばらく学校にいます。警察からの連絡が入る予定なので」

光岡は疲れも覗《のぞ》かせずに言った。神経が張りつめているために、疲労も忘れているのだろう。反動が来なければよいがと青木は案じたが、さりとて光岡が帰宅するわけにはいかない事情は理解できた。

「ではお手数ですが、また新しい事実が判明したら教えていただけますでしょうか。何時でもかまいませんので」

「わかりました。そうします」

光岡は応じて、受話器を置いた。青木も通話ボタンを切りながら、明日はあの平井という刑事に会ってみようと考えていた。

17

一夜明けて青木は、朝一番で所轄の警察署に向かった。受付で名を名乗り、生活安全課の平井に面会を求める。受けつけた若い警官が署内電話で問い合わせたところ、平井は出かけずに席にいるようだった。

しばらくベンチに坐《すわ》って平井が現れるのを待った。警察には思いの外に一般の人間の出入りがある。それらに漫然と視線を向けながら辛抱強く待ち続けていると、十分ほどして平井が階段を下りてきた。

「お待たせしました」

平井はそう言いながら近づいてきたが、待たせたことを悪く思っているような気振《けぶ》りは見られなかった。いつものように、感情を覗かせぬ能面のような無表情である。青木は突然の訪問を詫《わ》びて、少し話を聞かせて欲しいのだと頼んだ。

「昨日の永井君のことですね」

ベンチに腰を下ろした平井は、悠然とした仕種《しぐさ》でたばこを取り出し、それに火を点けた。紫煙を吐き出してから、青木の顔をねめつける。青木は短く「そうです」とだけ応えた。

「いずれこちらからも伺おうと思ってました。ちょうどよかった」

平井はスタンド式の灰皿を引き寄せながら、言った。

「何かわかったのですか」

「まあ、多少は」

あくまで平井の態度は落ち着いていた。勿体《もったい》をつけているわけでもないのだろうが、情報に飢えている青木にはそれが苛立《いらだ》たしく映る。視線を据えて言外に先を促すと、平井は身を乗り出してこちらに顔を寄せてきた。

「解剖の結果が出ました。永井君の体からもＬＳＤが検出されたんです」

「えっ」

平井の声は周囲に聞こえないようにと潜められていたが、青木の耳にははっきりと届いた。思わず平井の顔を見返したが、間違いなどではないようだ。平井もまた、鋭い目でじっと青木を見つめていた。

「ＬＳＤですか」

「そう、あなたの息子さんと同じく、ね」

「どういうことですか」

「まったくわかりません」

平井は首を振ると、体を戻して灰皿のたばこに手を伸ばした。ふたたびそれを口に運ぶ。心なしか、紫煙を肺に吸い込むことで平井が苛立ちを抑えているようにも見えた。

「永井君の死も、自殺なのですか」

「調査中です」

「遺書などは残ってないのですか」

「今のところ、発見されていません」

「家族に心当たりは」

「まるでないそうです」

どうやら警察も、未《いま》だ何も摑《つか》み得ていないようだった。状況が見えていない点に関しては、青木と大同小異なのかもしれない。

「LSDによる幻覚のせいで、転落事故を起こしたという可能性は?」

「むろんあり得ます。しかしなんのために日曜日の学校に行ったのかがはっきりしない。永井君は母親にも何も知らせていなかったのです」

「永井君は自殺するような子供じゃなかった。私は一昨日、彼に会って話をしたばかりなのです。そのときには、自殺するような素振りなどまるで見られなかった」

「それはあなたの息子さんも同じでしょう。今の若者は些細《ささい》な理由で死に走る。大人の我々には想像もつかない理由でね」

「しかし、立て続けに死んだふたりの子供が、ふたりともにＬＳＤを服用していたというのは、あまりに異常な事態ではないですか」

「むろん我々も、永井君の死をまだ自殺や事故と断定したわけではないですよ」

「つまり、他殺の可能性も考慮し始めたということですか」

ずばり切り込んだが、平井の表情はまるで変わらなかった。

「捜査方針をお話しするわけにはいきません」

そう言って、短くなった煙草を灰皿に捨てる。今度は青木が身を乗り出した。

「息子と永井君がＬＳＤを入手した経路は、まだわからないのですか」

「捜査中です。何しろ故人が中学生なものですから、こちらも聞き込みなどには気を使っていたのですが」平井はいったん言葉を切り、青木に鋭い目をくれた。「今後はそんな悠長なことも言っていられないかもしれません」

青木は平井の仄《ほの》めかす意味を正確に把握した。つまり平井は、今後は優馬がＬＳＤをやっていたことを、学校側に秘密にはしておけないかもしれないと言っているのだ。もしそうなったとしたら、これまで寄せられていた世間の同情は、一変して冷たいものとなるだろう。青木たち夫婦にとっては、新たな試練の始まりとも言えた。

「こちらからお訪ねしようと思っていたというのは、そんな事態を避けるためです。息子さんとＬＳＤを結びつける線を、親であるあなたたちに見つけ出して欲しいのです。必ず何かしらの兆候があったはずですから、それを思い出して我々に告げて欲しいのですよ」

た。平井は未だ、青木たちが子供を庇《かば》って隠し事をしているのかもしれなかった。そうでないことをいくら強調しても、眼前の刑事は信用しないに違いない。子供がイリーガルドラッグになど手を出すのは、すべて親の責任だと考えているのだろう。だが悲しいことに、青木はそんな考え方に反論する言葉を持ち合わせていなかった。息子の変調に気づかなかった落ち度は、誰よりも青木自身が痛烈に自覚しているのだった。

優馬とLSDを結びつける線に、青木はひとつだけ心当たりがあった。永井に関するよからぬ噂《うわさ》である。だが青木は、それを平井に告げる気にはどうしてもなれなかった。単なる噂にすぎないことである上に、永井はすでに故人である。中傷で死者を貶《おとし》めたくはなかったし、他人に重い罪をなすりつけることで優馬の過ちを軽減させるような真似はしたくなかった。

「息子を庇っているわけでは決してないのですが、未だ中学生とLSDの結びつきには、信じられない気持ちでいっぱいです。優馬は不良やヤクザと付き合うような子供ではありませんでしたし、親の目からはごく普通の、世間一般の中学生となんら変わらないように見えていました」

「しかし現に、LSDをやっていた。友人と一緒にね」

平井は非難するわけではなく、事実をごく淡々と述べているような口調で反論した。青木は自分の考えをぶつけてみることにした。

「永井君の死は、自殺や事故ではあり得ないと思います。誰かに殺されたのです」

きっぱり言い切ると、平井はじっとこちらを見据えて、そのまま身じろぎもしなかった。

やがて口を開いたときには、口調が幾分変わっていた。

「青木さん、めったなことを言うものじゃないですよ。ご自分がどんなことをおっしゃっているのか、おわかりでないのですか」

「よくわかっています。私なりに考えた末に申し上げているのです」

「どんなふうに考えたかわかりませんが、そのようなことをあちこちで言いふらさないよう、お願いしたいですね」

「言いふらしはしません。ですが私は、自分の考えを捨てる気にはなれません」

「それはご随意に」

にべもなく言うと、平井はそれ以上続けようとはしなかった。青木はさらに追及した。

「私は息子も、永井君を殺した人物と同じ人の手に掛かって死んだものと思っています。息子は自殺したのではないのです」

「しかし、遺書が残っていた」

「あれは強制的に書かされたとも考えられます。あんな短い文章であれば、そういうことも可能なはずです」

「確かにね」

平井は否定しなかった。青木はそれに力を得て、先を続けた。

「永井君もＬＳＤを服用して死んでいたということは、その販売ルートとの間になんらかのトラブルが発生していたとは考えられないでしょうか。そのトラブルのせいで、ＬＳＤの卸元に自殺に偽装された末に殺されたとは」

「青木さん、ひと言だけ申し上げておきますが、あなたが考えるようなことは警察もとっくに考慮に入れているのですよ。あれこれ考えたくなる気持ちはわかりますが、もっとこちらを信用して、任せていただけないでしょうか」

勢い込む青木を宥《なだ》めるように、平井ははっきりと言った。ぴしゃりと撥《は》ね除《の》けられて青木が言葉を呑み込むと、ふたたび平井は体を乗り出してきた。平井の顔にはこれまで決して見せなかった、同情のようなものが浮かんでいた。

「本音を言いますとね、私個人はふたつの事件が殺人だった方がいいと思っていますよ。子供が次々と自殺するよりは、連続殺人の方がよっぽど怖くないですからね」

平井の言葉は、刑事にはあるまじき気後れの色を滲《にじ》ませていた。

18

曖昧《あいまい》にごまかされたような格好になったが、青木としては未だ他殺説を捨てる気にはなれなかった。警察がどのような捜査方針で動いているのかわからないが、その結果が出るまで漫然と待ち続けるような真似はできそうもない。警察にはできぬ、自分だけの捜査手段があるはずだと青木は考えた。

警察署を後にして、まず真っ先に永井の母親と会う必要性を感じた。息子が死に至る直前までの行動を互いに包み隠さず述べ、検証しあえば、新しい事実が浮かび上がってくるかもしれない。他殺にしろ自殺にしろ、その原因は共通しているはずと青木の勘は訴えていた。

だが青木は、このまますぐに母親に会いに行くには逡巡《しゅんじゅん》を覚えた。葬儀の手配でごった返しているはずだし、何より母親自身が昨日の様子ではまだ動転しているだろうと思われる。今から訪ねたところで、まともな話などできそうになかった。

そこで青木は、まだ会っていない優馬の友人の最後のひとり、園田久祥《ひさよし》と話をしてみようと考えた。永井までもが死んだ今、共通の友人であった園田がどう考えているかには興味がある。永井に関する噂についても、親しかった友人の立場からなんらかの有益な情報を漏らしてくれるかもしれなかった。

いったん帰宅し、中学校が終わる時刻まで時間を潰《つぶ》した。美保子とふたりで、ドラッグに関する本を無言で読みふける。青木の目はともすれば活字の上を上滑りになり、あまり集中できなかった。ふと気がついてみると、思考の焦点は常に優馬と永井の死に結ばれている。すべてに納得いく結論が出るまで、万事こんな調子が続くのだろうと、青木は漠然と頭の隅で思った。

二時過ぎに家を出て、校門で下校してくる生徒を待ち受けることにした。園田の顔は、集合写真で確認してある。その場で摑まえて、少しでも時間を割いてもらうつもりだった。

六時間目が終わるのは、優馬の時間割によれば二時半となっていた。青木は校門の脇に立ち、フェンス越しに校庭に視線を向けていた。この時間は体育の授業もないらしく、人っ子ひとりいない校庭は寂しく砂埃《すなぼこり》を巻き上げている。それはどこか、学校全体が永井の死に追悼の意を表しているかのようにも見えた。

チャイムが鳴るとともに、静まり返っていた校舎がとたんに息を吹き返した。しばらくざわめきが続き、三々五々子供たちが校庭に飛び出してくる。そのまま帰宅する者、体操着に着替えてさっそく部活動に入る者、様々だった。

光岡から得た知識によれば、園田はクラブ活動には所属していないそうだった。優馬も運動はあまり得手ではなかったが、それでも将棋部に所属していて帰宅が遅くなることもあった。園田はそうした文化系クラブにも入っていないのだった。写真で見た気弱そうな面差しから、どこか腺病質《せんびょうしつ》めいた子供を青木は想像していた。

下校する生徒が次々と校門を出てきた。皆、そこに立っている大人に不審そうな目を向けて通る。中にはこちらに曖昧に頭を下げる者もいるところから、そうした生徒は通夜に弔問に来てくれた同級生であることが察せられた。

チャイムが鳴ってから五分ほどして、ようやく園田の顔を発見した。園田はひとりではなく、一緒に下校する相手を伴っていた。青木はその相手の顔も見憶えがあった。水原佑《たすく》だった。

先に青木に気づいたのは水原だった。はっと驚いたような表情を浮かべ、そこで立ち止まる。どうしたのかと不審そうにこちらに目を向けた園田も、すぐに青木の顔を見分けたようだった。

水原も一緒なのは好都合だった。園田は人見知りが激しいたちだという。水原も一緒の方が口がほぐれるかもしれないし、青木としても永井の死についてもう一度水原の意見も聞いてみたい。一緒に話を聞かせてくれれば一石二鳥だった。

「水原君」

青木が呼びかけると、金縛りから解けたようにようやく水原は動き出した。近くに寄ってきて、「なんでしょう」と大人びた口調で尋ねてくる。園田はその後ろに隠れるように、おずおずと青木を見ていた。

「園田君に会いに来たんだけど、水原君も一緒ならちょうどよかった。ちょっとまた、いろいろ話を聞かせてくれないかな」

「永井のことですか」

「そうだよ。立て続けに友達をふたり亡くしてショックだろうけど、少しだけ付き合ってくれないか」

青木が見たところ水原は、先日とあまり変わりがないようであった。まったく衝撃を受けていないとは思えないが、少なくとも表面上は平静そうである。それに対し園田は、ショックの色がありありと窺《うかが》えた。今にも貧血で倒れてしまいそうなほど、顔色が悪い。身長もあまり高い方ではなく、中学二年としては小柄だ。その姿は、青木が想像で描いていたイメージとさして違わなかった。

水原は青木の言葉を聞いて、意見を求めるように園田を振り向いた。だが園田は、不安そうな目で水原を見つめ返すだけである。その様子から青木は、園田が精神的にかなりの度合いで水原に依存しているのを見て取った。決定権は水原にあるようだった。

「どうかな」

言葉に力を込めて促すと、水原は園田から青木に視線を戻した。

「いいですよ。少しだけなら」

頷《うなず》いて、「なっ」と園田にも同意を求める。園田もまた、硬い表情で顎《あご》を引いた。

「ありがとう。じゃあ、この辺でどこかゆっくり話ができるところはあるかな」

先日と同じファーストフード店に行ってもいいのだが、水原も園田も制服姿である。このままファーストフード店などに連れていくのは、親の世代としては抵抗があった。

「その辺の公園でいいんじゃないですか」

水原がぶっきらぼうに言う。青木の申し出を鬱陶《うっとう》しがっているのかもしれなかった。だが青木はそんな気配などまるで気づいていない振りをして、「うん、そうしようか」と軽く応じた。

歩いて二分ほどのところに、小さな公園があった。ふたつのベンチと公衆トイレ、滑り台とブランコだけというシンプルな公園である。そのベンチに並んで腰を下ろし、青木は膝《ひざ》を子供たちに向けた。

「永井君が亡くなったのは驚いた。君たちもさぞかしショックだろう」

そう切り出すと、それに応《こた》えたのは青木の隣に坐《すわ》る水原だった。

「びっくりはしましたね」

相変わらず、醒《さ》めた口調である。青木は水原を挟んで向こう隣に坐る園田にも声をかけた。

「園田君はどう？　やっぱり驚いた？」

尋ねると、園田は硬い表情のまま、無言でこくりと頷く。肩を窄《すぼ》め、居心地が悪そうだった。青木からの突然の接触に怯《おび》えているのかもしれない。

「驚いたということは、永井君が死ぬなんてことは考えもしなかったってことかい」

「そうですね」

ふたりに向けて訊《き》いたつもりだったが、やはり答えるのは水原だった。水原は正面から青木に視線を向け、決して逸《そ》らそうとしなかった。

「つまり、永井君は自殺しそうな生徒じゃなかったってことかな」

重ねて問うと、水原はうんざりしたような表情を浮かべた。

「この前も言ったと思いますが、誰が自殺しそうかなんて、ぼくらにはわかりませんよ」

「ああ、そうだったね。でも君たちは、近くにいてぜんぜん兆候のようなものには気づかなかったんだろ」

「永井だって悩みくらいはあったと思いますよ。ぼくらの世代で、まったく悩みがない奴《やつ》なんていませんから」

「例えば、どんな」

「永井の悩みは知りませんよ」

「君のことでいいよ。君は例えばどんなことに悩みを抱いてるんだい」

「腐るほどあります。将来のこととか、勉強のこととか」

「将来のこと？」

「ええ、先がまるで見えないですからね、ぼくらは」

水原は、まるで就職を控えた大学生のような口振りだった。それは青木にとって、胸を衝《つ》かれるような驚きだった。眼前の子供はまだ中学生のはずだ。将来を思い煩うのなどまだ早く、あれこれと夢想にふけっていても許される年代ではないか。それなのに水原は、閉塞感に押し潰されそうな言辞を吐いている。これが今の中学生なのだろうか。優馬もまた、このような思いを抱いて生きていたのか。

「先が見えないというのは、自分がどういう大人になるかわからないってことかい」

「いろいろですよ」

「いろいろ？　自分がどういう職業に就くかとか、どういう相手と結婚するかとか？」

「ひと口には言えません」

水原は、そのことについてあまり説明したくなさそうだった。青木としてはもっと突っ込んだ話が聞きたかったが、それは本来の目的ではない。仕方なく永井に話題を戻した。

「つまり永井君も、ひと口では言えないような悩みを抱えていただろうから、自殺してもおかしくないってことなのかな」

「そうです。身近で自殺なんかがあれば驚きますけど、でも世間では珍しくないことですよ。全国では、一ヵ月に何件か起こっていることじゃないですか」

「君は友達の死を、そんなふうに一般化して考えているのかい。悲しくはないのか」

「ここでぼくが涙のひとつも流せば、おじさんは満足するんですか」

「そうは言わないが……」

「永井だったら、それくらいのことはしたかもしれませんけどね。ぼくは恥ずかしくてそんな真似はできませんよ」

「永井君だったら？」

水原の言葉には、死んだ友人に対する追悼の思いなどはかけらも含まれていないようだった。その口振りは、常磐暁子のそれと酷似していた。水原もまた、永井にはあまり良い感情を持っていなかったのだろうか。

「君は永井君が好きじゃなかったのか」

尋ねると、水原は呆《あき》れたような目で青木を見た。

「好きとか嫌いとか、そういう問題じゃないですよ。永井はぼくと同じ学年の奴で、確かに最近付き合いも多かった。それだけのことです」

「君もそうなの？」

青木が園田に話を振ると、園田は驚いたように口をぱくぱくさせてから、辛うじて声を発した。

「ぼくは、永井君が嫌いじゃなかった……」

「嫌いじゃないってのは、好きでもなかったってこと？」

「だから、そういう問題じゃないんですよ」水原が割って入った。「大人はぼくたちが、べたべたした友情で結ばれているものと信じたがるけど、実際にはそんなことはあり得ないんだ。何もかも競争競争の世の中で、本当の友情なんて芽生えるわけもないんだから」

水原の言葉は、またしても青木に衝撃を与えた。水原の意見はシニカルに過ぎるような気もするが、さりとてひねくれ者の見解と聞き流すことはできない真実味をも含んでいるように感じられた。今の中学生は、意識するにせよしないにせよ、皆同じような気持ちでいるのではないか。それは青木の肌を粟立《あわだ》たせる荒廃の景色だった。

「わかったよ。君の友情観はよくわかった。私には納得しがたいけど、でもそれはいい。じゃあ改めて尋ねるけど、君たちは永井君の死になんの疑問も持っていないんだね」

「不思議には思いませんね」

「優馬が死んだばかりなのに、また永井君が死んでも、それでも不思議じゃないんだね」

「永井は青木の自殺に触発されたんじゃないですか」

「つまり君たちは、やはり永井君も自殺したと思ってるんだ」

「事故ではないでしょう。事故じゃないなら、自殺しかない」

「誰かに殺されたとは、一瞬も考えたことはない？」

青木が言葉をぶつけると、水原はしばし口を噤《つぐ》んでじっと視線を注いできた。青木の挑発的な言辞に、真っ向から立ち向かってくるような気概が感じられる。今日の水原は、先日にも増して敵意を剝《む》き出しにしているように見えた。それは青木に対するものというよりも、何か別の大きな存在への挑戦のようでもあった。その何かは、水原自身が口にする〝将来〟なのかもしれなかったが、青木には見当をつけることすら容易ではなかった。

「殺されたって、いったい誰に？」

青木の質問に、水原は逆に問い返してきた。青木が答えずにいると、水原は怒ったように続けた。

「変なことを言わないでください。ぼくらは中学生なんですよ。いくら自殺が二件続いたからって、殺人なんて安易な推測を持ち出すのはやめてください」

水原は言うと、園田を促して立ち上がった。そのまま青木を見下ろし、吐き捨てるように言う。

「青木は本当に自殺したんだ。あいつがどんな気持ちだったか、どうしてわかってやろうとしないんです」

水原はそれきり青木の存在など視野に入っていないように、足早に公園から出ていった。

「ちょっと待ってくれ」と青木が呼び止めても、ふたりは振り向きもしなかった。

腰を浮かせた青木は、諦《あきら》めてもう一度ベンチに坐り込んだ。水原の最後の台詞《せりふ》が、無形の槍《やり》となって心に突き刺さっている。彼の仄《ほの》めかす意味が、青木にはどうしても理解できなかった。

おれはいったい何をしているのだろうか。青木は不意に徒労感を覚え、胸の中で幾度も自問し続けた。

19

青木は光岡の言葉を思い返しながら、疲れた足を引きずるように自宅に向かっていた。光岡は子供たちと価値観を共有することは至難の業であると言った。子供には子供の論理があり、大人は決してそれを理解することができないのだと。

青木は今、光岡の言葉を実感とともに受け止めていた。水原の言動は、青木がこれまで保持してきた従来の価値観では、どうにも受け入れがたい。かといって頭から否定するにはあまりにも堅固な判断基準を、水原はすでに築いている。青木と水原の間には、越えがたい認識の相違があるようだった。

そしてそれは、水原ひとりの問題ではないように、青木には思われてきた。水原が特別歪《ゆが》んだ性格をしているというわけではなく、おそらく彼は、今の中学生の世代のある一面を体現したような少年なのだろう。誰もが皆、水原ほどシニカルな視線を持っているわけではないだろうが、大なり小なり共通するものを裡《うち》に抱えているように青木には思える。

優馬もまた、きっと例外ではなかったのだ。

水原ひとりから満足に話を聞き出せない自分に、すでに死んでしまった優馬の考えなどが理解できるのだろうか。そう考えることは、青木に底なし沼に嵌《はま》り込むほどの徒労感を植えつけた。優馬に一歩でも近づこうと足掻《あが》いている己《おのれ》の行動が、すべて虚《むな》しく感じられる。今のように、子供たちの価値観を共有できずに門前で撥《は》ねつけられているような状態では、おそらく一生かかっても優馬の死の原因など突き止めることはできないだろうと思われた。

マンションに帰り着いた青木は、上昇するエレベーターに身を委《ゆだ》ねながら、新たに得たこの認識をどう美保子に説明したものかと考えていた。白旗を揚げるに等しい徒労感を、美保子に対して口にするのは断腸の思いがある。優馬と自分には血の繋《つな》がりがないという事実を意識したことはめったになかったが、今ばかりはそれを痛いほど感じないではいられなかった。

このところの習慣で、自分で鍵《かぎ》を開けて部屋の中に入った。そしてすぐに、見慣れぬ靴が三和土《たたき》に置いてあることに気づいた。女物の靴だが、美保子の物ではない。誰か客が来ているようだ。

「ただいま」

奥に向かって声をかけると、「お帰りなさい」と言いながら、美保子が出迎えに現れた。わずかだったが、青木にだけわかるような困惑の色が表情に滲《にじ》んでいる。おそらく来客は、思いがけない人物なのだろうと青木は推測した。

「誰が来てるんだ」

尋ねると、美保子は後ろを気にしながら、小声で囁《ささや》いた。

「常磐暁子《ときわあきこ》さん。ついさっき、来たの」

「常磐さん？」

その名は青木にとっても予想外であった。青木が校門で待っていたときには常磐暁子の姿を見かけなかったので、おそらくすれ違いでこちらにやってきたのだろう。どんな用件なのだろうかと、青木は顔を引き締めてリビングルームに向かった。

常磐暁子は背筋のピンと伸びた居住まいで、ソファに腰を下ろしていた。青木の姿を認めると、立ち上がって丁寧に頭を下げる。青木もつられて低頭した。

「よく来てくれました。さあ、どうぞ坐《すわ》ってください」

手を差し伸べると、少女は頷《うなず》いて青木の言葉に従った。今日の常磐暁子は、昨日とは印象が一変する、地味なブレザー姿だった。学校から直接やってきたらしい。制服を着ているとさすがに、大人びた雰囲気は払拭《ふっしょく》されていた。ちょっと目を引く程度の美少女でしかない。

青木は取りあえず、常磐暁子の斜め前に坐った。どんな用件か見当がつかないが、青木に会うために訪れてきたのは間違いないだろう。昨日は話さなかった何かを聞かせてくれようとしているのかもしれない。青木は急《せ》かすような真似はせず、常磐暁子の方から口を開いてくれるのを待った。

背後のキッチンで、美保子がお茶を淹《い》れていた。盆に載せた湯飲み茶碗を運んできて、常磐暁子の前に差し出す。少女はふたたび頭を下げて、低い声で礼を言った。

美保子が青木の隣に腰を下ろし、ふたりで常磐暁子に顔を向ける格好になった。少女は手を伸ばしてお茶をひと口啜《すす》ってから、それをテーブルに戻しておもむろに言葉を発した。

「お焼香を、させてもらえませんか」

常磐暁子から見て正面には、仮に備えつけた仏壇がある。まだ納骨を済ませていない優馬の遺骨は、白い箱に入ってそこに置かれていた。常磐暁子はその白い箱に視線を向けてから、許可を求めるように青木の顔を見た。

「どうぞ、お願いします。焼香してやってください」

青木が頷くと、常磐暁子も顎《あご》を引いて立ち上がった。青木たちの背後を回り込み、優馬の遺影の前に正座する。静かに焼香するその後ろ姿から、常磐暁子の心情を読み取ることは難しかった。

常磐暁子は長い時間手を合わせ、そしてゆっくりと立ち上がった。ふたたびソファに戻ってきて、膝を揃《そろ》えて坐る。顔は青木に向けられていた。

「今日、校門で水原君たちを待ってらっしゃったと聞きました」

「そうなんだ。ちょっと彼らに話を聞きたかったんでね」

「そうですか。永井君が死んだことについてですね」

「そう。どうしても優馬の死と無関係とは思われなかったんでね」

「水原君たちはなんて言ってましたか」

常磐暁子は一瞬も目を逸《そ》らさず、真っ直ぐに青木に視線を据えている。水原もそうだが、この世代は他人と正面から顔を合わせることに遠慮がないらしい。感覚的には欧米の人間に近いのかもしれなかった。青木もまた、常磐暁子の顔から目を逸らさずに答えた。

「永井君が自殺したとしても、特に不思議はないと言っていた」

「そんな……」常磐暁子は理不尽なことを聞かされたように目を見開いた。「永井君が自殺しても、なんにも疑問を感じていないんですか、水原君たちは」

「少なくとも水原君はそんな口振りだった。園田君はあまり喋《しゃべ》ってくれなかった」

「ああ……」

常磐暁子は声を上げると、そのまましばし黙り込んだ。今度は青木の方から尋ねた。

「あなたは、永井君が自殺したとは考えていないんですね」

「わかりません」初めて常磐暁子は、気弱げに首を振った。「あたしはあまり永井君と口を利きませんでしたから。でもあたしの印象としては、永井君は自殺しそうな人ではありませんでした。まして青木君と立て続けでは、単なる自殺とは思えません」

「単なる自殺ではないとすると、つまり永井君は誰かに殺された、ということかい」

「でもそう考えるのも、あまりにも怖すぎます。あたしは何がなんだかわからないのです」

常磐暁子の態度は、昨日とは打って変わって頼りなげなものになっていた。永井も死んだことにより、優馬の死が単なる失恋による自殺ではないと感じ始めているのだろう。巻き込まれるのを避けたがっている様子が昨日は見られたが、今日はごく普通の中学生となんら変わらぬ、怯《おび》えた素振りをしていた。

「あたし、昨日はあんなふうに生意気なことを言いましたけど、でももしかしたら青木君の自殺には少し責任があるかもしれないと感じていたんです」

常磐暁子はようやく視線を落とし、湯飲み茶碗を覗《のぞ》き込むようにしてそう言った。

「私があなたを責めると思ったんだね。それは無理もないが、でもそんなつもりはぜんぜんなかったよ」

青木が言うと、常磐暁子は顔を上げ、青木と美保子を交互に見た。

「あたしが青木君を振った、なんていうふうには考えないでください。青木君があたしのことを気に入ってくれてたのは事実ですけど、でも失恋とかそういうことじゃなかったはずなんです」

「あなたが誰とも交際していないというのは、光岡先生から聞いているよ。あまりそういうことには興味がないんだね」

「あたし、やりたいことがありますから」常磐暁子は、そのときだけは軽く胸を張るようにして言った。「あたし、ボーカリストになるんです」

「ボーカリスト？」

横から美保子が口を挟んだ。常磐暁子の夢について、青木は美保子に説明していなかったのだ。

「ええ、歌手です。でもアイドルとかそういうのじゃなくって、歌のうまさで勝負できる歌手です。そのためには勉強しなくちゃならないことがいっぱいあるんで、今は男の子と付き合うなんてそんなことには時間を割いていられないんです」

「そのことを、優馬は知っていたのかな」

「話しました。そうしたら、納得してくれました。応援するとも言ってくれました。だから、振るとか振られるとか、そういうことじゃなかったんです、あたしと青木君は」

「なるほど。わかるような気がするよ」

青木は理解を示すように、大きく頷いて見せた。常磐暁子はそれに安堵《あんど》したように、小さく息をついた。

「歌手になる、なんて子供っぽい夢だと思われるでしょうが、でもあたしにとっては大事なことなんです。小さいときから歌が好きでしたし、これからもずっと歌い続けていきたい。だから、本当に望むことを勝ち取るためには、何かを犠牲にしなければいけないんです」

常磐暁子の言葉は、真摯《しんし》であるが故に力に満ちていた。青木はそれを聞いて、つい先刻の水原の述懐を思い返さずにはいられなかった。己の将来になんら希望を見いださない中学生がいる一方で、常磐暁子のように力強く夢を追い続けると宣言する者もいる。それは青木に、心からの安堵をもたらした。今の中学生が皆、心に病を抱えているわけではないのだ。

「優馬は君の夢を理解していたんだね。ならば優馬は、そのことが原因で死んだりはしないはずだよ。あなたが気に病む必要はない」

「そう言っていただけると、ほっとします」

常磐暁子は声のトーンを落とし、呟《つぶや》くように言った。青木に認めてもらい、胸のつかえが取れたようだ。焼香していたときの頑《かたく》なさが体から消え、心なしか顔つきも柔和になったように見えた。

「息子のせいで迷惑をかけてしまったね。辛《つら》い思いをさせて、ごめんなさい。きっと優馬も、あなたに責任を感じてもらうのは本意ではないはずだよ」

「あたし、青木君は自殺したんじゃないと思います」常磐暁子はきっぱりと断定した。「青木君は強い人でした。それこそあたしが見習いたいと思うくらい、芯《しん》が強い人でした。そんな青木君が、どんな原因があったか知りませんが、自殺なんてするとはどうしても思えません。じゃあどうして死んだのかと訊《き》かれてもわかりませんけど、でも単なる自殺ではないのは確かだと思います。続けて永井君も死んで、はっきりとそう感じました」

「その永井君のことなんだが」青木は心持ち身を乗り出して、常磐暁子の言葉を捉《とら》えた。「あなたは昨日、永井君が悪い仲間と付き合っていると言ったよね。そのことについて、もっと詳しく聞かせてはもらえないだろうか」

懇願するように言うと、常磐暁子ははっきりと困惑の色を浮かべた。

「それは単なる噂《うわさ》なんです。だからよく知らないんですけど」

「噂でもいい。どういう噂が流れているのか、教えてくれないかな」

青木の言葉に、常磐暁子はしばし思案するように眉根《まゆね》を寄せた。

「永井君は、けっこう裏表がある人なんですよ。先生の受けはいいですけど、陰で遊んでるって言われてました。永井君の親って、あんまり家にいない人らしくて、だから夜遊びなんかも自由みたいで、歌舞伎町《かぶき》に出入りしているなんて話もありました」

「歌舞伎町？ それは永井君自身が友達に言っていたのかな」

「そうじゃありません。永井君は自分からそういう話は絶対にしませんでしたから。学校にいるときには、ちゃんと良い子を演じていたんです。それがわからない人は、永井君のことをかっこいいとか言ってちやほやしてましたけど、あたしはなんとなく怖いなと思ってました。絶対に仲良くなりたくない人でした」

常磐暁子の言葉には、永井への嫌悪が込められていた。常磐暁子のような聡明な女生徒には見抜かれる二面性が、永井にははっきりとあったということなのだろう。青木が会った永井は、猫を被《かぶ》った仮の姿だったということか。

だとしたらなおのこと、そんな永井が自殺したというのは解《げ》せないことだった。永井の死は、彼自身のもうひとつの顔にその原因が求められるのではないだろうか。青木はその考えを、常磐暁子に向けてみた。

「永井君が、悪い仲間とのトラブルに巻き込まれて死んだとは考えられないかな」

「つまり、殺されたということですか」

「私はその可能性もあると考えている」

「青木君もですか」

常磐暁子の問いに、青木は無言で頷くことで応えた。常磐暁子の顔が、恐怖を浮かべて引きつった。

「そんな……、でももしそうだとしたら、あたしは永井君を許しません。青木君を巻き込んだ永井君を、あたしは死んでも許しません」

常磐暁子の眸《ひとみ》には、強い怒りが宿っていた。

20

永井の葬儀は、その死の二日後に執り行われた。喪主は母親だったが、彼女自身は放心状態で何もできないようだった。すべて葬儀会社に一任し、ただ中空を見つめて坐っているだけの母親は、見る者に痛ましさを感じさせずにはおかなかった。青木は数日前の自分たち夫婦の姿を、そこに見る思いだった。

優馬の葬儀が行われたのと同じ斎場のため、まるで時間を遡《さかのぼ》りまったく同じ体験を繰り返しているかのような錯覚を青木は覚えた。制服姿の中学生が多数焼香に訪れている光景や、どんよりと重苦しい曇天までが、ビデオで再生したように再現されている。唯一の違いは、弔問客に頭を下げる立場から、弔問する側に青木が回っていることだけだった。

いや、もう一点、優馬の葬儀とは明らかに違うものが存在した。それは弔問客の間に漂う、言葉にはならぬ不可解な気配だった。それは恐怖のようでもあり、また答えの出ない疑問のようでもあった。誰もが皆、心に疑問符を抱えながら、それを言葉にするのを恐れているのだった。

順番が回ってきて、青木たち夫婦が焼香をしても、永井の母親はまるで反応を示さなかった。視野には入っているはずだが、網膜に映る情報が脳内で意味をなしていないのだろう。青木が頭を下げると、母親は機械人形のようにぎくしゃくと低頭した。

焼香の列を離れ、美保子とともに離れた場所で参列者の顔ぶれを見続けた。制服を着た中学生たちは、学校が終わってからそのまま集団で来たらしく、数十人固まって列に並んでいる。そのほとんどすべての顔に、青木は見憶《みおぼ》えがあった。皆、優馬の通夜に来てくれた子供たちだった。

その中に青木は、常磐暁子の顔を見つけた。彼女もこちらの視線に気づき、黙礼を返してくる。落涙の衝動が伝染病のように蔓延《まんえん》している女生徒たちの中で、ひとりだけ超然と顔を上げているのが印象的だった。

焼香を終えた生徒たちの幾人かは、青木たちに気づいて頭を下げて通り過ぎていった。そして斎場の隅の方に寄り集まり、何をするでもなく顔を付き合わせている。話すべきことは、この数日のうちにとっくに話し合っているのだろう。皆揃《そろ》ったように陰鬱《いんうつ》な顔つきで、銘々ばらばらな方向に視線を向けているだけだった。

同級生たちに一歩遅れて、光岡も姿を現した。喪服ではないが、黒い装いに身を包んでいる。おそらく今日は、この姿で教壇に上っていたのだろう。遠目からでも見える目の下の隈《くま》が痛々しかった。

光岡はこちらに気づくと、早足になって近づいてきた。小刻みに足を動かしながら、卑屈なまでの動作で幾度も頭を下げる。もともとは凜《りん》とした教師ぶりだったのだろうが、この数日で自信をすっかり喪失してしまったようだ。まるで仕事をとるためにぺこぺこと頭を下げる営業マンのような、矜持《きょうじ》も何も失ったような態度だった。

「いらしてたのですか」

光岡は息を切らせながら、声をかけてきた。青木は相手の挙措の変化に気づかない振りをしつつも、傲岸《ごうがん》にならないように「ええ」と柔らかく答えた。

「先日は取り乱してしまいまして、失礼しました」

そのことが罪であるかのように、光岡は深々と頭を下げる。青木は首を振った。

「無理もないです。私たちだって、動転しないではいられなかった。まして担任の先生ならば、ふたりも続けて教え子を喪《うしな》えば、冷静でいられるわけはないですから」

「ええ……」

光岡は曖昧《あいまい》に相槌《あいづち》を打つと、居心地悪そうに視線を足許にさまよわせた。やがて焼香をしてくると言って、逃げるように生徒たちの列の方へと去っていった。

そのまましばらく葬儀の様子を見守っていたが、その後は誰ひとり話しかけてくる者はいなかった。常磐暁子も、今日は友人たちと一緒にいるだけで、こちらには近寄ってこない。幾人か顔見知りの父母も見られたが、誰もがこちらを避けるように行き過ぎていくだけだった。青木たち夫婦にかける言葉を持ち合わせている者など、ひとりもいないのだ。

学校関係者たちにとって、自分たち夫婦の存在が腫《は》れ物《もの》のようであることにようやく気づき、そろそろ退散しようかと考えた。他意があって居残っていたわけではないのだが、特に教師たちは勝手にこちらの意図を推し量っている節がある。煙たげな表情こそ見せないものの、なぜこんなところに夫婦で立っているのかと問いたげな気振《けぶ》りがありありと窺《うかが》えた。

「帰るか」

首《こうべ》を巡らし、傍らの美保子にそう声をかけたときだった。美保子の返事に被《かぶ》さるように、青木を呼び止める声が聞こえた。声の方角に顔を向けると、そこには制服姿の少年が立っていた。

水原佑だった。水原は優馬や永井とは同じ組ではないので、クラスで揃ってやってきたわけではないらしい。先ほどまではその姿が見えなかったから、今来たばかりなのかもしれなかった。

「水原君」水原の方から声をかけてきたことに驚き、青木はその名を口にした。「何かな。

今、私のことを呼んだのは君だよね」

「ええ、呼びました。お話があるのです」

いつものように、こちらと対等に大人のような口を利く。もうそんな口振りにも慣れた青木は、水原の発言の内容そのものに気を惹《ひ》かれた。

「話？　何か話し忘れていたことでもあるのかい」

水原とは充分に心を割って話し合っている気がしない。彼が隠し事をしていると考えているわけではないが、さりとて素直に感じるままを話しているとも思えない。水原の方から何かを打ち明けてくれるのであれば、青木としては大歓迎であった。

「これを見てもらいたいんです」

水原は素っ気なく言うと、鞄《かばん》から一通の封筒を取り出した。それを突き出すようにこちらに示し、青木に視線を据えてくる。青木は封筒と水原の顔を交互に見て、それを受け取った。

「見ていいんだね」

「どうぞ」

同意を得て、青木は封筒の中身を見た。便箋が一枚だけ、折り畳まれて入っている。それを抜き出し、広げてみた。

そこには手書きの文字が数行に亘《わた》って書かれていた。横から便箋を覗《のぞ》き込んだ美保子が、軽く息を呑む。青木もすぐに、この筆跡の主が誰だかわかった。

見間違えようのない、優馬の几帳面《きちょうめん》な字だった。

優馬は決して達筆ではないが、雑なところが微塵《みじん》もない、角張った字を書いていた。優馬の死後にノートをすべて検索したときも、乱雑で読みにくい部分など一ヵ所とてなかった。それほど優馬の字は特徴的で、親である青木が忘れることなどあり得なかった。

「これは……」

顔を上げて水原に視線を向けると、相手は無表情なまま顎《あご》を引いた。

「読んでください。読めばわかります」

青木は目を戻し、便箋の字を追った。

それは優馬が水原に残した遺書だった。遺書とは書かれていないが、内容的にそう解釈せざるを得なかった。優馬はこの封筒を、水原の鞄の中にこっそりと忍ばせておくと書いていた。水原と親しかった優馬は、水原が鞄の中のポケットをめったに開けないことを知っていたのだ。それを承知で優馬は、見つかりにくいところにこの手紙を入れておくと綴っていた。

優馬は自ら命を絶つ決意を、簡潔に述べていた。そんな言葉を語る際も、優馬は筆跡を乱しはしなかった。それは優馬が、己《おのれ》の意志で敢然と死に赴くことを表明しているようでもあった。

事実優馬は、死そのものへの恐れは微塵も覗かせていなかった。その意味で、手紙はまるで遺書らしくないともいえたが、ある意味で優馬の性格を反映したものでもあった。優馬であれば、このような遺書を残すであろうと、親である青木にははっきりと理解できた。

それほどに文面は毅然《きぜん》として、泣き言めいた文はひとつとしてなかった。

だが違和感を覚えるのは、優馬が自殺の原因に言及している部分だった。優馬は生きていく気力を失った理由として、失恋を挙げていた。恋に破れたことで深い絶望を感じたと、相手の名を伏せたまま優馬は語っている。そしてそれ以外の理由は述べられていなかった。

優馬の遺書は、「もう死んでもいいと思う」という、恐ろしく投げやりな言葉で括《くく》られていた。それは素っ気なさ過ぎるが故に、読む者の心胆を寒からしめる力があった。行間から立ち上がってくる無力感は、とても中学生が感じる類《たぐい》のものではなかった。

「これは——、これは本当に優馬が書いたものなのか」

読み終えた青木は、思わず水原にそう尋ねた。筆跡から優馬の手になるものに間違いないとわかっていたが、内容はとても納得できない。優馬はこんなつまらない理由で死ぬ子供ではなかったはずだと、大声を上げて否定したかった。

「ぼくがでっち上げた物なんかじゃないですよ。字を見れば、それが青木の字だとわかりますでしょう」

「じゃあ本当に優馬は、失恋したから自殺したの?」

水原の言葉に、美保子が問い返した。水原は無表情のまま顎《あご》を引き、それを肯定した。

「そう本人が書いているのだから、そうなのでしょう」

「これを君は、いつ発見したんだ」

便箋を突き出して、尋ねた。

「昨日です。昨日、初めて見つけたんですよ」

「昨日」

「ええ、ぼくもびっくりしました。そんなものが入っているなんて、これまでぜんぜん気づかなかったものですから。でも青木は自宅に遺書は残していなかったと聞いていますから、なるほどこれがそうなのかと納得しましたけど」

「本当に、これが本当に優馬が残したものだと思うんだね」

「間違いないでしょう。警察に渡して、筆跡鑑定でもなんでもしてもらったらどうですか。たぶん指紋も残っているでしょうから」

動転している青木たちに比べ、水原は至極冷静だった。封筒を発見してからこれまでに、あれこれ考える時間があったためだろう。青木の考えが及ばないところまで、淡々と指摘してくる。青木としては重ねる言葉を見つけられなかった。

「この前おじさんは、青木が殺されたんじゃないかなんて物騒なことを言ってましたよね。だからそれを見せるんです。本当は青木が、おじさんたちにではなくぼくに残した物だから、見せてしまうのは青木の遺志に逆らうと思ったんですけどね。青木も、失恋で死ぬなんてかっこ悪いことを、親に知られたくはなかったでしょうから」

水原は言うだけ言うと、頭を下げて踵《きびす》を返した。青木は呼び止めたかったが、呼び止めたところで問うことなどないのがわかっていた。こうして厳然と優馬の手による遺書が存在する今、水原に疑問をぶつけたところでなんにもならない。

「本当なのかしら。優馬は本当に、失恋したから自殺したのかしら」

美保子は青木に問うというよりも、惑乱をそのまま口にしたように言った。青木は言葉で答えず、ただ首を振って自分の気持ちを示した。

先日の常磐暁子の言葉が甦《よみがえ》る。常磐暁子によれば、優馬は彼女の夢を完全に理解していたはずだった。優馬は自分の気持ちを一方的に押しつけて、それに破れたからと捨て鉢になるような性格ではなかった。それほど息子が愚かであったとは、青木はどうにも信じられなかった。

この手紙が優馬自身が書いた物だということは認めざるを得ない。だがそれは、どこか作り事めいた匂いを漂わせて、青木に違和感を覚えさせた。こんな手紙ひとつでは、優馬の真意を知り得たとはどうしても思えなかった。

21

その日の夜、青木は一本の電話を受けた。青木が最も懇意にしている出版社の編集者からである。優馬が死んだ日に、イラストを手渡したのもその編集者だった。

編集者は悔やみの言葉を述べた後、「その後、いかがですか」とこちらの様子を気遣ってきた。

「うん、ショックから立ち直ったとは言い難いけど、なんとか生きているよ」

「そうですか。わかります、なんてことは軽々しく言えないですが、青木さんの気持ちの何十分の一くらいはわかると思います。私も娘がいますから」

確か編集者の娘は、今年幼稚園に入ったばかりだったはずだ。長い間子供ができず、結婚八年目にしてようやく恵まれたのだと聞いた。子を持つ親の気持ちは、十二分にわかっているのだろう。慰めめいたことを言わないのが、今はありがたかった。

「最近は毎日、どうされているんですか」

恐る恐るといった体で、編集者は尋ねてくる。青木は努めて軽い口調で答えた。

「毎日ぶらぶらしている。家にいても落ち着かないんでね」

「そうですか。なら逆に、そろそろ仕事を始めませんか。その方が、もしかしたら気持ちも紛れるかもしれませんし」

「そうだな」

仕事を再開しようという考えは、言われるまでまるで自分の中になかった。改めて、イラストを描いて生計を立てていたのだということを思い出し、愕然《がくぜん》とする。己が優馬の死以前の生活に戻ることなど、一度として考えていなかったのだ。

喉許《のどもと》まで、今はそんな気になれないという言葉が出かかっていた。だが編集者が仕事の都合でそう提案しているのではなく、本当にこちらの身を案じて申し出てきたことがわかるだけに、無下に断ることもできなかった。しばらく間を置いてから、ゆっくりりと答えた。

「考えておくよ。いい仕事があったら、また声をかけてください」

「ええ、それがいいですよ。また一緒に、いい本を作りましょう」

「そうだな」

電話をかけてきてくれたことの礼を述べ、子機を架台に戻した。優馬が死んでから、明日でちょうど一週間になる。青木たち夫婦にとっては、人生で一番辛い一週間となったが、世間の時の流れはそんな思いとはまったく無関係だということを知らされた気がした。青木たちにとって最大の事件が、単なる一中学生の自殺として片づいていくのを、現実として認めなければならない頃なのだろう。青木もいずれ、社会復帰しなければならないときが来るのだ。

すべてが曖昧なまま、時の流れにさらわれていきそうな予感がして、青木は焦りを覚えた。優馬は肉体的な面だけではなく、精神的にも遥《はる》か遠くへと行ってしまった気がする。追いつこうにも青木の歩みはあまりにも遅く、彼我の距離はどんどん開いていくだけだった。それが、どうにももどかしくてならなかった。

続けて電話が鳴ったとき、青木はさしたる予感もなく子機を取り上げた。最前の編集者のような、こちらの様子を窺《うかが》う知人だろうと、漠然と考えたのだ。だから回線の向こうから聞き憶《おぼ》えのない声が届いてきても、青木は戸惑いも覚えずに平静な受け答えをしていた。

「どちら様でしょうか」

「どちら様でもいいんだ。あんたはこっちの言うことを黙って聞いていてくれりゃいい」

男の声はひどく横柄だった。声の感じから、比較的若い男だろうと思われたが、年長者への言葉遣いなどは知識の中に存在していないようだ。青木は眉《まゆ》を顰《ひそ》め、語気に怒りを込めた。たちの悪いいたずら電話だろうと考えたのだ。


「つまらない用件なら切るよ。こちらはそれどころじゃないんだ」

「切ったら後悔するぜ。こっちの話をちゃんと聞いた方がいい」

男の言葉ははっきりしていて、単なるいたずらにしては自信に溢《あふ》れていた。青木は通話を切るわけにもいかず、もう一度相手の名前を尋ねた。

「いったい誰なんだ。名を名乗りたまえ」

「名前は、そうだな、鈴木《すずき》とでも憶えておいてもらおうか」

「鈴木だと。嘘《うそ》をつくな。本当の名前を名乗るんだ」

「おれは鈴木だよ。日本で一番多い名前の鈴木さん」

相手はまともに答える気がないようだ。青木は苛立《いらだ》ちを覚えて、同じ台詞《せりふ》を繰り返した。

「ふざけているのならば、切る。二度と電話してくるな」

「おっと、待った。そう怒るなよ。あんたにとっても大事な話なんだ」

「いったいなんだと言うんだ。君のような知り合いは、持った憶えがない」

「短気だね、おじさん。じゃあさっそく用件を言おうか。実はね、ある物をあんたに買ってもらいたいんだ」

「ある物、だと。なんのことだ」

「あんたの息子さんに関する物さ。現物を見たら、絶対買わないではいられないだろうよ。取りあえず見本を、あんたの家の郵便受けに入れておいた。まずそれを見てみな。またすぐに電話する」

男は一方的に言うと、あっさり電話を切った。「おい」と呼び止めたが、返ってくるのは機械音だけである。青木は耳から子機を離し、しばしそれを睨《にら》んだ。

「どうしたの。なんの電話」

やり取りを聞いた美保子が、不安げな顔でキッチンから出てきた。青木は子機を投げ出して、首を振った。

「わからない。いたずらだと思うが、妙なことを言っていた」

「どんなこと」

「うん、ちょっと郵便受けを見てくる」

美保子にもう一度説明するのももどかしく、青木はサンダルをつっかけて玄関を出た。エレベーターを一階から呼び、乗り込む。地上に下りてからは、早足でエントランスの集合ポストに向かった。

永井の葬儀から帰ってきたときに、郵便受けは一度覗《のぞ》いている。そのときに郵便物はすべて取り出し、中身は空にしたはずだ。もし何かが入っているのだとしたら、誰かが直接投函《とうかん》したとしか考えられなかった。

ダイヤル錠を回して蓋《ふた》を開けると、果たしてそこにはハトロン紙の封筒が入っていた。

手に取って表裏を見てみたが、何も書かれていない。中には何か、硬い紙が入っているようだった。

封筒は封がされていなかった。空いたままの口に指を突っ込み、中の紙を引っぱり出す。それは写真の紙焼きプリントだった。

青木の動きは、それを目にした瞬間に膠着《こうちゃく》した。心臓が一度跳ね上がってから、そのまま停止したような錯覚を覚える。思考がブラックアウトし、何も考えられなかった。

その写真には優馬が写っていた。優馬はカメラを意識していない。それどころでない状態なのは、一目瞭然《りょうぜん》だった。

優馬は裸のまま、同じく全裸の女性の上に乗っていたのだ。

一瞬の自失から立ち直ると、これはトリック写真なのだろうとまず考えた。中学二年生の優馬が、こんなことをしているわけがない。おそらく顔だけをすげ替えた、悪質ないたずらなのだろう。それ以外に、こんな写真が存在する理由は思いつかなかった。

だが青木の考えは、優馬の表情そのものが否定していた。優馬はまさしく、性行為中の男が浮かべる恍惚《こうこつ》とした表情をしていた。優馬のこんな表情を、青木は一度として目にしたことがない。合成するにしても、優馬自身がこのような顔をしなければ、トリック写真も作れないはずだった。

とっさに青木は、これは美保子に見せてはいけないと心に決めた。こんな写真を、悲しみに沈む美保子にどうして見せられようか。ある意味でこの写真は、優馬の遺体と対面したときよりも遥かに衝撃であった。原形を留めぬほどに細かく引きちぎり、ごみ箱に叩《たた》き込んでしまいたいほどのおぞましさを、その写真は青木に感じさせた。

封筒の中に入っていたのは、その紙焼きプリント一枚だけだった。だが電話の主の意図は、疑いようもなくはっきりしていた。どこかでこの写真を手にした人物は、これのネガを買い取れと言っているのだ。これは恐喝だった。

青木は紙焼きをスラックスのポケットにしまい、部屋に戻った。ドアを開けると、すぐ目の前に心配そうな顔の美保子が立っている。「どうしたの」と、眉根を寄せて尋ねてきた。

「なんでもない。ただのいたずらだったようだ」

平静を装ったが、うまく演じ切れたかどうかまったく自信がなかった。真っ直ぐリビングに進み、子機を取り上げる。それを手にしてそのまま自室に閉じ籠《こも》った。美保子に声をかける暇は与えなかった。

ドアを閉じてすぐに、子機が鳴り出した。ワンコールが鳴りやむ前に、通話ボタンを押す。耳に当てると、同じ男の声が聞こえてきた。

「見本は見てもらえたかな」

「あんたは誰なんだ。どこでこんな物を手に入れた」

「質問は受けつけないよ。ただひとつだけ言っておくけど、これは偽物なんかじゃないから。あんたの息子の、れっきとした本物の本番シーンさ」

屈辱的な物言いに、青木は歯ぎしりをして耐えた。

「要求はなんだ」

「百万円。あんたの息子の本番シーンが映ってるビデオテープを買って欲しい」

「ビデオだと」

慌ててポケットから紙焼きを取り出し、もう一度まじまじと検証してみた。そして初めて気づいたが、写真は被写体を直接写した物ではなかった。写りが悪いとは思っていたが、それはブラウン管の映像をカメラに収めているためだったのだ。

「なぜそんなビデオが存在する。あんたはどうしてそんな物を持っているんだ」

「質問は受けつけないと言ったはずだぜ。さあ、買うのか買わないのか、どっちなんだ」

「買わないと言ったら、どうなるんだ」

「さあ、どうしようかなぁ。マスコミにでも売るか。『自殺した中学生の乱れた性』とかいって、大きく取り上げられるかもしれないな」

青木は黙り込んだ。怒りのあまり子機を持つ手が震えたが、相手の言葉に踊らされるのは愚の骨頂だった。ここは冷静に対処しなければ、後々後悔する場面だった。

「ビデオテープを買うのはいい。だがあんたがそれをダビングしていないという保証はないだろう。一度きりで恐喝をやめると誓わない限り、要求には応じられない」

「恐喝なんて、人聞きが悪いね。おれはただ単に、息子の恥を世間に晒《さら》さないように、気を使ってまずあんたに声をかけているんじゃないか。こっちの優しさをわかって欲しいね」

「ダビングしているならば、テープはすべて買い取る。だが、恐喝に応じるのは一度きりだ」

相手の言葉は無視した。男は諦《あきら》めたように言った。

「わかった、わかった。ダビングなんてしてねえよ。おれだってこんなもんでいつまでも商売ができるたあ、思ってねえ。テープ一本引き取ってもらったら、二度とあんたに電話はしねえよ」

「どこで受け渡しするんだ」

「話が早くていいね。じゃあとっとと決めようか。明日だ。明日の夕方六時。歌舞伎町《かぶきちよう》の大久保公園で、ってのはどうだ」

「こちらはどうやってあんたを見分けたらいい」

「おれの方から見つけるよ。そうだな、胸に花でも挿しておいてくれ。赤い薔薇《ばら》がいい」

「そんなことをしたら目立ってしまうぞ」

「ああ、そうだな。じゃあ、雑誌を持っていてくれ」

そう言って男は、誌名を口にした。日本で最も発行部数が多い週刊誌だった。

「百万な。耳を揃《そろ》えて持ってくるんだ」

「ちょっと待て。百万円とビデオテープが引き替えなんだな」

「そうだよ。息子の恥がそれで隠せると思えば、安いものだろう」

「その場でビデオテープを受け取っても、それが本物かどうか確かめようがない」

「そりゃあしょうがねえよな。その場で再生してみるわけにはいかねえんだから」

「不利じゃないか。そちらが屑《くず》テープを押しつけて、百万円を持ち逃げする可能性もある」

「疑い深いんだな。じゃあどうすればいいって言うんだよ」

「金は二回に分けて渡す。その場で三十万払い、テープが本物であることを確認してから残りを渡す」

「おいおい、ずいぶん強気に出たもんだな。あんたは自分の立場が――」

「それ以外の条件では、びた一文払わない。マスコミに公開するなりなんなり、好きにしたらいいだろう」

「ちぇっ、わかったよ。分割でもいいぜ。ただし、前金は半額の五十万だ」

「三十万。そうでなければ交渉は決裂だ」

ぴしゃりと撥《は》ねつけると、男はしばし押し黙った。思うように話が進まないことに、腹立ちを覚えているのだろう。やがて発せられた言葉は、ふざけた調子をかなぐり捨てて低く沈んでいた。

「いいだろう。そのとおりにしてやるよ。こっちは金さえもらえれば、こんなテープに用はないんだ」

言うなり、男は唐突に電話を切った。受話器を叩きつけたようで、がちゃんと大きな音が響く。青木の鼓膜には、鈍い痛みが残った。

子機を投げ出し、額に手を置いた。何がどうなっているのか、さっぱりわからない。優馬はいったい何をしていたのか。そして電話の男は何者なのか。なぜ、優馬の性交の様子などがビデオに残っているのか。一度に生じた不可解な思いが頭の中を乱舞し、青木はただ混迷の波になすすべもなく弄《もてあそ》ばれるだけだった。

机の上には紙焼きプリントが載っていたが、どうしてもそれに視線を向ける気になれなかった。しっかり見なければという義務感と同時に、どうしようもない生理的な嫌悪を覚える。こんな写真は見たくなかったと、考えても仕方のない後ろ向きの思いが幾度も去来した。

ドアが控えめにノックされた。その音に我に返り、顔を上げた。慌てて紙焼きを抽斗《ひきだし》に隠す。美保子は「いい？」と尋ねて、ドアの隙間《すきま》から顔を覗かせた。

「ねえ、何があったの？　嫌がらせの電話なの？」

「なんでもないと言っただろう！」

男とのやり取りの余韻が残っていた青木は、つい興奮して怒鳴ってしまった。すぐに水を浴びせられたように気持ちが落ち込み、自己嫌悪を覚えた。

「……すまない。本当になんでもないんだ」

詫《わ》びると、美保子は顔を引きつらせて頷《うなず》いた。

「何かあったら、あたしにも話してね」

「ああ」

美保子はぎこちなく笑うと、ドアを閉めて姿を消した。青木はもう一度、心の中で詫びを繰り返した。砂を口いっぱいに頬張《ほおば》ったような苦々しさが、胸の底に澱《よど》んでいた。

22

翌日美保子は、川崎の実家へと帰っていった。心配した美保子の両親が呼び寄せたのだ。自宅に引き籠《こも》っていても気持ちが沈んでいくだけなので、美保子が外出するのは良いことだと青木は考えた。向こうに泊まってきてもいいと勧めたが、美保子は夕方には帰ると言い張った。自己憐憫《れんびん》にどっぷりと浸《つ》かっているような真似は、極力避けようという気力が湧《わ》いてきているようだ。美保子らしい潔《いさぎよ》さだった。

美保子が出かけてくれるのは、青木にとっては好都合だった。昨日の謎《なぞ》の男との約束は六時だから、夕方に帰るなどと言わずもっと実家に長居していてもらいたいくらいだ。今日は編集者と食事でもするからと嘘《うそ》の理由を作り、夕食は実家で摂《と》らせることにした。食事をしてから帰ってくれれば、早くても八時過ぎの帰宅になるだろう。それだけの時間の余裕があれば、青木の方も謎の男と対処できると計算した。

美保子が出かけた後は、何をするでもなく時間をやり過ごした。何かをしていた方が気が紛れるのはわかっていたが、さりとて今日これからのことを完全に忘れることなどできそうもない。本を読んでいてもテレビを見ていても、気づいてみれば上の空で自分の考えに没入している。仕方ないのですべて諦め、ほとんど時計とにらめっこをするようにして残りの時間を過ごした。時計の針は遅々として進まず、一分間とはこんなに長かったのかと改めて実感した。

四時半に家を出て、新宿に向かった。待ち合わせ場所の大久保公園に先に行って相手を待ち受けた方がいいのか、わざと時間を遅らせて後から向かった方がいいのか悩んだが、これ以上自宅でまんじりと時の経過を待ち続けることはできなかった。取りあえず出発し、公園の様子を窺《うかが》うことが先決だと考えた。

ＪＲ新宿駅を出て、まず銀行に入る。現金自動預払機から三十万円を引き出し、備えつけの封筒に入れて懐にしまった。「ありがとうございました」とのアナウンスに送られながら銀行を後にして、そのまま歌舞伎町方面へと足を向けた。

老若男女、そして様々な国籍の人間が闊歩《かっぽ》する街は、その慌ただしさ故に青木の緊張感をいやが上にも高まらせた。この猥雑《わいざつ》な街であれば、恐喝などという犯罪も奇妙に似つかわしい気がする。不意にどこかから電話の男が飛び出してきて、金を奪っていきそうな妄想を覚えた。肩を窄《すぼ》め、懐の金を守るようにして約束の場所へと急いだ。

大久保公園に着いたときには、まだ五時半にもなっていなかった。公園から少し離れた場所で立ち止まり、遠巻きに中の様子を窺う。公園を突っ切って通行していく数人の人々と、身じろぎもせず死んだようにベンチに寝そべっているホームレスの姿が見えた。電話の声の当人らしき若い男の姿はなかった。

いったん引き返し、コマ劇場前の広場まで戻った。広場に面する売店で、指定された雑誌を買う。ひとまずそれを手にして噴水の傍らに腰を下ろし、誌面に目を落とす振りをした。

活字を目で追ったが、実際には意味などまったく理解していなかった。ほとんど一分おきに腕時計に目を走らせ、時刻を確認する。何十回とその動作を繰り返し、五時四十五分になった時点でふたたび立ち上がった。

急《せ》く気持ちに押されて、自然歩みは速くなった。ゆっくりとそぞろ歩いている若者を何人も追い抜き、公園に戻る。日は陰り、いつしかネオンの明かりが目立つようになっていた。

先ほどと同じ位置で立ち止まり、再度公園内を見渡した。数十分前と光景は変わらず、恐喝者らしき人物はいない。だが今度は引き返さず、覚悟を決めて公園に足を踏み入れた。公園の街灯には、すでに明かりが灯《とも》っていた。白々とした人工の光が、公園一帯を照らしている。青木はホームレスのいないベンチに腰を下ろし、腕に週刊誌を抱えた。左右に目を配り、自分に近づいてくる人影がいたらすぐに立ち上がれるよう身構えた。

依然公園を突っ切っていく通行人はいたが、数そのものは明るいときに比べて減っていた。ベンチに坐《すわ》り殺気立っている青木に、誰ひとりとして目もくれない。週刊誌に目を留めて近寄ってくる人物はなかなか現れなかった。

約束の六時を過ぎても、それらしき人物はやってこなかった。主導権を握っていると考えているはずの電話の男は、おそらく最初から時間を厳守するつもりなどなかったのだろう。もしかしたら今頃は、先ほどの青木と同じように遠巻きにこちらを見ているのかもしれなかった。ようやく青木も、来るならさっさと来いと肝が据わり始めていた。

その男は六時五分に現れた。秋にもかかわらず褐色に日焼けし、髪を茶色に染めたその男は、二十歳前後の年格好だった。耳に付けたピアスが、遠目からでも目立っていた。

男を見た瞬間、これが電話の相手だと青木は直感した。反射的に立ち上がる。向こうでもこちらの存在にすぐ気づいたらしく、迷う様子を見せず、真《ま》っ直《す》ぐに近づいてきた。

「青木さん？」

くちゃくちゃとガムを噛《か》みながら、男は顎《あご》をしゃくって尋ねてきた。青木より頭ひとつ背が高い。青木は見上げるようにして頷《うなず》いた。

「そうだ。あんたが《鈴木》か」

「ンだよ。鈴木」

男は青木にかまわずベンチに坐ると、長い足を大きな動作で組んだ。口許にはにやにやとした笑みを浮かべている。青木も距離を置いて、その隣に腰を下ろした。

「金は？」

無造作に男は尋ねてきた。青木はそんな相手を睨《にら》み据えながら、ゆっくりと応じた。

「用意してきた。だがまずビデオテープを見せろ」

「これだよ、これ」

男は背中に手を回すと、一本のビデオテープを取り出した。スラックスに挟み込んでいたらしい。馬鹿にするように青木の目の前でテープをひらひらさせると、それをこちらの膝《ひざ》に投げてきた。

「本物だよ。家に帰って、息子のファックをじっくり見てみ」

「このテープをどこで手に入れたんだ」

視線に物理的な力があったならば、それで相手を刺し貫いてやりたい心境だった。青木は目を逸《そ》らさず、相手の顔に視線をねじ込み続けた。

「まず金だよ。金をちょーだい」

男は青木の視線を涼しげな顔で受け流し、左手を突き出した。青木は仕方なく、懐から取り出した封筒をその上に載せた。

「ありがとうございまーす」

ふざけた調子で言うと、男はすぐに中身を改めた。一万円札が三十枚入っていることを確認し、嬉《うれ》しそうに笑う。まだ子供のような顔つきだった。

「じゃ、取引成立ね」

男は言うと、パンと自分の腿《もも》を叩《たた》いて立ち上がった。青木もそれにつられて腰を上げた。

「ちょっと待て。どこでそのテープを手に入れたのかと訊《き》いているんだ」

「そんなことに答える約束なんか、した憶《おぼ》えないけどね」

「答えなければ、残りの七十万は支払わないぞ」

「ずるいね、おっちゃん」激高するかと思ったが、予想外にも男は平然としていた。「そういうことを言うかと思って、予備のテープをもう一本作っておいたよ。残りの金はそれと引き替えね」

「なんだと。約束と違うじゃないか」

「約束を破るようなことを先に言ったのは、そっちの方だぜ。偉そうなことは言わないでくれ」

「どうしてもこれをどこで手に入れたのか、白状しないつもりか」

「もう百万払うって言うなら、教えてやってもいいよ」

からかうように男は視線を向けると、ガムを青木の足許に吐き捨てた。それを最後に、そのまま立ち去ろうとする。慌てて青木は呼び止めた。

「待てよ。残りの金はどうやって払えばいいんだ」

「また連絡するよ。じゃ、ね」

振り向きもせず、男は手を振った。公園を出て歌舞伎町方面に向かう。足取りは踊るように軽かった。

青木はそれをしばらくじっと見送ってから、おもむろに行動を開始した。このまま立ち去るのを黙って見過ごすことはできない。せめて男が何者なのか、確かめないで引き下がることはできなかった。

公園を出てから、小走りに男の後を追った。一度曲がり角で立ち止まり、前方の男を確認する。男は尾行など警戒した様子もなく、ふらふらと雑踏の中に紛れていった。男は身長が高く、髪の毛も茶色いだけに、人込みの中で後を尾《つ》けるのは比較的容易だった。遠目からでも、見失う心配はない。青木は慎重に距離を置いて、男の背中を追い続けた。

男はコマ劇場前の広間をゆっくりと通り過ぎ、西武新宿駅方面に足を向けた。どこかに行く当てがあるわけでもないようで、その足取りは緩やかだった。しきりに顔を左右に振り向けているのは、若い女性に目を引かれているためのようだ。幾度かからかうような声をかけては、女性に逃げられている。外見同様、相当軟派な性格のようだった。

やがて男は、一軒のゲームセンターに入った。青木はそれを見届け、思わず舌打ちをした。賑《にぎ》やかな音を外にまで響かせているゲームセンターは、青木のような中年男が入っていけばかなり目立ってしまう場所である。まずいところに入り込まれたものだと、近寄りながら善後策を考えた。

だが案ずるまでもなく、そのゲームセンターはさして大きくはなかった。それほど奥行きはなく、中に入らなくとも様子が路上から一望できる。青木は向かいのビルの狭間《はざま》に体を隠し、外から男の様子を窺うことにした。

男はUFOキャッチャーをしている女の子ふたりに声をかけ、間に割り込み何やら熱心に話しかけていた。親しげに肩に手を回そうとし、ふたりに揃《そろ》って逃げられているところを見ると、ナンパしようとしてうまくいっていないようだった。身をくねらせるようにして男の手から逃げていた女の子たちは、結局ぬいぐるみを取り損ねると顔を見合わせてゲームセンターを出てきた。ひとり取り残された男は、未練げに女の子の後ろ姿を見送っていた。

男は鬱憤《うっぷん》を晴らすように、一度パンチングゲームを思い切り殴りつけてから、肩を怒らせるようにしてゲームセンターを後にした。そのまま足を投げ出すようなだらしない歩き方で、JR新宿駅方面に向かう。このままいつまでもふらふらとし続けるのではないだろうかと、青木は尾行が長引くのを覚悟した。

男は続けて、もう一軒のゲームセンターに入った。今度は先ほどの店よりも、少しだけ規模が大きい。だが裏口などはありそうになく、青木はまた入り口を見張ってさえいればよかった。

そのゲームセンターは、表通りに面しているためか、客の姿が多かった。十代から二十代前半と見える少年少女が、さして面白そうでもなくゲーム機に群がっている。その半分は髪の毛が茶色く、入っていった男と同じような雰囲気を身にまとっていた。青木はむろんのこと、優馬ともまるで別世界の人種のようだった。

男は先ほどと同様に、屯《たむろ》している女の子に声をかけていた。だが今度は邪険にされている様子もない。離れているため会話までは聞こえないが、その親しげな様子を見るとどうやら以前からの顔見知りのようだった。

男はふたりの女の子としばらくじゃれつき、次から次へとゲームをして回っていた。その金は、先ほど青木から受け取った封筒の中から払われていた。女の子ふたりにも、大盤振る舞いしてやっている。おそらく三十万円などは、放蕩《ほうとう》の末にあっという間に消えてしまうだろうと思わせる勢いだった。

三十分もして、ようやく男は店を出てきた。ふたりの女の子を両脇に侍《はべ》らせている。男の豪遊振りを離れて見ていた青木は、その間に幾度も客引きに声をかけられて閉口していたので、動き出してくれるのはありがたかった。

男たちは、店を出てすぐ隣に入った。看板を見上げると、そこはカラオケパブのようだ。ドアが開いたときに内部に目を走らせたところ、照明は絞ってあって薄暗かった。これならば店内に潜んだところで見つからないだろうと判断した。これ以上この場所に立ち続けるのだけはご免被りたかった。

男たちが入ってから十分後に、青木も店に入った。すぐに目を走らせ、男たちがどこに坐っているかを確認する。彼らは入り口正面のステージに近い場所に坐り、濁声《だみごえ》を張り上げて唄っている客に何やらヤジを飛ばしていた。

近寄ってきて案内しようとするウェイトレスに、指を差して希望の席を示した。入り口からも男たちの席からも離れた、店の隅の位置である。ここならばよっぽどのことがない限り、彼らの視野に入らないだろうと考えた。

ビールとピザを注文し、ステージを見る振りをして男に視線を向けた。男はやはり、ゲームセンターにいたときと同じように金遣いが荒かった。三人ではとても食べきれないような料理を注文し、大声ではしゃいでいる。ときどき順番が回ってきて壇上で歌を唄《うた》う以外は、酒を食らって傍若無人に騒いでいた。

やがて彼らは満腹になったのか、騒ぐのをやめて何やら話し合い始めた。次にどこに行くかと相談しているのだろう。男はにやにや笑いながらひとりの女の子の胸をつつき、その子は媚《こ》びを売るように身をくねらせた。もうひとりの少女は白けたようにたばこを吸い始めた。

一時間ほどして三人は、伝票を手にして立ち上がった。周囲の客が、露骨に安堵《あんど》の表情を浮かべる。だが彼らはそれに気づいていないのか、あえて無視しているのか、超然とした素振りでレジに向かった。

青木は席に坐ったまま、男たちの動静を窺《うかが》った。彼らは店を出てから、路上でなおも話し続けている。青木は窓越しにその様子を見守った。

そのうち彼らは、二手に分かれた。白けた顔をしていた女の子が、ひとりだけ手を振ってJR新宿駅の方角に向かう。男はもうひとりの少女の腰に手を回し、歌舞伎町の奥へと戻っていった。

それを見届けてから、すぐにレジに向かった。精算をするウェイトレスがぐずぐずしているのに苛々しながら、窓の外にも視線を配る。男たちはすでに視界から消えていた。

慌てて飛び出すと、彼らはまだ五十メートルほどしか歩いていなかった。男が腰を抱いた女の子に何やらいたずらをしているため、歩くのが遅いのだ。彼らは他の通行人の迷惑などまるで考えず、右に左に蛇行しながら進んでいた。青木は息を整え、尾行を再開した。

ふらふら歩いていた男たちは、進路を右に取った。曲がり角で視界から消えた彼らを追って、少し小走りになる。だが案ずるまでもなく、彼らはまだふざけながら歩いていた。背後を気にする様子などは、一度たりとて見せなかった。

男たちは歌舞伎町を横断し、やがて人気のない方角へと向かった。賑やかな区域とはまた別種のけばけばしいネオンが見えてくる。彼らはラブホテル街に向かっているようだった。

それに気づき青木は、うんざりした思いを嚙《か》み殺しながら時刻を確認した。もうすでに八時半を回ろうとしている。これからホテルに入られては、最低二時間は張り込みを続けなければならない。その間どこに立っていればいいのか見当もつかないし、それ以前に二時間で彼らが出てくる保証もないのだ。もしかしたら一泊するつもりでいるかもしれない。そうであったら、素人の青木には夜通しの張り込みなど不可能だった。

どうしたらよいのかと思案しながら歩いていたため、前方への注意が散漫になっていた。彼らが角を曲がったのに従い、無造作にそれに続く。曲がった瞬間、気が緩《ゆる》んでいたことを悟ったがすでに遅かった。

「尾行なんて、しゃれた真似をしてくれるじゃないの、おっさん」

男はにやにや笑いを浮かべながら、目の前に立っていた。連れ立っていた少女は、三十メートルほど後方で壁に寄りかかっている。人通りは少なく、ひと組のカップルが前方からやってきたが、人目を避けるようにホテルに入っていってしまった。

いつ尾行に気づかれたのか、まったくわからなかった。男は終始無警戒だったから、むしろ連れの女の子の方が気づいたのかもしれない。だがそれを考えたところで、今の状況では無駄なだけだった。

とっさに逃げようと考えた。よろけるように後ずさり、すぐに踵《きびす》を返した。だがそのまま走り出すことはできなかった。尻《しり》に打撃を受け、つんのめるように路面に手をついた。後ろから男に蹴《け》りを食らったのだ。

「人がおとなしく言いなりになってりゃ、つけ上がりやがって！」

続けて男は、青木の脇腹《わきばら》に爪先《つまさき》を叩《たた》き込んできた。一瞬息が止まり、視界が暗転する。あまりのことに痛みすら感じる暇がなく、青木は本能的に身を縮めてダメージを殺した。

一度暴力衝動に火が点《つ》いた男は、まるで容赦というものを知らなかった。無抵抗の青木に対し、手加減のない暴力の雨を浴びせる。渾身《こんしん》の力で叩き込まれる爪先に、青木はその都度息を詰まらせ激痛に耐えた。目の前に星が飛び、脇腹から背中にかけて灼熱《しゃくねつ》の炎が走った。痛みの限度を超えた痛みが神経を駆け巡り、思わず呻《うめ》きが口から漏れたが、それすらも力に欠けて声にはならなかった。

どれほど蹴り続けられただろうか。感覚的には一時間もの間、丸くなって暴力に耐えていたような気がするが、実際にはほんの二、三分程度のことだったのだろう。やがて離れていた少女が「やばいよ、フミヤ」と声をかけ、ようやく男は暴力衝動を抑え込んだ。

「ちっ」

舌打ちの音だけがした。青木は頭を庇《かば》った両腕の間から、相手の顔を見上げた。子供っぽさを残していた顔つきは、今は阿修羅《あしゅら》の如く憤怒《ふんぬ》を湛《たた》えている。常人が浮かべる表情ではなかった。

男の背後から、少女が近づいてきた。男の二の腕に手を回しながら、冷然とした目つきで青木を見下ろす。少女と目が合った瞬間、青木の心臓は躍った。

少女は例の写真に写っていた、優馬のセックスの相手だったのだ。服を着ていると印象がまるで違うためこれまで気づかなかったが、下から見上げる角度がちょうど写真のアングルと一致し、記憶の顔と重なった。この少女こそ、優馬の秘密の一端を握る人物だったのだ。

青木は驚きを顔に上せないよう努力し、さらに身を縮こまらせた。男と少女は、すでに青木に対する興味を失ったように踵を返した。彼らが遠ざかってゆく足音が響いたが、青木にはもはやそれを追う体力が残っていなかった。

起き上がることができずそのまま路上に寝そべっていると、別の足音が近づいてきた。人がやってきたので、男は攻撃をやめたのだとようやく理解した。だがやってきたカップルらしきふたつの足音は、気味悪そうに青木から離れたところを通り過ぎるだけで、声をかけてきもしなかった。

その後はしばらく人通りが絶えた。青木は冷たいアスファルトの上で身を縮こまらせたまま、全身を焼くような痛みと闘っていた。頭を庇って体を丸めていたため、主に背中に攻撃を受けた。それは時の経過とともに消え去ったりはせず、むしろより強烈な痛みとなって青木に襲いかかってきた。これほどの暴力に晒《さら》されたのは、青木の人生において初めてのことだった。

気力を振り絞って、上半身を起こした。とたんに激痛が脳髄にまで響く。口から呻きを漏らしながら、壁に寄りかかった。

そのとき、懐で何かの破片が落ちる音がした。手を入れてみて、それがなんであるか理解した。取り出してみると、四角いそれはひしゃげて原形を留めていなかった。男から受け取ったビデオテープだった。

優馬が抱えていた秘密に迫る手がかりとなるはずのビデオは、もはや再生することは不可能になっていた。これを見れば、優馬がなぜ自ら死を選んだのかわかるかもしれないと考えていただけに、落胆が大きかった。金を払い、慣れない尾行までして、得た代償は背中に残る灼熱の痛みだけだった。青木は強く目を瞑《つぶ》り、押し寄せてくる無力感を耐えた。

23

壁に手をつきながら、重い体を引きずるようにして区役所通りまで出た。そこでタクシーを拾い、自宅までやってくれるよう頼む。リアシートに身を凭《もた》せたときには、安堵のあまりさらなる激痛が襲いかかってきた。

マンションに帰り着き、エレベーターで六階に辿《たど》り着いた。おそらく今の姿は、使い古されたボロ雑巾《ぞうきん》のようになっていることだろう。美保子を驚かせてしまうことが心苦しかった。

美保子はすでに実家から帰ってきていた。ドアを開ける気力もなく、ただチャイムを鳴らし続ける青木を迎え入れ、そのただならぬ様子に息を呑《の》む。我が家に帰り着いたことで緊張の糸が切れた青木は、そのまま三和土《たたき》に倒れ込んだ。

「どうしたの！　何があったの？」

美保子は悲鳴に近い声で尋ね、青木の背中に手を置いた。とたんに焼《や》き鏝《ごて》を当てられたような痛みが襲いかかってくる。口の中で唸《うな》ると、美保子は慌てて手を離した。

「立ち上がれる？　大丈夫？」

美保子は手を出しかねた様子で、膝《ひざ》をついて青木の顔を覗《のぞ》き込んできた。「ああ」と答えたつもりだったが、それは不機嫌な犬が発する唸り声のようにしか聞こえなかった。再度気力を振り絞って、立ち上がるべく三和土に手をつく。美保子が脇の下に手を入れて、起き上がるのを助けてくれた。

よろけるような足取りでリビングルームまで辿り着き、ソファに倒れ伏した。背中を下にすると激痛が襲ってくるので、俯《うつぶ》せに寝る。暴力に対する恐怖で縮こまっていた心が、お湯に漬けられた氷のようにとろけていくのがはっきりとわかった。

美保子はあれこれと質問を浴びせて青木を煩わせるような真似はせず、てきぱきと手当を開始した。無慈悲に青木の服を脱がせ、背中を露出させる。小さく息を呑んだところを見ると、そこは切り傷や青痣《あおあざ》のオンパレードになっているのだろう。自分でそれを見ずに済むのはありがたかった。

美保子は救急箱を持ってきて、やけっぱちのように消毒液を振りかけた。とたんに別種の痛みが襲ってくる。呻きを漏らしたが美保子は手を休めようとはしなかった。化膿《かのう》止めの軟膏《なんこう》とありったけの絆創膏《ばんそうこう》を使い、美保子は手当を終えた。ようやく息をつく余裕を青木は取り戻した。「すまないな」と礼を言うと、美保子は青木の肩に軽く手を置くことでそれに応《こた》えた。

「話はできる?」

美保子はひとりがけのソファに坐《すわ》り、柔らかな声で尋ねてきた。青木はしばし考えを巡らせてから、「ああ」と答えた。こんなことになってしまっては、これ以上美保子に秘密にはしておけなかった。

昨日の電話から語り起こし、今日の出来事までを訥々《とつとつ》と話して聞かせた。優馬の性行為中の写真が郵便受けに入っていたと説明したときには、美保子は何を言うのだとばかりに顔を強張《こわば》らせたが、話を遮ろうとはしなかった。青木はあえて淡々と、事実だけを美保子に伝えた。

それに対し美保子は、何も言葉を発しようとしなかった。あまりにも思いがけない内容に、うまく思考をまとめられずにいるのだろう。その気持ちは痛いほどよくわかったので、青木は慰めめいたことはひと言も言わなかった。美保子自身が、事実を事実として受け入れる強さを身につけなければいけないのだ。青木がショックを和らげてやることなど、どのような言葉を用いたところで不可能なのだった。

頭の中に様々な思いが去来していることを物語るように、美保子の視線は焦点を失っていた。やがて眸《ひとみ》に涙が浮かび、はらはらと膝の上に落ち始めた。顔を手で覆うと、少女のように声を上げて泣き始めた。青木は手を伸ばし、美保子の膝に触れた。今の青木には、それしかしてやれることはなかった。

やがて美保子は、涙に濡れた手で青木のそれを握り返し、嗚咽《おえつ》の合間に言葉を漏らした。

「……無茶はしないで。これからは絶対に危ないことはしないでね」

「――ああ」

青木が手に力を込めると、美保子は縋《すが》るように握り返してきた。美保子はその手を、いつまでも離そうとしなかった。

翌日。青木は布団の中から出ることができなかった。用便のために立ち上がることすら苦痛でならない。食事はすべて枕許に持ってきてもらい、俯せになったまま口に運んだ。風邪をひいてもめったに寝込むことなどなかった青木は、自分がそうした姿勢で過ごさねばならないことに気を滅入《めい》らせた。冒険が過ぎたことを反省する気持ちが心中に湧《わ》き起こっていたが、身動きもならず寝ていなければならないもどかしさの方が勝っていた。自分自身が情けなくてならなかった。

だがこれであの男との接触の機会が失われたわけではなかった。奴は三十万円で満足などせず、必ず残り七十万円を要求してくるはずだ。その際にはもう少し方法を考え、同じ失敗を二度繰り返さないようにしなければならない。青木は布団の中で、それだけを一心に考え続けた。

対照的に美保子は、また陰鬱《いんうつ》な表情に戻ってしまっていた。いっ時立ち直りかけていたのだが、それも元の木阿弥《もくあみ》となった。ソファに坐って頭を抱えたまま、青木の食事を作るとき以外は動こうともしない。部屋の中には重苦しい雰囲気が立ちこめていた。

すべてはあの茶色の髪の男のせいだと、青木は憤りを胸の中で滾《たぎ》らせた。布団の中でじっと怒りを培養していると、優馬の死そのものの責任すら、あの男にあるように思えてくる。何があろうと絶対に相容《あいい》れることがない相手が世の中にいるとしたら、青木にとってそれはあの茶色の髪の男だった。

男からの再度の接触がすぐにもあるだろうと考えていたが、案に相違して電話は鳴らなかった。その日一日青木は、平穏な日常を過ごしたことになる。優馬の死以来怒濤《どとう》のように流れていた時間が、ふと淀《よど》みを作って停滞したかのような日であった。その静かさが、青木にはかえって不気味に感じられた。

さらにその翌日には、新聞受けから朝刊を取ってこられるくらいには回復していた。二日振りにソファに腰を下ろし、新聞を広げる。いつもの癖で、まずテレビ番組欄を見てから三面記事を開いた。

ざっと目を通しても、さして面白い記事はなかった。読み飛ばして次の紙面に進もうとしたところで、ふと頭の隅に引っかかりを覚えた。気になってもう一度じっくり記事の見出しを読み返してみたが、何に引っかかったのかわからない。だが大事な何かを目に留めたのだけは、不吉な胸騒ぎが強く物語っていた。

紙面を睨《にら》みつけるように活字を追い続け、やがて青木は愕然《がくぜん》とした。ようやく自分が何に目を引かれたのか、判明したのだ。

それは小さな記事だった。活字の量は、紙面一段分にも満たない。見出しも小さく、事件そのものはごくありふれたものでしかなかった。

記事は若者の死亡事故について語っていた。交通事故により、二十歳の男性が死亡したという。だがその名前と事故の生じた場所が、今の青木には重大だった。

死亡者の名は、米倉文哉《よねくらふみや》といった。漢字で読んだだけではピンと来ないが、口に出してみてその名が記憶の琴線に触れた。〝フミヤ〟とは、茶色い髪の男と一緒にいた少女が口にした名ではないか。青木はその声を、今でも耳にはっきり憶えていた。

さらに米倉文哉の死亡した場所が問題だった。歌舞伎町二丁目の路上、つまり俗に職安通りと呼ばれている道路に飛び出して、米倉文哉は事故に遭っているのだ。そこは、青木と男が交渉をした大久保公園のすぐそばだった。

記事によると、米倉文哉は何者かに追われるようにして車が通行している道路に飛び出したらしい。そのために警察では、事故が起こる前後の事情を調べているそうだ。単なる無謀者の飛び出し事故ではないようだった。

この記事の男性が、一昨日青木が会ったあの男なのか、なんとしても確かめたかった。もしそうだとしたら、この死は単なる偶然とは思えない。これもまた、優馬の死に始まった一連の事件の続きなのではないか。やはり青木が知らぬところで、何かが慌ただしく動いているのではないか。

とっさに青木は、平井刑事の顔を思い浮かべた。彼に問い合わせれば、被害者の顔写真くらい取り寄せてくれるに違いない。青木はその思いつきに動かされ、もう少しのところで電話を手にするところだった。

だが青木は、すんでのところでそれを思いとどまった。電話をしたところで、平井になんと説明したらよいのかわからなかったのだ。もしすべての事情を打ち明けるとしたら、当然優馬の生前の行為を省略するわけにはいかない。あの、もう二度と見たくもない写真も、証拠物件として押収されるだろう。それは優馬の親として、とてもではないが耐え難かった。

平井には頼れない。その瞬間、青木は腹を括《くく》った。警察の力を当てにすることは、同時に優馬を守ることを放棄する行為に繋《つな》がるのだ。生前に優馬を守ってやれなかった青木には、それだけはどうしてもできないことだった。せめて優馬の名誉だけでも、自分の手で守ってやらなければならない。

次善の策として、青木はただ待つことで事実を確認することにした。今日一日待ってみて、まだ連絡が来ないようであれば、米倉文哉が〝フミヤ〟だ。あの男がみすみす七十万円を取り逃がすはずがない。にもかかわらず接触を取ってこなければ、それはなんらかの事情があるはずなのだ。そしてその事情とは、この新聞記事が語る事件である蓋然性《がいぜんせい》が高かった。

青木はどこにも外出せず、電話が鳴るのを待ち続けた。そして一日が過ぎ、日付が変わろうというときに、青木ははっきりと確信した。米倉文哉は何者かに殺されたのだ。

24

その日から青木は、行動を開始した。米倉文哉が死亡した今、ビデオテープから優馬の死の真相に辿り着く線は途切れた。残されている手段は、米倉と連れ立っていた少女を捜し出すことだけだった。

青木は今晩から、歌舞伎町を歩き回るつもりだった。米倉が死んだばかりでは、あの少女たちがふたたび歌舞伎町に現れる可能性は少なかったが、青木はその少ない可能性を追及する決意を固めていた。当事者である少女に話を聞けば、生前の優馬がいったい何をしていたのかすべて明らかになる。その期待だけが青木を衝《つ》き動かしていた。

青木の話に衝撃を受け、以来腑《ふぬ》抜けのように放心していた美保子は、青木が出かけようとしたときだけ不意に気力を取り戻した。そんな体でどこに行くのだ、無茶はしないと約束したではないかと青木を責め立て、縋《すが》りついた。青木は子供に接するように優しい口調で美保子を宥《なだ》め、心配しないでくれと言い含めた。決して無茶はしない、危険と判断したらすぐに逃げると諄々《じゅんじゅん》と言い聞かせ、美保子の懸念を封じた。美保子はそれでも納得できない顔つきだったが、青木は振り切って家を出た。

歌舞伎町に着いてからは、まず先日のゲームセンターを覗《のぞ》いた。米倉はもともと少女たちと待ち合わせしていたわけではなく、ここで偶然に出会ったような素振りだった。ならば彼女たちは、歌舞伎町で遊ぶときにはよくこの店に顔を出しているのだろう。当てもなく歩き回るよりは、ある程度範囲を絞って張り込んだ方が得策と思われた。

予想していたことではあったが、案の定少女たちの姿は見られなかった。青木はそれに落胆せず、そこを振り出しに次々とゲームセンターを覗いていった。他にもカラオケボックスやパブなど、少女たちがいつも遊び場に使っている店はあるはずだが、それらすべてを当たることなど不可能だ。彼女たちがふたたびゲームセンターに現れるのを期待し、根気よく回り続けるしか手段はなかった。

目につくゲームセンターはすべて覗いてみたが、それらしい姿は発見できなかった。ふたたび最初の店に戻り、今度は店内に足を踏み入れる。奇妙なものを見るような周囲の目を受け流し、ゲーム機のひとつに坐ってそれに硬貨を投入した。

三十分ほど粘り、千円散財した。気持ちがゲームにではなく店の入り口に向かっているため、あっという間に終わってしまう。それでも路上でじっと立ち尽くしているよりは、ずっと目立たずにすむはずだ。少女を見つけるまでは、こうした時間を持ち続けなければならないようだった。

時刻は九時を過ぎていた。これ以上粘り続けるのは体力的に辛《つら》い。家を出たときはそうでもなかったが、歩いているうちにまた背中が痛み出していた。背を屈《かが》めてゲーム機に向かっているのも耐え難くなってきていた。

初日からいきなり少女と出会えるとは思っていなかった。これからは根気との闘いになる。それを覚悟し、青木は引き上げることにした。

25

思いがけない訃報《ふほう》は、その日の午後二時に飛び込んできた。

青木は今日も歌舞伎町に出かけるべく、自宅で英気を養っていた。己《おのれ》の気力を高く維持していないと、徒労に終わる可能性の高い捜索は長続きしない。血塗《ちまみ》れの優馬の姿を思い出し、是が非でも少女を捜し出すのだと自分を発憤させているところだった。

「光岡です――」

電話をかけてきた光岡は、そう名乗るなり言葉を継げずに絶句した。その気配だけで、青木はさらなる異変の突発を悟った。

「どうしましたか」

意気込んで問い質《ただ》したいところを、ぐっとこらえて穏やかに尋ねた。すると受話器からは何やら、かちかちと物を鳴らすような音が聞こえてきた。最初それは何が発している音なのかわからなかったが、じきに正体に思い当たった。光岡の歯が鳴っているのだ。

「先生、どうしました。何があったんですか」

少し語気を強めて、励ますように言った。光岡はそれに活を入れられたように、震える声で答えた。

「園田君が、今亡くなったと……」

「なんですって!」

すでに何度目かの衝撃であるにもかかわらず、やはり驚きは大きかった。我が耳を疑い、何かの聞き間違いではないかととっさに考えた。だが理性は、耳朶《じだ》に飛び込んできた光岡の言葉を正確に理解していた。何よりも光岡の混乱した声そのものが、事態を雄弁に物語っていた。

「どこで、園田君は亡くなったのですか」

「自宅そばのビルの屋上から飛び降りたそうです」

「また、飛び降り」

予想していたことではあったが、改めて言われると背筋にそくそくとした寒気が走った。

なぜ少年たちは死に急ぐのだ。何が彼らを死に走らせているのか。

「先生は今、学校ですか」

「え、ええ」

「警察からの連絡は、学校にも来るはずですよね」

「そうです。このことも、警察からの電話で知ったのです。私もまだ、詳しいことは何も知りません」

「わかりました。今から学校に伺います」

行ってどうなるものでもなかったが、手をこまぬいてじっとしているわけにもいかなかった。青木は電話を切り、すぐに出かける用意をした。

「園田君が亡くなった」

寝室で横になっている美保子に、そう声をかけた。美保子は身を起こしはしたものの、目を瞠《みは》るだけで驚きの声は上げなかった。この数日で、顔の輪郭が変わるほど頬《ほお》がこけてしまっている。目が落ち窪《くぼ》み、隈《くま》ができ、どちらかと言えば愛らしい丸顔だった顔立ちが、今は見る影もない。無惨なその様子を、青木は直視することができなかった。

「学校に行ってくるから」

断って出ていこうとすると、美保子は立ち上がって「あたしも行く」と言った。ほとんど幽鬼のように力のない挙措だったが、目にはなおも消え残っている何かがある。青木は頷《うなず》いて、妻が身支度を整えるのを待った。

美保子は体力が落ちているようだったが、外の空気を吸ったことがプラスに働いたようで、幾分顔色が良くなってきた。逸《はや》る気持ちを抑えて歩くスピードを合わせていると、やがて美保子の方から話しかけてきた。

「園田君も、自殺なの？」

園田君も、と美保子が言うのは、先日水原から渡された優馬の遺書のことが念頭にあるからだった。青木はいったんは他殺の可能性を疑ったが、あのような物が出てきては優馬の自殺に疑問を挟むことはできない。美保子もまた、優馬が自ら命を絶ったことをようやく認める心境に至ったのだ。

「わからない。でも、そうかもしれない」

「どうして子供たちは、次々に自殺するの？　自殺が流行してるの？」

美保子は悲しみとも恐れともつかぬものを眸《ひとみ》に浮かべ、青木を見上げた。青木に答える言葉はなく、ただ首を振ることで自分の気持ちを示した。

学校に着き職員室に向かった。ノックをして扉を開けると、そこにいた教師たちの視線がいっせいに集まる。お辞儀をして見渡すと、机に肘《ひじ》を突いて顔を覆っている光岡の後ろ姿が目に入った。

すぐに同僚が声をかけて、光岡は青木たちの到来に気づいた。振り向いて立ち上がり、こちらに近寄ってくる。すぐに教員たちは視線を外し、殺気立った気配が部屋の中に満ちた。誰もが皆、苛立《いらだ》った気持ちを抑えかねているのだ。

「何か、わかりましたか」

尋ねたが、光岡は首を振るだけだった。「こちらへどうぞ」といざなって、応接室へ導く。誘導されるままに青木たちは、廊下を挟んで反対側の部屋に入った。

いったん光岡は、青木たちを残して部屋を出てから、お茶を手にして戻ってきた。存外平静そうに見えるが、それは上辺だけのことなのだろうと青木は推察した。立て続けの衝撃に感情が麻痺《まひ》し、表情が死んでしまっているのだ。何やら機械人形じみた動きが、青木の推測を裏づけていた。

「遺書が見つかったそうです」

光岡は青木たちの正面に坐ると、ゆっくりと言った。

「遺書があったのですか。じゃあやっぱり……」

「ええ。園田君も自殺したようです」

光岡は淡々と言う。園田は優馬とは別のクラスだったため、光岡が担任していたわけではないが、教え子であることには変わりないはずだ。にもかかわらず、その死について語るにはあまりにも、光岡の口調は素っ気なかった。それがかえって、光岡の混乱を強く物語っていた。

「遺書はどこにあったのですか」

「自宅に残っていたそうです。園田君のお父さんが発見したと、警察から聞きました」

「間違いなく、園田君自身の遺書なのですね。ワープロで書かれていたとか、そういうことはないんですね」

「警察が園田君の遺書だというのだから、疑う余地はないのでしょう。私は園田君自身が残したものだと聞いています」

「なんということだ……」

青木は思わず漏らした。連鎖自殺、という言葉が脳裏に浮かんだ。まさしくこれは、連鎖自殺以外の何物でもなかった。

「以前、アイドル歌手が自殺をしたら、それにつられるように全国で何件もの自殺事件が起きましたよね。あれは大人の我々の目からすると、自殺が流行したとしか見えなかった。今度のこともまた、同じことが起きているのでしょうか」

「そうとしか考えられません。もしかしたら彼らは、面白半分で自殺しているのかもしれません」

「そんな……」

美保子が息を呑んだ。青木は言葉こそ発しなかったが、美保子と同じ思いだった。優馬が面白半分で死んだなんて、そんなことはとても認められなかった。

だが青木は、有効な反駁《はんばく》の根拠を持たなかった。心のどこかで、光岡の言葉が当たっているのではないかと疑う気持ちが存在している。それほどに子供たちの死は、薄気味悪さを感じさせるほど理由が知れなかった。本当に面白半分だとしたところで、なんら奇妙でないと思わせるあっけなさがあった。

「園田君の遺書には、自殺の理由は書かれていなかったのですか」

「受験戦争を勝ち抜いてゆく自信がない、と書いてあったそうです」

「受験戦争ですか」

答えは予想していたとおり、ありきたりのものだった。あまりにありきたりすぎて、彼らが何かを隠しているのではと勘ぐりたくなるが、その薄っぺらな理由こそ真実の本音なのかもしれなかった。子供は些細《ささい》な理由で死ぬ。それがようやく、青木にもわかりかけてきていた。

「連鎖自殺を引き起こしたきっかけは、やはり優馬の死ということになるのでしょうね」

園田の死に幾ばくかの責任を感じつつ、青木は言った。優馬が死ななければ、園田もまた自殺の衝動には駆られなかったかもしれない。青木が責任を感じる筋合いでないのはよくわかっていたが、それでも口にして問わずにはいられなかった。

「もしかしたら、そうなのかもしれませんね」

それに対し光岡は、否定をする素振りすら見せなかった。声は平板で、問えば機械的に答えるコンピューターのようであった。表情がまったくなく、先ほどから身じろぎひとつしない。だがそれは、何かのきっかけで一時《いちどき》に崩れてしまいそうな危うさを秘めた無表情だった。美保子と同様、光岡もまた限界に達しつつあることが、青木にははっきり読み取れた。

自分たちがここであれこれ尋ねるのは、ただ光岡を心理的に追いつめるだけではないだろうかと青木は考えた。園田の死そのものに対し、青木は何も口を挟める立場にない。青木にできることはただ、優馬の死を自分自身に納得させることだけだった。

続報があったら連絡をくれるよう頼んで、青木たちは腰を上げた。光岡は青木たち夫婦を見送りもせずに、さっさと職員室に引き上げた。青木はそれを無礼などとは思わず、むしろ深い同情を感じた。子供たちを自殺に走らせる世相そのものに、強い憎悪を覚えた。

連鎖自殺を食い止めるためにも、優馬の死の本当の理由を知らなければならない。青木は校門を出るときに一度校舎を振り返り、心の中で強く決意した。

26

優馬や永井と同様、園田もまた変死ということで行政解剖を受けた。そのため遺体がないまま仮通夜が行われ、本葬は翌々日の月曜日にずれ込んだ。園田の家は比較的大きく、自宅で葬儀を執り行える広さが充分にあったが、それでも次から次に訪れる弔問客でいっぱいになっていた。園田のクラスメートたちも、授業を一時間休んで焼香にやってきていた。

青木も美保子と一緒に列席したが、永井の葬儀の際の周囲の目を思い出し、あまり長居はしないつもりだった。ただ焼香だけを済ませ、すぐに帰ろうと思い、家を出てきた。園田の両親と話し合ってみたい気持ちは強かったが、もう少し時間を置く必要があるのは、自分自身の経験からよくわかっている。いずれ出直して、そのときにでもゆっくり話ができればいいと考えていた。

だが焼香の順番を待っているうちに、その考えが変わった。美保子に話しかけようと首《こうべ》を巡らせた拍子に、視界に見憶えのある顔が入ってきたのだ。

「おい、あれ」小声で囁《ささや》いて、美保子の注意を促した。「あそこにいる人、平井って刑事じゃないか」

美保子はびっくりしたように、青木が顎《あご》で示す方向に目を向けた。

「本当だ。何をしているのかしら」

平井ともうひとりの若い刑事は、電信柱の陰に隠れるようにして、たばこを吸っていた。ときどきこちらに、鋭い一瞥《いちべつ》をくれる。青木たちがいることには気づいているはずだが、視野に入っていないかのように素知らぬ顔をしていた。

「また、同じ結果が出たのかもしれないな」

LSDという単語は口にしなかったが、周りの耳を憚《はばか》って美保子の耳許で言った。美保子は薄気味悪そうに刑事たちの様子を窺《うかが》っている。美保子が恐れるのも当然のように、平井たちはこの葬儀の雰囲気の中から完全に浮き上がっていた。平井を刑事と知らない他の弔問客でさえ、気になるのかちらちらと視線を向けているほどだった。

「あんな目立つところに立ってて、どうするつもりなのかしらね。いやな感じ」

美保子は平井に対し、完全に悪印象を持っているようだ。それも無理はない。青木と美保子の生活は、今から思えば平井たちがやってきた日から激変したのだ。平井が職務に忠実な刑事だというのはわかるが、それでも青木たち夫婦にとって不吉な使者であったことに変わりはない。美保子がいい印象など持てるはずもなかった。

「ああやってわざと存在を示すことによって、誰かにプレッシャーをかけているのかもしれないな」

青木ははっきりと平井を見据えながら、美保子の言葉に答えた。平井は依然、知らぬ顔を続けている。

「誰かって、誰？」

「さあ」

はっきり答えることはできなかった。中学生とLSDの接点になっている人物か、あるいはもっと他の存在か。米倉文哉の死と中学生の連続自殺を結びつけて考えているはずもないが、警察の捜査力がどの程度なのか青木には見当すらつけられなかった。平井の意図など、推し量るすべすらないのだ。

やがて順番がやってきて、青木は焼香した。園田の両親は青木たちと同年輩のはずだが、とてもそうは見えないほど打ちひしがれ、老け込んでいた。ここ二、三日であっという間に窶《やつ》れたのだろう。青木にとってはとても他人事《ひとごと》とは思えなかった。

その両親に頭を下げてから、家を出て美保子を待った。美保子もすぐに、青木の後に続いてくる。青木は先ほどから考えていたことを告げた。

「ちょっと、先に帰っててくれないか」

「えっ、どうして」

美保子も園田の両親を見て思うところがあったのだろう、心細げに問い返してきた。

「あの刑事と、少し話をしてみる。園田君が死んだことについて、彼らは何かを知っているはずだ」

「そんなこと、教えてくれるかしら」

「以前に訪ねていったときには、多少は喋《しゃべ》ってくれた。今度も教えてくれると思う」

青木は先日平井が見せた、気後れした様子を思い出した。それまで事務的に青木たちに接していた平井は、あのとき確かに本当の顔を覗《のぞ》かせたのだ。取りつくしまもないような相手ではないはずだと、青木は確信していた。

「あたしも一緒じゃ、駄目なの？」

美保子は半分諦《あきら》めたように尋ねる。青木は少し考えて、頷《うなず》いた。

「ああ、おれひとりの方がいいだろう。あの刑事も、美保子がいない方が話しやすいはずだ」

「そう。じゃあ、先に帰ってるわ」

疲れたように言って、美保子は踵《きびす》を返した。しばしその後ろ姿を見送ってから、平井の方へ足を向けた。

平井たちは青木が近寄っていっても、顔色ひとつ変えなかった。ただ吸っていたたばこを携帯用の灰皿に捨てて、青木を睨《にら》むだけである。青木は開き直って声をかけた。

「何か、収穫がありますか」

「別に」平井は無愛想に応じた。「収穫を得るためにここにいるわけじゃありません。我々も焼香に来たんですよ」

「他の弔問客が薄気味悪がっていましたよ。あまり目立つところに立っていては、園田君のご両親も迷惑なんじゃないですかね」

「あなたには関係のないことです」

横から若い刑事が口を挟んだ。それを平井が、手を上げて宥《なだ》めた。

「まあ、いい。それよりも青木さん、私たちに何かご用ですか」

「ええ。また教えていただこうと思いまして。解剖の結果は出ているんでしょう」

「出ていますよ」

平井は表情を変えない。青木は直截《ちよくせつ》に尋ねた。

「LSDは検出されたんですか」

「ええ」

あっさり肯定された。予想していたことではあったが、やはり絶句せずにはいられなかった。

「では、園田君の死も、優馬や永井君の自殺と関係あるんですね」

「調査中ですよ、青木さん。同じことを何度も言わせないでください」

平井の言葉は冷たかったが、これまでのようににべもなく撥《は》ねつけるといった口調ではなかった。青木はそれに勇気を得て、さらに質問を重ねた。

「中学生たちがLSDを入手する経路については、何かわかったのですか」

「ですからそれは言えません。あなたにしてみれば、警察は何もしていないように感じるかもしれませんが、そんなことは絶対にないのです。我々だって、こんな事態は決して歓迎していないのですよ」

「責めようというんじゃありません。ただ私は、息子がなぜ死んだのか、本当のところが知りたいだけです」

「お気持ちはよくわかります。本音を言いましょうか。私にもね、実は中学に行ってる娘がいるのですよ。その娘の中学で、同じような事件が起きたらと思うと、心底ぞっとします。娘が中学校で普通に生活してくれているのか、不安で不安で仕方なくなりますよ。ですからあなたの気持ちも、一応はわかっているつもりです」

平井の言葉は、辣腕《らつわん》刑事としてのものでないのは確かだった。平井は韜晦《とうかい》するために娘のことを持ち出しているのではない。彼が本音で青木に語っていることは、同じ親として直感的に理解できた。

「でも、青木さん。もし私だったら、警察にすべてを任せますよ。自分で何かをしようなどとは思わない。警察にできないことは、一個人にだってできないんですから」

「しかし――」

「いいですか、青木さん」平井は青木の反駁《はんばく》を遮った。「あなたも亡くなった永井君や園田君と会って話をしているようだからわかると思いますが、子供たちの事件は本当に微妙なんだ。彼らが生きている社会は、日本の中の別の国と言ってもいい。我々が当然と信じるルールは、彼ら子供たちには通用しないんだ。仲間が立て続けに死んだというのに、子供たちの反応はどこかおかしいと思いませんでしたか。そりゃ、泣いている子供もいますよ。でもそれが本音かどうかなんて、傍《はた》からはさっぱりわかりはしない。まして泣きもしないで、ただ超然としてる子供に至っては、ほとんど宇宙人と同じだ。そういう相手の間で起こっている事件を、我々は捜査しなければならないんです。プロでも大変な事件を、素人のあなたがどうにかできるわけがないでしょう」

平井は少し語気を荒らげていた。自分で言うとおり、この事件に人の親として思うところがあるのだろう。それだけに平井の言葉には説得力があった。青木自身も感じていることを、平井は的確に表現してみせたのだ。

青木は引き下がらざるを得なかった。警察に任せろという平井の意見を鵜呑《うの》みにするわけではないが、あまりしつこくして捜査の邪魔をするわけにもいかない。平井にしてみれば、園田の遺体からLSDが検出されたという事実を漏らすだけでも、かなりな譲歩のはずだ。青木はその厚意を感じ取るべきなのかもしれなかった。

「わかりました。では最後にひとつだけ。これは同じ立場の親としての質問です。園田君は遺書を残していたのでしょう」

尋ねると、平井はしばし鋭い視線で青木を見据えて、軽く嘆息した。

「ありましたよ。それはとっくにご存じなんじゃないんですか」

「内容まで詳しく知っているわけじゃありません。受験がいやになったとか、そういう理由しか聞いていないのですよ」

「それがすべてです。正確な情報ですよ」

「本文そのものを見せていただくわけにはいかないですか」

「青木さん」平井は微苦笑を浮かべた。「できもしないとわかっているのに、そういうことは言わないでください。もしあなたの息子さんが亡くなったときに、私が第三者に情報を漏らしていたら、腹が立つと思いませんか。もし遺書が見たいのならば、直接ご両親に頼みなさい」

わからず屋に諄々《じゅんじゅん》と説き伏せるように、平井は言った。この辺が潮時だろうと、青木は判断した。

「わかりました。そうします。邪魔をしてしまって、すみませんでした」

「そう思うのなら、後はすべて警察に任せることです。こんな事件はこれで最後になるよう、我々も最大限の努力をしていますから」

葬儀の場で言うには虚《むな》しい台詞《せりふ》だったが、青木はそれを皮肉には受け止めなかった。平井の言葉に青木は、信頼するに足る何かを感じ取っていた

27

三人の子供が立て続けに死んだという異常事態に、学校はありきたりな対応しかとれなかった。緊急のPTA集会を持ち、子供たちの行動には特に目を光らせてくれと、言わずもがなの忠告を繰り返しただけだったのだ。青木は学校側の言いたいことなどすべて予想がついたので、わざわざ出席して周囲の同情の目に晒《さら》される気にはなれなかった。それは永井の母親や園田の両親も同様だったらしく、集会は当事者抜きの締まらないものになった。意見交換そのものは活発に行われたのだが、誰ひとりとして抜本的な解決策を提示できずに終わったという。それらのことは、親切な出席者のひとりが美保子に教えてくれたので、青木の耳にも届いた話だった。

優馬が死んだときにはおとなしかったマスコミも、どこから嗅《か》ぎつけたのかようやく騒ぎ出した。青木の家にも何本か、取材を求める電話が入った。青木はそれらをことごとく断ったが、それでもワイドショーや週刊誌の誌面に事件が報じられるのを避けることはできなかった。わけ知り顔のコメンテイターが、今時の中学生の心理を滔々《とうとう》と分析する様子を見て、青木は思わずテレビを切った。

葬儀の日から二日後。青木は学校の生徒名簿を見て、園田の家に電話を入れた。まだ落ち着きを取り戻していないだろうことは想像がついたが、それでも人と話をしていれば気が紛れるのは自分の経験からよくわかる。好奇心から寄ってくる者ならいざ知らず、同じ痛みを共有している青木であるなら、先方も無下な応対はしないだろうと予想した。

案の定、電話口に出た園田の父親は、青木が名乗ると「ああ」とため息を漏らした。言葉にならぬ思いが、一瞬のうちに胸を覆ったのだろう。青木は悔やみの言葉を述べてから、少し息子たちのことについて話し合えないだろうかと提案した。

「それは、よろしゅうございます。私も一度、青木さんにはお話を伺いたいと思っておりました」

園田の父親は、疲れた声ながら同意してくれた。優馬、永井に続いての息子の死に、普通でないものを感じ取っていたのだろう。やはり青木と同じように、納得できない思いでいるに違いない。

都合を訊《き》くと、なるべく早い方がいいと言う。今からでもかまわないとのことなので、こちらから出向くことにした。園田の父親は恐縮したが、喫茶店などでできる話ではないのだから、どちらかが足を運ばなければならない。先方さえ迷惑でないのなら、出歩く手間暇など何ほどのことでもなかった。

一時間後ということで約束を決めて、電話を切った。やはり園田家も夫人が倒れ、家の中が散らかっているらしい。少し片づける必要があるからと、向こうが一時間後にしてくれと指定したのだった。

園田の家には、美保子も一緒に行きたいと言った。電話をかけたときには青木も、美保子を伴って訪ねるつもりだった。だが先方の夫人が寝込んでいるのならば、美保子は遠慮した方がいいようだ。それを告げると美保子は、残念がるというよりも、青木にだけ面倒をかけてしまうことを気にかけた。

「ごめんなさいね。あなたにばかりこういうことを押しつけてしまって」

「何を言うんだ。別におれは、いやいや優馬のことを調べているわけじゃないぞ。そんなことはわかっているだろう」

「わかっているけど……」

美保子は曖昧《あいまい》に語尾を濁したが、言いたいことはよくわかった。これまで青木と優馬に血の繋《つな》がりがないことをまったく気にしていなかったように見えた美保子だったが、このような事件が起きたことによって否応《いやおう》なく現実的な問題を再認識させられたのであろう。青木が優馬のために奮闘すればするほど、美保子は心理的負担を感じていたのかもしれない。もしそうであるならばなんとしてでもそれを軽減させてやる必要があったが、今はじっくり話し合っている時間もなかった。少し引っかかりを覚えつつも青木は、約束の時刻に間に合うように少し早めに家を出た。

園田の家までは、徒歩で二十分ほどの距離があった。自転車で行くことも考えたが、青木はあえて歩くことにした。園田の父親と対面する前に、少し考えをまとめておきたいと思ったからだ。先方が混乱していることはほぼ間違いがないところなので、話の主導権はこちらが握った方がいい。青木は自分が知っていることを、的確に話せるように頭の中で整理した。

やがて、二日前には弔問客でごった返していた家の前に着いた。園田家は葬儀の際の人の出入りが嘘《うそ》であったように、今はしんと静まり返っている。事情を知らなければ、この家の者は出払っていて誰もいないと思っただろう。それほどにその家には、人が住んでいる生活の匂《にお》いというものが欠けていた。それはおそらく、家族を失った家庭が抱く欠落感なのだろうと青木は考えた。

玄関で呼び鈴を押すと、しばらくしてから園田の父親が顔を出した。葬儀の際と同様の窶《やつ》れた印象を、未《いま》だ引きずっている。おまけに今日は、顔色まで悪い。きちんとした食事を摂《と》っていないようだと、青木は失礼にならない程度に観察した。

父親は来てもらったことに対する礼を口にして、青木を中に上げた。玄関を入ってすぐ右手の応接室に、青木を案内する。改めて挨拶《あいさつ》をする暇も惜しむように、父親はキッチンに向かおうとした。

「女房が寝込んでいるもんで、お茶くらいしか淹《い》れられませんが」

恐縮した口調で、父親はぼそぼそと言った。「どうぞおかまいなく」と青木は断ったが、父親は不器用な手つきで盆に載せた湯飲み茶碗を運んできた。

「恐れ入ります」

せっかくだからと差し出されたお茶に口をつけると、それは葉が多すぎたのかかなり渋かった。客にお茶を出すような真似《まね》など、一度としてしたことがなかったのかもしれない。

自分でもひと口飲んでみて、「渋いですな」と苦笑いを浮かべていた。

湯飲みを置いてから、改めて悔やみの言葉を述べた。すると父親は、軽く手を振って、

「それはお互い様でしょう」と言った。

「私は優馬君が亡くなったとき、仕事の忙しさにかこつけて焼香にも伺いませんでした。同じ立場に置かれるまで、青木さんの気持ちなど考えてみようともしなかったのです。わざわざ葬式に来ていただいたことに、こちらの方こそお礼を言わなければならないところです」

父親は手許の湯飲みを見つめたまま、呟《つぶや》くように言った。顔を上げて青木の目を直視する勇気がないようにも見える。おそらくその言葉どおり、優馬の死を対岸の火事と見做《みな》していたのだろう。それが大きな間違いであったことを、今はっきりと痛感させられているのだ。ここ数日間、父親の頭は反省や繰り言で占められていたに違いない。ともすればその態度は、第三者の目には卑屈にすら映るほどだった。

「そんなことは、それこそお互い様のことです。私も自分の息子が同じような死に方をしていなければ、たぶん焼香には伺わなかったでしょうから」

慰めるつもりで言うと、父親は安堵《あんど》したように吐息をついた。

「そう言っていただけると、少しは気が楽になりますが。私はこれまで、あまりにも息子に無関心でいすぎたんじゃないかと、ずっと考えていたんですよ」

「それも同じです。私は息子に死なれる一瞬前まで、こんなことが起きるとは想像すらし

ていませんでした。何も知らないのは、私らはもちろん、永井君のお母さんも同じなのですよ」

「どうして息子は自殺なんかしたんでしょう」

顔を上げないまま、ぽつりと父親は呟いた。おそらくは何百回と自問したはずの問いなのだ。青木は諦念《ていねん》を込めて首を振るしかなかった。

「園田さんも、自殺の理由に心当たりがないんですか」

「わかりません。受験勉強に疲れたなんて遺書を残していましたが、私たち夫婦は息子の尻《しり》を叩《たた》くような真似なんて、一度としてしたことがなかったんですよ。自慢めいた言い方になってしまいますが、久祥《ひさよし》は親が心配するまでもなく、放っておいても勉強ができる子でした。一応塾には行かせていましたが、それだって私たちが強要して行かせていたわけじゃないんです。友達が行ってるから自分も行きたいと、久祥の方から望んだことだったんですよ。それなのにどうして、勉強に疲れたなどと言って死んだりするんでしょう。疲れるほど勉強する必要なんて、どこにもありはしなかったのに……」

父親はつっかえつっかえ、悔しさを嚙《か》み殺すようにして述懐した。父親は青木がそう感じたように、理不尽な思いでいっぱいなのだろう。そう、園田の父親が言うとおり、死んでいった息子たちはあまりに身勝手すぎる。親たちに大きすぎる疑問と悔恨だけを残して、さっさと彼岸に旅立ってしまった。残された者たちの気持ちを、彼らはどう考えていたのだろうか。

「奥さんも、園田君が死ぬほど悩んでいたとはご存じなかったんですか」

質問を重ねると、父親は大きく頷《うなず》いて肯定した。

「ええ、そうです。少し成績が落ちているようだとは思っていたそうですが、だからといって息子を叱《しか》ったりはしなかったと言ってます。たぶんそれは本当だろうと思います。うちのはそれほど熱心な教育ママというわけではないですから。息子が他人様の子に比べて勉強ができるのを、不思議がっていたような奴《やっ》です」

「実はうちの息子も、少し成績が落ちていたそうなんです。それについて、何か原因に心当たりはありませんか」

「さあ」父親はしばし考えるように小首を傾《かし》げてから、続けた。「何度も言いますが、息子の勉強についてはあまり口出ししていなかったんですよ。たかが中学校のテストの順位が落ちたくらいで、うるさいことは言いたくなかったもんですから」

「最近妙な友達と付き合いができた様子とかは？」

「妙な友達？　どういうことですか」

青木の質問に、父親は少し警戒の色を見せた。解剖の結果は当然聞いているだろうが、優馬のことまで告げられているわけではなかったようだ。青木は自ら語るべきかどうか、しばし逡巡《しゅんじゅん》したが、結局今は黙っておくことにした。ＬＳＤのことについて話し合えば、米倉文哉と例のビデオテープについて言及せざるを得ないからだ。あのビデオテープのことは、まだ誰にも言いたくなかった。

「少し噂《うわさ》を耳にしたのです。園田君やうちの優馬が、たちの悪い連中と付き合っているという噂を」

「それは本当なんですか」

「本当かどうかは知りません」

鎌をかけるつもりで嘘を口にしたのだが、園田の父親は何も知らないようだった。おそらく優馬と同様、園田は家の中で変わった素振りを見せたことなどなかったのだろう。今時の中学生にとって、親の目を欺《あざむ》くくらい造作もないことなのだ。

「その連中が、お宅やうちの息子の自殺に関係しているとおっしゃるんですか」

父親は少しむきになって追及してきた。青木は悪いとは思ったが、白《しら》を切り通させてもらうことにした。

「何もわからないのですよ。うちの場合は、息子ははっきりした遺書すら残していなかったのですから」

「しかしお宅の場合、失恋が原因だと聞きましたが」

「園田君から聞いたんですか」

青木は父親の言葉を聞き咎《とが》めた。青木は新たに出てきた優馬の遺書を、警察にすら見せてはいない。もし失恋の噂が広まっているのだとしたら、その出所は水原ということになる。水原はどういうつもりでそんなことを言いふらしているのか。

「そうですが、違うんですか」

父親はあっさり認めて、逆に問い返してきた。青木はきっぱり否定した。

「違うと思います。優馬の死の原因は、他にあったはずなんです」

「そうはっきり言える理由をご存じなんですか」

「親の勘、というのは理解していただけますか」

父親は青木の言葉に大きく頷いた。

「ええ、わかります。私も息子が受験ノイローゼで死んだなんて、信じられません。他に理由があったはずだと、親の勘が訴えます」

「園田君が残した遺書は、正確にはどういうことが書かれていたのですか。もしよろしければ、教えていただけないでしょうか」

「かまいませんよ。実物をお見せしましょう」

父親は簡単に応じて、席を立った。駄目でもともとのつもりで頼んだ青木は、その態度に少し驚かされた。やはり同病相憐れむような、仲間意識を感じているのかもしれない。

父親は背後の棚から、一枚の紙片を取り出して青木に示した。

「どうぞ、ご覧になってください」

「では、ちょっと拝見」

遠慮なく紙片を受け取り、目を通した。なるほど光岡が言っていたとおり、ワープロで書かれたものではなく、中学生の稚拙な筆跡で文章が綴られている。親が特に疑問を感じないのであれば、園田本人の筆跡なのだろう。

死んでしまおうと思います。

人間なんて、死んでしまえばそれでおしまいだから、すごく虚《むな》しい。

絶えず受験受験に追われ、もう我慢も限界です。

くたびれました。

何もかもを終わりにしたら、きっとすっとすると思う。

いろいろ考えた、ぼくの結論です。


内容は確かに、取り立てて注目すべき点もなかった。少し文章の繋がりがおかしいような気もするが、それは中学生の書いた遺書だ。整然とした美文の方が、かえってそれらしくない。園田の遺書からは、優馬の死の直前の態度から感じられたような、ある種の諦念が読み取れた。

短い文章だったので、簡単に読み終えることができた。一度最後まで読んでから、もう一度全文を読み返す。内容を吟味していると、ふと頭の隅で引っかかるものを覚えた。

すぐに、自分が何に引っかかったのかと読み返したが、その正体はわからなかった。ざっと目を通すうちにどこかで躓《つまず》いたのだが、それがなんなのかはもうはっきりしない。青木はもどかしい思いを抱えて何度も最初から繰り返し読んだが、二度と途中で引っかかることはなかった。

「不躾《ぶしつけ》なことを言いますが、この文面を写させてもらうわけにはいかないでしょうか」

終《しま》いに諦《あきら》めて、そう頼み込んでみた。この遺書を徹底的に読み込んでみれば、何かがわかるような気がしてならないのだ。奇妙な頼みをしているという自覚はあったが、ここはぜひ聞き入れてもらわなければならなかった。

「それが、どうかしましたか」

父親は不思議そうな顔をする。当然のことだろう。遺書を写させてくれなどという頼みは、同じ立場に置かれている青木でなければとても許してもらえないことだ。青木も必死になって、言葉を重ねた。

「いや、ちょっと気になるところがあったんですが、どう気になるのかわからないのです。家でゆっくり考えてみたいと思うのですけれど、いけないでしょうか」

「青木君の自殺と、関係あることが書いてありましたか」

「わかりませんが、もしかしたらそうかもしれません。無理を言っているのは承知していますが、写させてもらえませんか」

「そうですか、わかりました。かまいませんよ」青木の勢いに圧《お》されたのか、父親は大きく頷いて承知してくれた。「それはコピーですから、そのままお持ちいただいてけっこうです」

「そうですか。すみません」

青木が頭を下げると、「いやいや」と父親は手を振って応じた。

「何かを知りたいと思う気持ちは、私も同じです。もしその遺書から新しいことがわかるなら、私は誰にだってコピーを配って回りますよ。何かわかったら、ぜひ私にも教えてください」

「わかりました。約束します」

青木ははっきりと答えて、園田の遺書を畳んだ。遺書からは、言葉にならない子供たちの叫びが聞こえるような気がした。

28

一日も欠かさず歌舞伎町に向かい、米倉文哉と一緒にいた少女を捜しているのだが、その努力は未《いま》だ実を結んでいなかった。今日も青木は、夜十時まで歌舞伎町のゲームセンターを覗《のぞ》いて回ったが、見憶《みおぼ》えのある顔は見つからなかった。諦めて帰宅する途中の電車の中で、今のような捜し方では埒《らち》が明かないのではなかろうかと考え直した。

改めて考えてみれば、青木はあの少女の名前すら知らないのだ。手がかりはただ、記憶しているその容貌《ようぼう》だけである。だから青木としては、本人とふたたび出くわすまで辛抱強く歌舞伎町を捜すつもりだったが、一週間近く捜して見つけられないのだから、やり方を変えるべきだろう。聞き込みのようなことをして、本人の素性を特定する方が、結局は早道なのではないかと考えた。

幸い青木の手許には、聞き込みに役立つ物がある。少女の顔が写っている写真だ。あれに少し手を加え、何をしている状況なのかを隠して持ち歩けば、充分に用は足りるはずだった。青木はその考えに、少し希望を見いだした。

家に帰り着いて、さっそく自室に引き籠《こも》った。写真を取り出し、もう一度見直す。嫌悪を誘う光景だったが、青木はそれに耐えて構図を確認した。

少女の表情が恍惚《こうこつ》としているのが難点だが、どうにか用は足りるはずと判断した。問題はどのように切り取り、引き延ばすかだ。青木は定規を当てながら、あれこれと線の引き方を模索した。

ふと、その手を休めて写真を見直した。手に取って、じっと凝視する。これまでは気づかなかったが、枠の隅に何やら気になるものが写っていたのだ。

今に至るまで目に留めなかったのは、それがごく一部分しか写っていなかったからだ。だがよく見てみると、それがどうやら人間の体の一部のようだということがわかってくる。膝《ひざ》から臑《すね》にかけての部分が、写真のフレームに切り取られて写っているのだ。

これはいったいなんなのだろうか。撮影者の足が写ったというわけではない。何しろその臑は、枠の上方に写っているのだ。撮影者本人の足だとしたら、下に写っていなければおかしい。

つまりこの場には、優馬と少女、そして撮影者以外の四番目の人物がいたということになる。しかもその人物は、少なくとも足は剝《む》き出しであったのだ。いったいどういうことなのか。

青木は新たな発見に、しばし考えを整理してみた。この足の人物が誰かということは、現在の材料だけでは特定できない。だが何をしているのかという点だけは、朧気《おぼろげ》ながら推測が可能なのではないか。

優馬と少女が全裸であることから推し量ると、足の人物もまた裸であると考えるのはこじつけだろうか。この場で性行為をしていたのは優馬たちだけではなく、他にも何人かいたのではないだろうか。

そしてその誰かとは、永井や園田だったのではないか。優馬たちはどういう弾みだかはわからないが、集団でセックスをする機会があったのだ。そしてその現場を、誰かがビデオに収めた。それが米倉文哉の手に渡り、恐喝の材料に使われた。それが真相なのではないか。

ようやく子供たちが隠していた真実が浮かび上がってきたような気がした。子供たちが親に隠れてこのようなことをしていたのだとしたら、躍起になって隠し続けるのも理解できる。中学生にとって性に関することは、最も口外しにくいことのひとつであるはずだからだ。

だがそこまで考えて、ふと軽い疑問を覚えた。子供たちが隠していたことがこの写真に集約しているのは間違いないと思うが、ではなぜ彼らは自殺に走ったのだろうか。セックスの場面をビデオに撮られたからといって、自殺しなければならないほどの恥というわけではなかろう。公になればＰＴＡでは大問題になるだろうが、それもいっ時のことである。自分の人生を絶たなければならないほど、深刻な問題とはどうしても思えなかった。

ＬＳＤがそこに絡んでくるのだろうか。もしかしたら彼らは、ＬＳＤを服用した上で乱交パーティーに及んでいたのかもしれない。もしそうであるなら、これはＰＴＡで取りざたされるだけでは済まされないだろう。警察も動き出し、マスコミも大きく取り上げるはずだ。彼らが恐れたのはそのことか。

いや、どこかおかしい。青木はそこまで推論を展開しながら、首を振っていったん思考を止めた。この推理では、どこか本末転倒のような気がするのだ。いったいどこがおかしいのか。

答えはすぐに見つかった。子供たちがＬＳＤをやっていたことは、彼らが自殺したからこそ判明した事実なのだ。ＬＳＤ服用を他人に知られたために、命を絶ったわけではない。順番が逆なのだ。

彼らが自殺するしかないと思い詰めたほどの、何か大きなきっかけがあったはずだ。その原因はビデオテープだとしても、きっかけは別に存在しなければおかしい。そのきっかけとはなんなのだ。

「あっ」

思わず青木は声を上げた。真相に辿《たど》り着いたように思ったのだ。答えは簡単ではないか。永井や園田も映っていたビデオを、米倉文哉が手に入れていたとしたら、青木だけを恐喝して事足れりとしていたわけがない。米倉文哉は永井や園田も脅していたのだ。

米倉文哉がどういう要求をしたのかはわからない。百万円という高額な金を、子供に要求するとは思えないからだ。ともかく米倉文哉は、金に代わる何かを子供たちに求めたのだろう。そしてその要求に応じきれず、優馬たちは死を選んだ。それが真相なのではないか。

青木はもらってきた園田の遺書を取り出した。園田は表面的には、ごくありふれた理由をそこに書き綴《つづ》っているように見える。だがそれは、真実を親たちの目から逸《そ》らすためのトリックだったのだ。子供たちは自分の命を捨ててまでも、秘密を知られまいと望んだのだろう。

ようやく青木は、水原に言われた言葉を思い出した。水原はこう言った。優馬が隠しておきたかったことを調べるのは、優馬の遺志に反するはずだと。もしかしたら水原は、優馬たちがやっていることを承知していたのかもしれない。知っていて秘密にしていたからこそ、ああいう発言になったのだ。

なんということだ。青木は遺書のコピーを机の上に置いて、深く嘆息した。結局彼らの危険な遊びが、自らの命を縮めたということなのか。なんという愚かしさか。

彼らは子供だったのだ。イリーガルドラッグになど手を出せば、どのようなことになるか想像ができなかったに違いない。彼らは大人以上に大人びたところを持ち合わせているくせに、一面では子供のまま成長していなかったのだ。そのこと自体が、まさに子供だっ青木はぼんやりと園田の遺書を眺めた。園田が、そして優馬が嘘《うそ》の遺書を認《したた》めていた際の気持ちを考えてみる。彼らは自分たちの愚かさに気づいていただろうか。死の瞬間に、自らの行いを悔いただろうか。想像してみても、彼らの心境など推し量ることはできなかった。

ふと、頭に響くものがあった。無意識に居住まいを正し、遺書のコピーを取り上げた。慎重にもう一度、確認してみる。やはり間違いなかった。初めて遺書を読んだとき頭に引っかかったのはこれだったのだ。

園田は遺書に簡単な暗号を組み入れていた。段落ごとに文章の最初の音を拾うと、別の言葉が浮かび上がるという仕掛けだ。園田は遺書の中で、「死にたくない」と本当の気持ちを吐露していた。園田は従容《しょうよう》と死についたわけではなかったのだ。

死にたくないのに死ななければならないような恐喝を、園田を始め子供たちは受けていたのだろうか。だとしたら青木は、米倉文哉を許すわけにはいかなかった。奴が事故で死んだのは、まさしく天誅《てんちゅう》と言うにふさわしかった。

「いや、待てよ」

ふたたび青木はひとりごちた。米倉文哉の死は、本当に偶然なのだろうか。因果応報という言葉で片づけてしまうには、米倉文哉の死はあまりにもタイミングがよすぎないか。これを天の意思と言ってしまっていいのか。

そんなわけはない。これがただの偶然であるものか。米倉文哉は何者かから逃げるようにして、車道に飛び出したというではないか。誰かが米倉文哉を、車道に逃げ出さなければならないほど追いつめたのだ。その誰かとは、米倉文哉に恨みを持つ者以外に考えられない。

園田が米倉文哉を殺したのか。いや、殺すつもりはなかったかもしれない。恐喝に応じる振りをして、ビデオテープを取り上げようとしたとも考えられる。その際に園田は、脅すために刃物でも取り出したか。それを恐れて米倉文哉は、車道に飛び出していき、車に轢《ひ》かれた。自分の行いで米倉文哉を死に追いやってしまった園田は、その恐ろしさに耐えかねて自殺した。それが本当のところかもしれない。

「いや、それもおかしい」

青木はその推論も、また自らで否定した。積み上げても積み上げても、結局は崩れてしまう砂上の楼閣のような思考だ。青木はふと、推測を重ねることに虚《むな》しさを覚えた。

青木は子供たちの人となりを考えてみたのだ。青木が見た限り、優馬や永井は意志が強く、反面園田はどちらかと言えば臆病《おくびょう》に映った。にもかかわらず今の推測ならば、意志が強い優馬と永井があっさり恐喝に屈して自殺し、臆病な園田が実力行使に出たことになる。それはあまりに奇妙と言わねばならない。

もし三番目に死んだのが優馬であれば、青木はこの推測を真実と考えただろう。優馬ならば、恐喝者に敢然と立ち向かう勇気を持ち合わせていたはずだからだ。だが実際はそうではなく、真っ先に死んだのが優馬だった。これはどういうことなのだろうか。どこかが根本的におかしいのだ。青木はそう結論せざるを得なかった。いくつもの重要なピースを手にしているはずなのだが、未だ全体像が浮かび上がっていない。自分の推測で欠けた部分を補おうとしても、間違った絵ができあがってしまうだけのことだ。結局はどう組み合わせてみたところで、どこかいびつな推論にしか達しない。

真実はいったいどこにあるのだ。青木は心の中で叫びを上げたが、それに応《こた》える声は聞こえなかった。虚しさがただ澱《おり》のように胸の底にわだかまっているのを、強く自覚するだけだった。

29

今青木にできることは、写真に写っている少女を捜し出すことだけだった。手持ちの材料だけでは真相に到達できないことはよくわかった。優馬が何を考えていたのかを知るためにも、自分が本当の父親となるためにも、是が非でも少女を捜し出す必要があった。

紙焼きプリントは、もう一度カメラで撮影し直し、現像した物を少女の顔の部分だけ切り取った。ビデオの画像をフィルムに収めたものを、さらに再撮影したのだから鮮明度はかなり落ちている。それでも少女の人相は見分けがつくので、なんとか用は足りるはずだった。青木はそれを持って、翌日から歌舞伎町を訪ね歩き始めた。

青木はいやがられるのを承知の上で、ゲームセンターに入り浸っている少年少女に声をかけた。顔写真を見せては、この女の子を知らないかと尋ねる。初めて声をかけるときには勇気がいったが、三度目からは肝が据わった。

五組ほど声をかけてみたが、少女を知る者には行き当たらなかった。皆一様に、「知らねえよ」と言い捨てて、気分を害したように去っていく。中には青木に鋭い一瞥《いちべつ》をくれていく者までいた。

場所を変えて同じように訊《き》いて回っても、やはり反応は大同小異だった。そのうちに青木は、自分が彼らの目にどのように映っているのか気づき始めた。青木はそんなことを匂わせもしなかったのだが、どうやら警察の人間と勘違いされていたようだ。

それも無理はなかろう。青木のような年格好の男が、ゲームセンターで写真を見せて人捜しをしていれば、誰だって刑事と間違える。青木はその誤解に気づいてからは、それを積極的に利用してやろうと考えた。

態度を極力横柄にしてみた。少し威圧的に声をかけ、写真を示す。すると声をかけられた側は、なんのことだと写真に注意を払うようになった。少なくとも表面的には、うるさがるような素振りを見せる者もいなくなった。

味をしめて、しばしその調子で聞き込みを続けてみた。なかなか少女を知る者には行き当たらないが、声をかけやすくなったのは確かだ。青木はいつものように十時頃まで捜索を続け、そしてその日は帰宅した。

翌日も同じ調子で、ゲームセンターを回ってみた。時間帯が同じせいか、昨日声をかけた者をまた見かける。彼らは青木に視線を向けると、無言で立ち上がって店を出ていった。彼らの態度は少し気になったものの、青木はかまわず聞き込みを続けた。最低五十人には声をかけようと、心に決めてきている。そのためにはあまり時間を無駄にはできなかった。

十人ほど声をかけて、次のゲームセンターに移動した。するとまた、昨日見かけた顔を発見した。彼らは先ほどの少年たちと同じように、青木を目に留めるとそそくさと去っていった。どうやら刑事が近くにいるというのは、彼らにとってかなり煙ったいことのようだ。

そのときになってようやく、刑事と誤解されているのはむしろ不利なのではないかということに気づいた。彼らは一応従順にこちらの話を聞く振りをしていつつも、内心では舌を出していたのではないだろうか。刑事になど協力したくないと、少女のことを知っていても知らないと嘘《うそ》をついていた可能性もある。居丈高に接触して、協力を得られると考えたのが間違いだった。

舌打ちしたい気持ちをこらえつつ、青木は改めて聞き込みをやり直すことにした。極力刑事と誤解されないよう、下手に出て声をかける。すると今度は、明らかに見下されたような態度で迎えられるようになった。ひどいときには、まったく無視され取り合ってもくれないことすらあった。

それでも青木は、根気よく写真を見せて回った。ともかく今は、こうする他に道がないのだ。あの少女はそのうち必ず歌舞伎町に現れる。それだけを信じて、青木は地道な捜索を続けた。

徒労に終わるのは覚悟の上だった。今日もまた、時刻は十時に近づこうとしていた。結局少女を知る人間には行き合えないでいる。また出直そうと、帰りかけたときだった。

「おじさん、刑事さん？」

背後から不意に声をかけられた。振り向くと、そこには十七、八ほどの少年が三人立っている。皆、髪の毛を茶色に染め、耳にはピアスをしていた。ガムをくちゃくちゃと嚙《か》んでいる少年たちは、何が面白いのかにやにやと笑みを浮かべていた。

「いいや、違う」

青木は首を振って否定した。もしかしたら青木のことが噂《うわさ》となって伝わっていたのかもしれない。きちんと刑事でないことを説明しなければ、後々まずいことになりはしないかと瞬時に考えた。

「おじさん、人を捜してるんでしょ」

三人の中で一番身長が高い少年が、先ほどから青木に話しかけていた。後のふたりは一歩下がって、にやにやと笑っているだけだ。なんとなく薄気味悪いものを感じたが、少年の言葉には気を惹《ひ》かれた。

「そうだが、どうしてそれを？」

「ちょっとダチに聞いたんだよ。捜してる人の写真があるんでしょ。見せてくんない」

「あ、ああ。それはかまわないが」

この少年は少女を知っているのかもしれない。青木が捜していることを聞いて、声をかけてきたのだろう。青木は期待しながら写真を取り出した。

「この子なんだ。知らないかな」

差し出すと、少年たちは顔を揃《そろ》えて覗《のぞ》き込んだ。背の高い少年が、「ああ」と声を上げる。

「知ってるよ、おれ。この子捜してんの？」

「知ってるのかい」自分でも声が弾んでいるのがわかった。「知り合いなんだね」

「知ってる、知ってる」背の高い少年は、かくかくと頷《うなず》いた。「その辺にいるはずだよ。会わせてあげようか」

「それはありがたい」

写真を胸ポケットにしまいながら、少年に頼み込んだ。背の高い少年は、「じゃ、行こうか」とあっさり言って、踵《きびす》を返す。青木はその後に、素直に付き従った。

「おじさん、なんでこの子捜してんの」

歩きながら少年が首を振り向けた。依然、顔にはにやにや笑いを浮かべている。後のふたりも同じようにこちらを見ていた。まるで三つ子のように、その表情は似ていた。

「息子の知り合いなんだ。息子のことで、ちょっと訊きたいことがあってね」

嘘をつくつもりはなかったが、説明すれば長くなるので簡単に答えた。

「訊きたいことって?」

少年は青木の返答に満足しなかったのか、突っ込んだ質問をしてくる。青木は曖昧《あいまい》にごまかすことにした。

「ちょっとね。いろいろあるんだ」

「いろいろね。ふーん」

少年は鼻を鳴らすと、興味をなくしたように青木から視線を外した。後のふたりも、同時に首を前に向ける。それ以後少年たちは、自分から話しかけてこようとはしなかった。

少年たちは、新宿プリンスホテル沿いに、どんどん北へと向かっていた。職安通りに近づくにつれ、徐々に通行人の数が減ってくる。その頃になってようやく青木は、自分がどこに連れていかれるのかと軽い不安を覚えた。

「なあ、君たち。その女の子がどこにいるか、知ってるのかな」

「知ってるよ。大丈夫、任せて」

尋ねても、あっさりそう応じられるだけである。青木は内心の不安をごまかすように、さらに問いを重ねた。

「女の子の名前はなんていうのかな」

「名前? さあ、なんだったかなぁ」

背の高い少年が答えると、もうふたりが同時に笑い声をたてた。何がおかしいのかわからなかった青木は、その空疎な笑いに不気味なものを感じた。このまま彼らについていっていいものかと、しばし頭の中で逡巡《しゅんじゅん》した。

「どこまで行くのかな。女の子はどこかで働いてるのかい」

「すぐそこだって。すぐそこ」

少年が顎《あご》をしゃくる先には、職安通りが見えていた。彼らは大通りに出ると、ためらうことなく左に曲がる。そこは線路の下をくぐるトンネルだった。

青木は曲がり角で立ち止まり、少年たちから距離を置いた。トンネルは照明こそ点《つ》いているものの、そこここに闇《やみ》がわだかまり、見通しが良くない。そんな中に、無造作に踏み込んでいくことをためらったのだった。

「おじさん、何してんの」少年たちが振り返って、声をかけてきた。「そこだよ、そこ。行かないの」

少年たちは五秒ほど青木の顔を見ていたが、すぐに視線を外すとまた歩き出した。その足取りは青木のことなど気にも留めていないかのようである。青木は迷いを振り切り、トンネルの中に入っていった。

五メートルほど進むと、先を行く少年たちが立ち止まった。青木も一拍遅れて歩みを止める。少年たちはゆっくり振り返ると、三人揃って青木に目を向けた。その瞬間、少年たちは弾《はじ》けるように走り出した。

まずい、と思ったときにはもう遅かった。逃げようにも、彼我の瞬発力の差は歴然としていた。たちまち追いつかれ、襟首を摑《つか》まれた。青木はそのまま力任せに、後方に引っ張られた。

尻餅《しりもち》をついた。と同時に、両脇《りょうわき》から少年たちの爪先《つまさき》が襲ってきた。腿《もも》にしたたかに蹴《け》りを食らい、思わず呻《うめ》きが漏れる。転がって逃れようにも、両脇を挟まれているのでそれもままならなかった。

「やめてくれ！　やめてくれ！」

頭を両腕で庇《かば》って、二度叫んだ。だが少年たちは手加減というものを知らなかった。まるでサッカーボールでも蹴るように、青木の腿や脇腹、背中を蹴りつけてくる。青木は丸くなって、ひたすら頭を庇うだけだった。

しばらくすると、髪の毛を摑まれた。全身がじんと痺《しび》れたように重たい。自分の体が自分のものでないような感覚の中、無理矢理に立ち上がらされた。

「や、やめてくれ……」

喉《のど》から声を絞り出したが、少年たちの耳に届いている気配は皆無だった。少年たちはにやにや笑いを浮かべたまま、青木の腹を殴り始めた。

一発殴られただけで、嘔吐《おうと》感が急激に込み上げてきた。口を手で覆う余裕もない。いやな音が喉の奥でしたかと思うと、吐瀉《としゃ》物が口から溢《あふ》れた。

「汚ねえ」

初めて少年たちが声を発した。いっせいに青木から離れて、苦しむ様子を遠巻きに見ている。青木は涙を流しながら、嘔吐感が収まるのをひたすら待った。

ようやく吐瀉物が尽きると、また背後から髪の毛を摑まれた。顔を起こされ、まともに少年と目が合う。少年はこちらを見ると、笑ったまま口を開いた。

「苦しいだろう、おじさん。こういう目に遭いたくなかったら、もうよけいなことはしない方がいいよ」

「よけいな……ことだと……」言葉は切れ切れにしか発せられなかった。「頼まれたのか……おれを痛めつけるように」

「写真はもらっておくよ」

髪を摑んでいる少年が言うと、冷然と見下ろしていた他の少年が懐に手を伸ばしてきた。そのまま紙焼きプリントを抜き取る。青木は抵抗する気力もなかった。

「じゃあね、おじさん」

さらなる暴力を振るわれるかと思ったが、少年はあっさりと手を放した。そのままゴミでも残していくように、けろりとした顔で立ち去っていく。青木は「待て」と呼び止めたつもりだったが、それはただ喘《あえ》ぎにしかならなかった。身を起こすこともできず、激しく咳《せ》き込みながら、遠ざかっていく少年たちの背中を睨《にら》み続けた。

30

十五分ほど、その場に蹲《うずくま》って痛みに耐えていた。その間、青木の前を通り過ぎる人は何人かいたが、誰もが酔っぱらいがしゃがみ込んでいるものと見做《みな》したようで、声すらかけてこなかった。青木も救いを求める気はなく、ただ嵐のような激痛が過ぎ去るのを待ち続けた。

しばらくじっとしていると、なんとか立ち上がる気力だけは戻ってきた。ガードレールに摑まりながら、自分の足で地面を踏み締める。軽い眩暈《めまい》が襲ってきたが、それも三十秒ほどで去っていった。

少年たちが消えた方向には向かいたくなかった。そのため小滝橋《おたきばし》通りの方へと、ガードレールにしがみつきつつ進んだ。トンネルを抜けたときには、思わず安堵《あんど》の吐息が漏れた。

背後を気にしながら歩いていると、運の良いことにちょうどタクシーがやってきた。手を挙げて車内に転がり込み、自宅の住所を言う。十日前にもまったく同じ目に遭ったなと、苦笑混じりに思い起こした。

だが青木自身は自嘲《じちよう》して済ますこともできるが、美保子にこの様を見せたらそうはいかないだろうなと考え直した。危ないことはしないと約束したばかりだというのに、またこのような羽目に陥ってしまった。美保子は十日前と同じように、こんなことはやめてくれと泣いて懇願することだろう。それに対してどう答えるべきかと、青木は肉体の痛みすら忘れて困惑した。

いざマンションに帰り着いてみると、案の定美保子は目を瞠《みは》って立ち尽くした。青木はしゃがみ込むことすらできず、「また、やられちゃったよ」と強がりを口にした。先日のようにだらしなく倒れ込むような真似はできなかった。

「ちょっと！　どうしたのよ？」

二度目ともなればショックも少ないかと思ったが、どうやらそういうわけにはいかないようだ。大きな声で叫び、青木のひどい有様に恐れをなしたように唇を震わせている。青木が靴を脱ぐのに苦労していると、はっと我に返って手を貸してくれた。

「どうしたっていうのよ。危ない真似はしないって約束したのに……」

青木の脇の下に手を入れて、体を支えてくれた。青木はひと言だけ、「すまん」と詫《わ》びてそれに応えた。

リビングルームまで行き、ソファに倒れ込む。美保子は救急箱を持ってきて、青木の傍らに膝《ひざ》をついた。心配げに顔を覗き込んできて、「どこが痛いの」と尋ねる。

「大丈夫。それほど弱っているわけじゃない。主に顔と、それから腹を少し殴られた」

「お腹？　大丈夫なの」

「内臓破裂を起こすほどじゃないと思う。顔はひどいか」

「ひどいわよ。人相が変わりそう」

「そうか」

身を起こして、美保子が治療をしやすいよう顔を向けた。美保子はガーゼに消毒薬を吹きつけ、それで青木の顔を丁寧に拭《ぬぐ》いた。青木は襲ってくる刺激痛に耐え、ひたすらじっとしていた。

「どうしてこんなことになったのか、話して」

治療を終えると、少し怒ったような口調で美保子は言った。青木は顔に貼《は》られた絆創膏《ばんそうこう》に違和感を感じながら、応じた。

「それが、わからないんだ。帰ろうとしたら呼び止められて、突然襲われた。どうやらおれが捜していることを鬱陶《うっとう》しがった女の子が、少し脅しつけるように頼んだらしい」

「写真に写っていた女の子ね。その子はあなたに捜されるのがそんなに迷惑なのかしら」

「そうなんだろうな。だからこんな手荒なことをするんだ」

「危ないことはないって、言ってたじゃない。それなのにこんな目に遭うなんて……」

美保子は少し顔を歪《ゆが》ませると、愚痴るように言った。青木は少し身を乗り出して、美保子に顔を近づけた。脇腹が痛んだが、表情には出さないよう痩《や》せ我慢した。

「おれだってこんなことになるとは思っていなかった。女の子を見つけて、静かに話をするだけのことだと考えてた。それなのに向こうが暴力的な態度に出てくるのは、それだけ何か後ろ暗いことがあるからなんだ。おれが真相に近づいているという証拠だよ」

「もう……いいわよ」

美保子は小刻みに首を振った。青木は意味がわからず、眉を顰《ひそ》めた。

「いいって、何が？」

「もう、いいから、そういうことはやめて」

美保子は視線を床に落とし、虚《うつ》ろな口調で言う。青木の困惑は、徐々に膨らんでいった。

「もういいって、どういうことなんだ。優馬がどうして死んだのか、わからなくてもいいということか」

「そうよ。あなたがこんな危ない目に遭うなら、もう何も知りたくないわ。お願いだから、やめてちょうだい」

「何を言うんだ」

青木にとって、美保子の言葉はただ驚きでしかなかった。美保子がこんなことを言い出すとは、予想すらしなかった。これまで身近に感じることのなかった容赦のない暴力を目《ま》の当たりにし、気持ちが混乱しているとでもいうのか。優馬のことを諦《あきら》めるなど、青木にとってはまったく考えられないことだった。

「優馬のことはどうでもいいと言うのか。優馬が何を考えて死んだのか、知りたくないって言うのか」

「どうでもいいなんて言ってないわ。あたしだって優馬のことは知りたい。それこそ気がおかしくなりそうなくらい知りたいわ。でもいくら調べたって、優馬は帰ってこない。いくらあなたが危ない目に遭っても、優馬は帰ってこないのよ。それだったら、せめて生きているあなたには、危険なことをしないで欲しいの。お願いだから、もうこんなことはやめて」

美保子は青木の顔を正面から見つめて、懇願した。その目は潤んでいたが、涙が落ちるのを懸命にこらえているようだった。

青木は美保子の必死の訴えに、しばし返す言葉を失った。美保子の言うことは、一面で至極正論だったからだ。確かにいくら調べたところで、優馬が帰ってくるわけではない。美保子の立場にしてみれば、息子を亡くしたばかりでさらに夫の身まで心配したくはないだろう。妻の気持ちを思えば、すぐに反駁《はんばく》することは難しかった。

だが青木としては、だからといって調査をこれきり打ち切ることなどできなかった。優馬が死んで以来、いや、優馬が生まれて以来、美保子ときちんと話し合ったことがない事実をいまさら自覚する。今こそそうするべきときだと、心の中で決意を固めた。

「なあ、美保子」

青木は優しく語りかけた。妻は瞼《まぶた》を精一杯開いたまま、こちらを見返してくる。

「おれは優馬にとって、いい父親だったと思うか？」

「どうして？　何を突然に……」

「自分ではわからないんだ。おれは父親がどういう存在なのか、知らないんでね。おれは優馬に、自分なりに誠実に接してきたつもりだった。だが実際には、どこか距離を置いた関係になっていたかもしれないと、あいつが死んで以来ずっと考えていた。おれは自分で思う以上に、優馬との血の繋《つな》がりがないことを意識していたのかもしれない」

「そんな……、あなた、そんなことを気にしていたの？」

美保子は愕然《がくぜん》とした。それも無理はない。青木は優馬と血が繋がっていないという事実を、美保子に思い出させないよう振る舞ってきたからだ。こんなことを言い出せば、美保子がショックを受けるのはわかり切っていた。それでも今は、避けて通ってはいけないのだと青木は思った。

「おれは優馬の父親だ。それはお前と結婚したときから、いや、優馬が生まれたときからずっとそう考えていた。本当は血が繋がってないなどとは、誇張じゃなくすっかり忘れていた。だからおれは、何もせずとも自分が優馬の父親でいられると思っていたんだ」

「そうでしょう。それのどこがいけないの」

「いけなくないかもしれない。何事もなく優馬が成人していさえすれば、きっとそれで良かったんだと思う。でも実際には、そうじゃない。悲しいことだが、優馬が成人する日はもうやってこないんだ。その事実を前にして、やはりおれは考えてしまう」

「何を考えてしまうの」

「もし優馬とおれが、本当に血が繋がっていたとしよう。それでもおれは、きっと優馬が死んだ後に後悔していたと思う。父親というのは、血の繋がりの問題じゃないからだ。父親という立場は、黙っていてもなれるものじゃない。父親であろうと努力をしなければ、本当の父親にはなれないんだよ。まして血が繋がっていないならなおさらだ。おれは二重の意味で、優馬の父親ではなかった」

「そんなこと……そんなことないわよ。あなたは立派な優馬の父親だった。いまさらそんなことを言って欲しくない……」

美保子は放心したように首を振った。青木は言葉に力を込めた。

「お前にいやな思いをさせたいわけじゃないんだ。おれは血の繋がりなんて、まったく意識していなかった。そうした方がいいと考えたからじゃなく、心底忘れていたんだよ。でもそれは、実は決していいことじゃなかったと今になって思う。おれはもっと意識して、優馬の父親であろうと努力すべきだったんだ。もちろんいまさらそんなことを言っても遅い。遅いが、それでもおれは努力せずにはいられない。おれは優馬の本当の父親になりたいんだよ」

「じゃあ、危ないことはしないと約束してはくれないの？」

「もちろん、おれだって自分から痛い目に遭おうとはしないさ。極力そういうことは避ける。約束できるのはそこまでだ」

「あくまで、女の子捜しを続けるのね」

「ああ。優馬の父親になれるのは、世の中でおれしかいないんだからね」

意気込まず、ごく自然に青木は言った。美保子は顔を両手で押さえると、声を上げて泣き出した。

31

その電話は、日曜日の朝一番にかかってきた。

青木は目覚めたばかりだった。まだ着替えもせず、美保子が淹《い》れてくれたコーヒーをゆっくりと飲んでいた。電話のベルが鳴ったので、近くにいた青木がなんの気なしに子機を手に取った。

「はい、青木です」

そう応じると、一拍置いてから聞き憶《おぼ》えのある声が届いてきた。

「光岡です」

その声を聞いた途端、青木は胸にいやな予感が兆すのを感じた。光岡の声を聞いて、反射的に不吉と思うのは失礼な話だが、これまでのいきさつを思えば如何《いかん》ともしがたい。それに加えて、光岡の声そのものもどこか堅苦しく、普通でないように思えたのだ。

「どうしました。また、なにか——」

いやな予感に衝《つ》き動かされて、そう尋ねた。だが光岡は、なかなか口を開こうとしない。その沈黙だけで、青木は何が起きたかとっさに悟った。

「また、誰かが飛び降りたのですか。今度は誰なんですか」

「——ええ」

光岡の声はひどく平板だった。取り乱した様子はないが、あまりに淡々としてむしろ非人間的な感じすらする。これまでに幾度か光岡からの電話を受けたが、こんな声は一度も聞いたことがなかった。

「誰なんです！　誰が飛び降りたんですか」

「水原君です。水原佑《たすく》君」

「水原君が……」

青木は絶句した。またしても、青木が会ったことのある子供ではないか。これで優馬を皮切りに、親しかった子供たち四人が投身したことになる。なんということか。

同時に青木は、強い悔恨に襲われた。優馬、永井、園田と来れば、次に水原が投身するのは予想されてしかるべきだった。にもかかわらず青木は、水原の身を案じるという発想をまったく持たなかった。それは水原自身の、子供にしてはかなりドライな態度を知っていたからだが、そんなことは言い訳にはならない。園田はともかく、優馬も永井も、とうてい自殺などしそうにない子供だったではないか。いくら水原が醒《さ》めた態度をとっていようが、少しは気にかけるのが大人の務めであったはずだ。

「どこから……、また学校の屋上ですか」

呆然《ぼうぜん》として、青木は問いを重ねた。飛び降りた場所を知りたかったのだ。

「いいえ、今度は水原君の自宅に近いマンションです。屋上からではなく、最上階の開放廊下から飛び降りました」

「そうですか。水原君は今、病院ですか」

これまでの例からして、いったんは救急病院に運ばれるのだろうと推測した。そこで死亡が確認されてから、大塚の監察医務院で行政解剖を受ける。本葬は三日後になるだろうと、青木は漠然と考えた。

「そうです。今、手術中です」

それに対して光岡は、依然淡々とした口調のまま応じた。

「手術中？　手術を受けているのですか？」

「そうです。三十分ほど前に、手術室に入りました」

「じ、じゃあ……」

青木は自分が勘違いをしていたことに、ようやく気づいた。光岡はまだ、水原が死亡したとはひと言も言っていない。水原は一命を取り留めたのではないか。

「水原君は、まだ亡くなったわけじゃないんですね」

意気込んで尋ねた。光岡は機械的な口調で肯定した。

「そうです。一度街路樹に接してから路上に落ちたお蔭で、即死は免れました。お医者さんの話では、死ぬようなことはないということです」

「そ、そうでしたか。それは良かった……」

思わず安堵の吐息が漏れた。反射的に水原の死を確信してしまったが、それはいかにも早計だった。前後にどのようないきさつがあったにしろ、水原までもが命を落とすようなことにならなくて幸いだった。

ふと気づくと、キッチンから美保子が心配げに顔を覗《のぞ》かせていた。それを見て、ようやく青木は現実的な対応を思い出した。

「先生も今、病院ですか」

「そうです。水原君のご両親と、それから警察の方と」

「私もそちらに向かいます。どこの病院ですか」

光岡が口にした病院名は、永井が担ぎ込まれたところだった。青木は承知して、子機を架台に戻した。

「どうしたの」

不安げに尋ねてくる美保子に、手短に説明した。美保子は水原が存命と聞いて、ほっとしたような戸惑うような、複雑な表情を見せた。その表情は、青木の内心とまったく同じだった。四たび同じことが起きようと、青木たち大人は未だ事態を把握し切れていないのだ。己《おのれ》の無力をはっきりと痛感させられた。

朝食も摂《と》らずにマンションを飛び出し、大通りまで出た。そこでタクシーを拾い、病院に直行する。救急患者用の入り口から中に入ると、永井のときと同じように光岡がベンチに坐《すわ》っていた。

「水原君は、どうしました」

挨拶《あいさつ》も抜きに、そう声をかけた。こちらに背中を向けていた光岡は、それに反応してゆっくりと首を振り向けた。光岡の顔に表情はなく、まるで精巧な人形のようだった。強い衝撃を受け、情緒が麻痺《まひ》してしまったようだった。

「まだ、手術室から出てきません」

平板な声で、そう答える。青木はそんな様子を痛々しく思いながら、「そうですか」と応じてベンチに腰を下ろした。

「やはり、自殺未遂なのですか」

肝心なことを尋ねた。これまでの例から言って、水原もまた遺書を残しているのではないかと考えた。子供たちの本音が聞こえない、作り物めいた文面の遺書が。

「そうらしいです」

光岡はこちらに視線を向けながら頷《うなず》くが、その目に力はなかった。本当に焦点が結ばれているのかも怪しい。青木は光岡を励ますつもりで、声に力を込めた。

「遺書は？　残っているんでしょう」

「そう聞きました。詳しいことはわかりません」

「ご両親は奥ですか」

「ええ」

「何も言ってませんでしたか」

「ただ混乱されているだけでした。私もきちんと話はしていません」

「警察は？」

「奥です」

光岡はこちらの質問に対し、必要最小限のことしか答えない。青木は少しもどかしさを覚え、廊下の奥へ視線を転じた。

「水原君の怪我《けが》の具合は、どの程度なんですか」

横から美保子が口を挟んだ。それを聞いて、容態こそが一番大切だったと、青木はいまさら気づいた。真っ先にそのことを心配するべきだったが、〝連続自殺〟という事実の前に常識的な反応を忘れていた。内心でそれを強く反省しつつ、光岡の返事を待った。

「左足を骨折したそうです。複雑骨折ですが、治らない怪我ではないと聞きました」

「足だけなんですか。他の箇所は」

「幸い、大丈夫だったようです」

「それは、良かった」

美保子が安堵の吐息をつくのと同時に、青木もまたしばし目を瞑《つぶ》った。足の骨折程度で済んだのは不幸中の幸いだ。もうこれ以上、子供が命を落とす様を見送るのはご免だった。

「じゃあ、水原君の気持ちさえ落ち着けば、どうしてこんなことをしたのか本人に尋ねることもできるわけですね」

青木としては、ただ胸を撫《な》で下ろすだけではなく、現実的なことを考えずにはいられなかった。水原の投身と、優馬の自殺が無関係のはずはない。水原さえ正直に話してくれるならば、優馬が何を考えていたかわかるのではないかと期待した。

「そうですね。水原君が正直に話してくれれば、ですが」

光岡は聞きようによっては投げやりな言葉で答えた。だが青木は、そんな光岡を冷たいと非難することはできなかった。光岡はこの数日間のうちに、教師の無力さを痛いほど思い知らされたことだろう。以前に自らの口で語ったように、子供たちの作り上げる別の世界を目の当《ま》たりにし、そこにはどうしても入り込めないと痛感したに違いない。光岡はただ事実だけを淡々と指摘してみせたに過ぎなかった。

そして青木もまた、その指摘に頷かざるを得なかった。青木も同様に、世の中には子供たちだけの別の社会が存在することを、短い間に思い知らされた。彼らに大人の言葉は通じない。彼らの本音と建て前を見分ける能力を、大人たちは持ち得ないでいるのだ。水原に尋ねればすべてが明らかになるなどと、そんな期待を一瞬でも持った青木の方が甘いと言わねばならない。

ちょうどそのときだった。廊下の奥から、「佑！」という大きな声が聞こえた。その狼《ろう》狽《ばい》した声は、おそらく水原の母親の声だろう。手術が終わって、水原が出てきたのかもしれなかった。

「行ってみましょう」

光岡を促して、立ち上がった。光岡は言われるまま、ロボットのようにぎくしゃくと腰を上げる。青木はひと言声をかけようかと考えたが、うまい言葉が思いつかず、そのまま廊下の方へ急いだ。

手術室からは、ちょうどストレッチャーが出てこようとしていた。ベッドのそばには水原の両親が縋《すが》りついている。手を触れないようにと、ベッドを押す看護婦が注意をしていた。

水原は麻酔で眠っていた。血の気のなくなった顔には、まるで生気が感じられない。だが間違いなく、水原はまだ生きているのだ。優馬たちの世界へ旅立ってしまったわけではない。

水原はストレッチャーに乗せられたまま、エレベーターの中に消えていった。青木は扉が閉まりきるまで、水原の顔から視線を逸《そ》らさなかった。

32

少女は青木の視界の中に、突然その姿を現した。

青木はその思いがけない偶然に、目を丸くした。今日もまた、少女を見つけられずに帰る羽目になるのだろうと考えて、家を出てきたのだ。十日間ずっと捜し続けて見つからなかった相手が、半分諦《あきら》めかけていた頃になってひょっこり現れた。青木は喜ぶよりもまず、どう声をかけるべきかと困惑した。

だが驚いたのは少女の方も同じようだった。口を開けて青木の顔に見入ったまま、硬直したように動きを止めている。妙な緊迫感が、青木と少女の間に横たわった。

その緊迫感を破ったのは、少女が先だった。「やべ」と小さく呟《つぶや》いたかと思うと、逃げ出すように踵《きびす》を返した。一拍遅れて青木も、ようやく声を発した。

「待ってくれ」

手を伸ばして、少女の肘《ひじ》を摑《つか》んだ。このまま逃げられてしまうわけにはいかない。青木にとって、少女の存在は唯一の手がかりなのだ。思わず肘を握る手に力が籠《こも》った。

「痛《い》てえよ。放せよ、変態親父！」

少女は大きい声で叫んだ。ゲームセンターにいた客たちの視線が、いっせいに集まる。だが青木はそんなことを気にしている余裕もなく、少女に頼み込んだ。

「乱暴する気はないんだ。私は青木優馬の父親だ。少し話を聞かせて欲しいだけなんだよ」

「知らねえよ、そんなこと！　あんたが誰の親だろうが、そんなの知ったことかよ！」

少女は人目も憚《はばか》らず、声を張り上げた。興味深げな視線が集まっているのも、まったく気にかけていない。周囲に助けを求めているつもりなのかもしれなかった。

だが青木にとって幸いなことに、割って入ってくるような親切な人はいなかった。こちらに向けられる視線はすべて、面白半分のものである。青木はここぞとばかりに、言葉を重ねた。

「優馬とは知り合いだったんだろう。私はなぜ優馬が自殺したのか、どうしてもわからないんだ。だから君に、知っていることを話して欲しいと思って捜していた」

「知らないって言ってるだろ！　誰が自殺しようが、そんなこと関係ないじゃん」

「優馬だけじゃない。永井君も園田君も亡くなったんだ。昨日は水原君もマンションから飛び降りた。幸い水原君は一命を取り留めたがね。君は彼らとも知り合いだったんだろう」

「えっ？」

少女は抵抗をやめた。青木の言葉に驚いたようだ。きょとんとした顔をして、青木を見返している。

「誰が、死んだって？」

「永井君と園田君だ。知らなかったのかい」

「し、知らない」

少女はぶるぶると首を振った。嘘《うそ》をついているようには見えなかった。どうやら少女は、優馬が死んだことしか知らなかったようだ。

「水原君も、昨日自殺を図った」声を落ち着けて、もう一度繰り返した。「幸い命に別状はなかったが、もしかしたらまた同じことを繰り返すかもしれない。私はそれを、なんとしても止めたい。そのためには、彼らがどうして自殺するのか、その理由を知らなければならないんだよ。教えてくれないかな」

「し、知らないよ。そんな……、あの子たちがみんな自殺したなんて、そんなこと知らなかったもん……」

少女の表情が変わっていた。先ほどまでの、怒気を孕《はら》んだきつい顔つきではない。その顔には紛れもない恐怖の色があった。

もはや逃げられる心配もないだろうと、青木は肘を放した。少女は解放されたことにも気づかない様子で、呆然《ぼうぜん》と立ち竦《すく》んでいる。青木は静かな声で、再度懇願した。

「話を聞かせてくれないかな。どんな話でも、黙って聞くから」

少女は困惑げに眉根《まゆね》を寄せたが、少し口を尖《とが》らせると「しょうがないな」と応じた。

「でもあたし、自殺の理由なんて知らないよ」

「それでもいい。彼らが何をやっていたか、それだけを教えてくれれば」

青木は言って、すぐ向かいの喫茶店に行こうと提案した。少女は完全に肚を据えたのか、こくりと頷くだけで何も言いはしなかった。

ビルの二階の喫茶店に落ち着いた。客はそれほど多くなく、両隣の座席は空いている。ゆっくり話をするには好都合だった。

テーブルを挟んで、改めて少女と向き直った。少女は自分の名を、「郁美《いくみ》」と名乗った。郁美は髪の毛を茶色に脱色し、肌もこの季節にしては不自然なほど焼けている。典型的な当世風の外見だった。

「怒んないって言ったよねー。絶対?」

郁美はまず、口を開くなりそう念を押してきた。

「ああ、約束するよ。たぶん君が心配するようなことは、すでに私も承知している。気にしないで喋《しゃべ》って欲しい」

「えーっ？　あたしが心配することって何よ」

「LSDのことじゃないのかい」

そのときだけは声を潜めた。郁美はびっくりしたように、目を丸くした。

「なんだ、知ってんのか。ビビって損した」

「LSDのことがばれたら困ると思って、君を捜している私を、人に頼んで痛めつけさせたんだね」

「怒ってんの？」

「怒ってはいない。確認したいだけだ」

「おじさんがあたしの写真なんか持ってうろうろするからだよ。そんなことされたら、誰だってやじゃん。少しは考えてよ」

郁美は悪びれた様子もなかった。青木はその開き直った態度に、思わず苦笑させられた。

「まあ、そのことはいいんだ。じゃあまず、米倉文哉《よねくらふみや》のことから聞かせてもらおうか」

「文哉のこと？　文哉の何よ」

「米倉文哉は、どこからあのビデオテープを手に入れたんだ。君からか」

「そうだけど……」

さすがに郁美も、ばつが悪そうに口籠った。自分のセックスの様子を見られたのが恥ずかしいのか、それとも恐喝の片棒を担いだことに気が咎《とが》めているのか。おそらく両方なのだろうと青木は判断した。

「あのテープはなんだ。誰が撮ったんだ」

質問を重ねたが、それには郁美はなかなか答えようとしなかった。ジュースのストローを吸いながら、上目遣いにこちらの様子を窺《うかが》っている。「どうなんだ」と念を押すと、ようやくぼそりと答えた。

「——永井」

「永井君？　永井君がどうしたんだ」

「だから、永井がビデオを撮ったんだってば」

「永井君が？」

思いがけない告白に、思わず青木は繰り返した。あのビデオを、子供たちの仲間のひとりが撮っていたとは想像もしなかった。セックスの様子などを記録することに、いったいどういう意味があったのか。

「なんのために？　なんで永井君がビデオを撮ったんだ」

「あたしもね、永井がビデオを撮ってるなんて知らなかったんだよ。Lでラリってたからさ。あいつ、あたしたちがラリってるのをいいことに、ビデオを撮ってやがったんだ。あー、むかつく」

Lというのが LSDのことらしい。そう納得して、青木は続けた。

「永井君は、そのビデオテープをどうするつもりだったんだ」

「それも後で聞いたんだけどさ。あいつ、テープを業者に売ってたんだよ」

「業者？　なんの業者」

「だからさ、裏ビデオの業者だよ」

「裏ビデオ」

予想もしない答えだった。中学生とLSDという組み合わせだけでもとうてい信じ難いのに、さらに裏ビデオなどという言葉まで飛び出してきた。彼らは何をやっていたのか。

「なんのために永井君はそんなことをしたんだ」

「そりゃ、もちろんお金のためでしょ。あたしも一応出演料をもらったけどさ、いい小遣い稼ぎにはなったからね」

郁美は自分がセックスをしている様子を裏ビデオとして売り出されても、さして腹を立てているわけではなさそうだった。青木の世代とはまったく別のところに、羞恥心《しゅうち》が存在するようだ。青木は少し頭が混乱した。

「優馬は……優馬はそのことを知っていたのか」

「さあ、知ってたんじゃない。あたしはわかんない」

郁美は投げやりに答えた。その瞬間、青木は忘れていたことを思い出した。優馬が死亡してすぐ、青木が部屋を調べてみると、大量のビデオテープが見つかった。それらはすべて、画像を消した後の空テープだった。あれは優馬が、裏ビデオを回収して始末した痕跡《こんせき》だったのではないだろうか。自分のビデオを勝手に市場に流された優馬は、それを恥じてなんとか消し去ろうとしていたのだ。

「永井君はどうして、そんなことまでしてお金を稼ごうとしたんだ」

「それがね、あいつ、変なんだよ」郁美は小首を傾げた。「あいつが金を欲しがったのは、Lを買うためなんだ。でもそうまでしてお金を稼いでも、あいつ自身はLをやろうとはしなかったんだよね。全部あたしたちにくれるんだ。どういうつもりだったんだか」

「あたしたち、というのは、君と優馬だけか」

「他にもいるよ。あたしのダチとか」

「園田君と水原君もか」

「そう」

郁美はあっさり肯定する。青木はさらに問うた。

「園田君と水原君も、その、君たちと、その、優馬と君がしていたような……」

「エッチ？　そうだよ。したよ」

「その様子も永井君は、ビデオに撮ったんだね」

「そうそう。中学生の乱交パーティーってことで、裏ビデオになってたから」

郁美の返答に、青木は眩暈《めまい》を覚えた。少女の告白は、こちらの想像を遥《はる》かに超えている。米倉文哉から受け取った写真を見ていてさえ、そんなことが行われていたとは考えもつかなかった。優馬ではなく、誰か別の人の素行について聞かされている気がした。

「そういうことをしようと、一番最初に持ちかけたのは誰なんだ。君は優馬たちと、どこで知り合ったんだ」

「最初はあたしのダチと、永井が知り合いだったんだよ。遊び友達だったみたい。で、永井のダチとも遊ぶようになったんだ。永井がただでLをくれるからさ。おじさん知らないだろうけど、Lやってエッチするとすんげーいいんだ」

「永井君はLSDをただでくれる理由を言ってなかったのかい」

「聞いてないよー。変な奴なんだよ、あいつ」

確かにそのとおりだった。郁美の言うとおり永井自身がLSDをやっていなかったのなら、彼の目的はビデオを撮ることにあったように見える。だが実際には、それは金を稼ぐための手段でしかなく、その金はLSDを買う資金だったという。永井はまったく矛盾した行動をとっていたと言わざるを得ない。

「ビデオの撮影場所はどこだったんだ」

「永井のマンションだよ。あいつの親、いつもいないんだって。そんで一時期は、けっこうあそこに集まってたよ」

やはりそうかと、青木は納得した。彼らがそんなことをするとすれば、親が留守がちの永井の家しかないだろうとは予想していた。永井の母親は、自分のいないところで子供たちが何をやっていたかを知ったら、どんな顔をするだろうか。

「他には？　君たちの仲間は、他にはいなかったんだね」

「男？　男はその四人だけだよ」

では、もうこれ以上自殺者は増えないと考えてもいいのだろうか。彼らの相次ぐ自殺の背景には、この秘密があったとしか考えられないのだが……。

「君は彼ら四人が次々自殺する理由には、まったく心当たりがないんだね」

「ないよ。みんな死んじゃったなんて、ぜんぜん知らなかったもん」

屈託なく郁美は答える。少年たちの連続自殺は、連日マスコミを賑《にぎ》わせているのだが、郁美は新聞やテレビのニュースなどは見ていないようだった。

これで彼らが隠している秘密はわかったように思う。だがそれでも、彼らが自殺する理由には辿《たど》り着けた気がしない。優馬たちの行動は、確かに恥じ入ってしかるべきものではあるが、次々に自殺する理由としてはいささか弱いような気がする。何がきっかけで、彼らは自ら命を絶つ決心をしたのか。その肝心の部分は、郁美から聞き出せそうにはなかった。

「永井君は、LSDをどこから手に入れていたか、知ってる?」

「さあ。でもLなんて、その辺で簡単に手に入るよ。永井って、けっこう顔広かったから、L売ってくれる相手くらい知ってたんでしょ」

「裏ビデオの業者もか」

「でしょうね」

青木は常磐暁子《ときわあきこ》が言っていた、永井に関する悪い噂《うわさ》を思い出した。永井はたちの良くない仲間と付き合っていると、常磐暁子は言った。あの噂は本当だったわけだ。

「米倉文哉は、優馬たちとは直接関係はなかったんだね」

「文哉はあたしの友達。あのね、おじさん。あたしは文哉があんなことをするなんて、ぜんぜん知らなかったんだよ。ホントだよ」

郁美は、そのときだけは語気を強めて強調した。青木はその言葉には嘘《うそ》がないだろうと判断した。

米倉文哉は青木から金を受け取ったとき、郁美と待ち合わせていたような様子はなかった。もし郁美も恐喝に加わっていたなら、金を手に入れた時点ですぐに落ち合っていたはずだ。そうしなかったのは、米倉文哉の単独行動であったという有力な傍証だった。

「米倉文哉も事故で死んだよね。あれについては、何か知ってることがないか」

「知らない」郁美は真顔で否定する。「文哉が死んだのも、何か関係があるの?」

逆に訊《き》き返されてしまった。青木はゆっくりと首を振った。

「わからない。私は関係があると思っているが」

「ねえ、おじさん。何があったの。あたしの知らないとこで、なんか変なことが起こってたんでしょ。やっぱそれって、ビデオのことが関係してるのかな」

尋ねられても、答えることはできなかった。その問いは、青木自身が郁美にぶつけたいものであった。

少年たちはなぜ死んだのか。永井の狙《ねら》いはいったいなんだったのか。米倉文哉の死は偶然か。

真相はすぐそこにあるような気がするのだが、すべてはまだ霧の中だった。青木はそのことに、強いもどかしさを覚えた。

さらにいくつもの質問を重ねたが、その後は目新しい情報を引き出すことはできなかった。郁美は演技ができるようなタイプには見えない。本当に少年たちの自殺については何も知らないようだった。

諦《あきら》めて、郁美を解放してやることにした。自分の名刺を渡し、郁美の連絡先も尋ねる。郁美は少し躊躇《ちゅうちょ》してから、ポケットベルの番号を教えてくれた。それにかけてくれれば、必ず折り返し連絡すると言う。青木はその言葉を信じて、手帳に郁美の言う番号を書き留めた。

「ところで、君は幾つなんだ」

席を立つ前に、ふと気になって尋ねてみた。すると郁美は、澄ました顔で答えた。

「あたし？　十四だよ」

つまり中学二年ということか。優馬たちと同じ年だ。青木はその事実に暗澹《あんたん》たるものを覚えながら、付き合ってくれた礼を言った。郁美は悪びれた様子もなく、「ご馳走様《ちそうさま》」と明るく応じて店を出ていった。

33

病室を覗《のぞ》くと、水原は窓際のベッドにひとり坐《すわ》っていた。両親の姿は見られない。そのことに青木は幸運を感じながら、中に入っていった。水原は窓の外に視線を向けていて、こちらには気づく気配もない。

「水原君」

声をかけると、水原はゆっくりと首《こうべ》を巡らせた。青木を見ても、さして驚いた気《け》振《ぶ》りも見せない。しばしじっと見つめてから、「ああ」と声を発した。

「おじさんか。そろそろ来る頃だろうと思ってたよ」

「少し元気になったと聞いたんでね。見舞いに来た」

「見舞い、ね」水原は意味ありげに言ってから、傍らの丸椅子を示した。「その辺に坐ってください」

「どうも」

言われるままに腰を下ろした。男の子の入院らしく、ベッドサイドには花瓶ひとつない。漫画が数冊と、ミステリー小説が一冊置いてあった。

「ミステリーは読むのかい」

「ええ、まあ、たまにですけど」

「翻訳物も読む？　ブラウン神父とかは読んだことあるかな」

「一冊だけありますよ」

「そうか。私はあのシリーズが一番好きでね。学生の頃にまとめて全巻読んだんだ」

「そうですか」

水原は興味なさそうに受け答えする。青木は持ってきた物を取り出した。

「退屈だろうと思ってね。小説を何冊か買ってきた。どういうのが好きなのかわからないから、いろんなジャンルのを買ってきたよ。とは言っても、堅苦しい純文学とかは入ってないから安心してくれ」

「すみませんね。気を使っていただいて」

「男の子だから、花なんかよりはこういう方がいいと思ってね」

「そこに置いといてください」

水原は素っ気ない口調だった。だが青木はそれに気を悪くすることなく、言われたとおり持ってきた本を漫画の上に積み上げた。

「具合はどうなのかな。精密検査でも、特に異常はなかったと聞いているけど」

「らしいですね。骨折だけです」

「だったら、近いうちに退院できるな」

「まあ、そうですね」

「良かったよ。その程度の怪我《けが》で」

青木は皮肉でなく言ったが、水原はそれに答えようとはしなかった。青木から視線を逸《そ》らし、掛け布団に目を落とす。少し顔色が良くないようにも見えるが、それ以外には変わった様子もなかった。水原は以前に会ったときと、まったく同じ態度だった。

「そんな話をするために来たんじゃないでしょう。あと三十分もしたら、お袋が来ますよ。言いたいことがあるならさっさと言ったらどうですか」

水原は掛け布団を見つめたまま、ぼそりと言った。青木は図星を指されて、苦笑いを浮かべた。

「まあ、そういうことなんだよ。少し君に話したいことがあった。特に返事をする必要はない。勝手に喋《しゃべ》るから、聞いていて欲しいんだ」

「ぼくがどうして自殺しようとしたか、訊きたいんじゃないんですか」

「たぶん、それについてはわかったと思うんだ」青木は淡々と言った。「だからそれが間違っていないかどうか、君に聞いて欲しい」

「わかったと思う、ですって？　なんでおじさんにそんなことがわかるんですか」

「わかったんだよ、私には。優馬が自殺して以来、いろいろ考えたんでね。ようやく君たちのやろうとしていたことが、わかった気がするんだ」

「じゃあ、聞きましょうか」

水原は大人びた口調で言って、青木の顔を見た。その視線には挑戦的な色があった。青木は冷静にそれを受け止め、語り始めた。

「米倉文哉、という人物については知っているよね。どうして私がその名を知っているかと思っただろうが、私のところにもあいつは脅迫の電話をしてきたんだよ。百万円を要求してきた。それで私は、あいつのことを知ったんだ」

「何を言ってるんですか。知りませんよ、そんな人のことは」

水原は顔の筋ひとつ動かさずに、そう答えた。青木はそれを無視して、続けた。

「米倉文哉はビデオテープを百万円で買ってくれと言ってきた。私はそれに応じた。でも金を取られるだけで済ますつもりはなかったので、テープを受け取った後もあいつのことを尾《つ》けてみた。すると素人の悲しさで、尾行が見つかってしまったんだ。米倉文哉は私に暴力を振るった。結局私は、米倉文哉が何者かもわからず、その上受け取ったビデオテープも壊してしまったんだ。だからテープの画像自体は、今もまだ見ていない」

言葉を切って水原の反応を窺《うかが》うと、わずかだが安堵《あんど》したようにも見えた。青木は先を急いだ。

「でも私は、テープにどのような画像が映っていたか、知ってたんだ。米倉文哉は画像が映ったテレビを写真に撮って、私に送りつけていたからね。その写真を手がかりに、郁美という女の子を見つけた。彼女は君たちがどんなことをしていたか、一部始終話してくれたよ」

「そのことを咎《とが》めに来たんですか。だとしたら、なんとでも言ってください。学校に言うなり、警察に通報するなり、好きにすればいい」

「そうじゃない。そんなことをする気はない。私がこの事件について調べているのは、ただ優馬がなぜ死んだのか知りたいからだ。君たちが知られたくないと思っていることを、世間に公表するためじゃない」

「……場所を変えましょうか。ここでできる話じゃなさそうだ」

水原は同室の入院患者の耳を気にして、青木にそう提案した。

「動けるのかい。無理はしない方がいい」

「大丈夫ですよ。もうすぐ退院するから、松葉杖《づえ》の練習をしておいた方がいいんだ。一応自力で動けますよ」

水原は足を吊《つ》っている紐《ひも》を外そうと、体を伸ばした。青木は立ち上がり、その手助けをした。ギプスに覆われた足を持ち上げ、ゆっくりと床まで下ろしてやる。水原は「すみません」と小さく言ってから、傍らに立てかけてある松葉杖に手を伸ばした。

自分で言うとおり、水原は青木の手を借りずに立ち上がった。ぎこちないが、なんとか自力で歩くことができるようだ。青木は半歩後ろから、水原の歩みを気を揉《も》みながら見守った。

「どこに行くつもりなんだ」

病室を出ると、水原はエレベーターホールへ向かおうとした。ホールのベンチも、見舞客が何人か坐っていた。落ち着いて話ができないのは同じはずだった。

「屋上へ行きましょう。屋上なら、人がいても会話は聞かれないはずだから」

「屋上？　大丈夫なのか」

「大丈夫ですよ」

水原は答える間も、一歩一歩踏みしめるように進んでいる。青木はその後を追うしかなかった。

エレベーターに乗って、最上階に上がった。そこからさらに、階段を使って屋上に出ると水原は言う。階段を上るときには、さすがに青木も肩を貸した。

脇《わき》の下に手を回して一歩一歩階段を上りながら、優馬もちょうどこれくらいの体格だったなと考えた。優馬は大きな怪我など一度もしたことのない子供だったので、このように手を貸してやる機会などなかった。水原の身長は、青木とほぼ同じくらいだった。つまり優馬もまた、いつの間にか青木に追いついていたことになる。そんなことすら、これまで実感したことはなかったのだ。青木はふと、胸が締めつけられるような感覚を覚えた。

「すみません。もう、いいです」

階段を上りきると、水原はすぐに言った。肩で息をしている。かなり疲れているようだが、それを口に出そうとはしなかった。「行きましょう」と言って、自分から屋上への扉を開いた。

風が冷たかった。そろそろ冬の気配が忍び寄り始める季節である。酔狂に屋上に出ているような患者や見舞客はいなかった。屋上はどこか閑散とした気配を漂わせていた。

水原は松葉杖を操って、フェンスまで辿《たど》り着いた。そこに体を凭《もた》せかけて、こちらに顔を向ける。青木は一メートルほど離れたところで立ち止まった。

「じゃあ、続きを聞きましょう。続けてください」

水原は感情の交じらない声で言った。青木は頷《うなず》いた。

「私が知ったことについて、いちいちここで指摘するつもりはない。そんなことは君自身が一番よく知っているはずだからだ。私が考えたのは、永井君の狙《ねら》いだった」

「永井の、狙い？」

「そう。ＬＳＤを用意して、乱交パーティーのお膳立《ぜんだ》てをしたのは永井君なんだろう。しかも彼は、それをビデオテープにまで撮っていた。彼の目的はいったいなんだったのか」

「おじさんはそれもわかったと言うんですか」

「わかったと思うよ。そのことについてはあまり自信はないんだけどね。私は永井君の性格をよく知らない。だからもしかしたら、とんでもなく的を外しているかもしれない。不当に彼の人格を貶《おとし》める推理をしているかもしれないんだ」

「いいですよ。ここにはぼくしかいないんだから。その推理を聞かせてください」

「うん。じゃあ、言おう。永井君が狙っていたのは、君たち成績上位者の追い落としなんじゃないかな。君も優馬も園田君も、永井君より成績が良かった。彼はいつも、君たち三人には敵《かな》わなかったんだ。そのことを、彼は密《ひそ》かに悔しく思っていた。そこで永井君は、君たちにＬＳＤなどという危険なことを教えた」

「おおむね合ってますよ。ぼくたちがつられたのはＬＳＤじゃないですけどね」

水原は潔《いさぎよ》く認めた。その顔つきは、すでに覚悟が固まった人間のものだった。水原はマンションの屋上から飛び降りたとき、いや、優馬が死んだときから、こういうときが来るのを覚悟していたのかもしれないと、青木は思った。

「LSDじゃなければ、女性か」

「そうです」水原は頷く。「恥ずかしい話ですけどね、ぼくたちは女の子とセックスができると聞いて、永井の誘いに乗りました。ぼくたち中学生にとっては、セックスは大きな問題ですからね。競争社会に抑圧されていたとか、そういう責任転嫁はしません。ただ、してみたかったんですよ」

「それはわかるよ。私も一応男だし、十四歳のときもあった。だからそのこと自体は咎めない。でもLSDはいただけないんじゃないか」

「非難しないんじゃなかったんですか。まあ、いいですよ。ぼくだってLSDは良くなかったと思ってる。LSDなんてやっていなければ、永井があんなビデオを撮っているのに気づかないなんてことはなかったんだ。後悔してますよ」

「じゃあ、どうして？」

「その場の雰囲気ですね。女の子に迫られて、少しやってみようよと言われれば、逃げるわけにはいかなかったんです。LSDそのものは、覚醒剤《かくせいざい》みたいに体に悪影響を与えることはないって聞いてましたしね。ともかくたばこを吸ってみるみたいな、ちょっとしたいたずら程度の認識しかありませんでした」

「LSDをやっていると、集中力が落ちるそうだね。そのせいで君たちは、三人揃《そろ》って成績が落ちたというわけだ」

「一回や二回じゃないですからね、LSDをやったのは。週に一回ほど永井の家に集まっては、そういうことをしていました。成績が落ちない方がおかしいですよ」

「つまり永井君の狙い通りになったというわけだね。永井君はそれを続けるためにも、LSDを買う資金を作る必要があった。そのせいで撮影したビデオを、業者に横流しした」

「知らなかったんですよ。永井がそんなことをしたなんて。でもあるとき、青木が出回っているビデオを見つけたんです。マンションに入ってきたチラシに、自分たちが写っていたと言って持ってきたんですよ。あのときの驚きは、今でも忘れられませんね」

青木は優馬が死んだ日に、自分が郵便受けから持ち帰ったチラシを思い起こした。ああいうチラシの中に、優馬のビデオも載っていたのだ。それを見つけたときの優馬の驚きは、いかばかりだったろうか。

「もともとね、ぼくたちは永井とそれほど親しいわけじゃなかったんだ。あいつはスポーツができますけど、ぼくも青木も園田も、そういうタイプじゃないですからね。永井は運動神経が鈍い人を、心の底で見下しているような奴だった。それがわかっていたから、あまり親しくしたくはなかったんだ」

「永井君にとっては、そんなに成績が大事だったんだろうか」

「そうなんでしょうね。学校の成績は、絶対評価じゃなく相対評価ですから。仮に東大に行けるほど頭が良くても、それ以上に頭がいい人間が十五人いれば、絶対に通知票で五は貰えない。どうしても五が欲しいと思ったら、自分の上の十五人を蹴落《けお》とすしかないんだ。まあ、普通はそう思っても実行しませんけど、永井は妙にプライドが高い奴でしたからね。ふだん見下している運動神経の鈍い奴らが、自分より成績上位でいることに我慢ならなかったんでしょう」

水原は淡々と、永井の心理を分析してみせた。おそらくそれは、真実を突いているのだろう。だが青木にしてみれば、やはり別の世界の論理を聞いているような感覚だった。そうだったのか、と膝《ひざ》を打って納得できる説明ではなかった。

「そんな相手とわかってても、誘いに乗ってしまったんだね、君たちは」

「馬鹿ですよ。ぼくたち三人は、あまり女の子にもてるタイプじゃなかった。サッカーや野球のようなかっこいいスポーツができなければ、女の子なんて見向きもしないですからね。だから永井のような奴に、女の子を紹介してやると言われれば、半信半疑でも期待しちゃうんですよ。まさかあいつが、あそこまでひどいことを考えているとは思わなかったから」

「優馬がチラシを持ってきたとき、どう思った？　腹が立ったかい？」

「そりゃ、そうです。許せないと思いましたよ」

「もう生きていけないと考えたんだろう。こんなビデオが出回ってしまっては、恥ずかしくて生きていくことはできない。死んだ方がましだ。そう考えたんだね」

「ええ。だから青木も園田も死んだんです。ぼくもね、すぐに後を追おうと思いました。間抜けにも生き残ってしまいましたけど」

「じゃあ、永井君はどうして死んだんだろう」

「自分の行動を恥じたんですよ、あいつも。ぼくたちが死ぬほど悩んでいたと知って、責任をとったんでしょう」

「そうかな」

青木は首を傾《かし》げた。水原は初めて顔色を変えた。

「そうかな、って、どういう意味ですか？　何が言いたいんですか」

「君はミステリーを読むと言ったよね。優馬もけっこう好きな方だった。さっき言ったように、私もね」

青木はゆっくりと言った。水原は怪訝《けげん》そうな顔をしている。青木が何を言い出したのか、わからずにいるのだろう。

「ミステリーには有名な逆説がある。木は森の中に隠せという奴だよ。知ってるよね」

念を押しても、水原は答えない。青木はかまわず続けた。

「君たちがやったのは、これなんだよ。普通はこんなこと、思いついたとしても実行しようとはしない。でも君たちは、自分の将来はもうないと思い詰めていた。だからこそ、こんな馬鹿馬鹿しい思いつきを実行に移せたんだね」

「ぼくたちが何をやったと言うんです」

水原の声は嗄《しわが》れていた。青木は一気に言った。

「隠したんだよ。死体をたくさんの死体の山の中に隠した、あの犯人のようにね。木は森の中に隠せ。他殺は自殺の中に隠せ」

「優馬や園田君が死んだのも、君が自殺しようとしたのも、すべて永井君は殺されたのだという事実を隠すためだった。実際、その狙いはうまくいったじゃないか。警察も親たちも、これだけ自殺が連続すれば、その中に他殺が混じっているとは考えもしなかった。全部自殺か、あるいは全部他殺としか思わないからね。あまりにも馬鹿馬鹿しい思いつきのために、君たちの狙いは成功していたんだよ」

水原は何も答えない。青木はかまわず先を急いだ。

「考えてみたんだ。君たちがどうしてこんなことをする気になったかを。私の感覚としては、ああいうビデオが出回ったところで、それはいっ時の恥と考えればいいと思う。事実女の子の方が、その辺は簡単に割り切って、将来は普通の結婚をしようと考えているようじゃないか。何も自殺するまで思い詰める必要はないんじゃないかと思うんだ。君たちはそこまで永井君のことが憎かったのか」

「わかってないですよ。おじさんはぜんぜんわかってない」水原は強く首を振った。「ぼくたちにとって、ああいうビデオが出回った時点で、将来は閉ざされたも同然なんです。そりゃ女はいいですよ。結婚すればそれですべて帳消しになると思ってるんだから。でもぼくたちはそうはいかない。ＬＳＤ吸って、乱交パーティーやってたなんてことが学校や警察にばれたら、それ以降ずっとそういうレッテルがついて回るんだ。高校はもちろんいいところには行けない。当然大学も駄目だし、就職だって絶望的だ。もう、終わってたんですよ」

「学歴だけが、生きていく上で必要なわけじゃないよ。現に私も、画才で食っている。生きていこうと思えば、どんなことをしてでも生きていけるんだ」

「それはおじさんたちの世代の話でしょう。ぼくたちは違うんだ。ひとつでも間違いを起こしたら、もうその時点でアウト。それがぼくたちに与えられた、厳しいルールなんだから」

水原は声を荒立てることなく、至極淡々と言った。とても中学二年生とは思えない、人生を見切った者の諦念《ていねん》が滲《にじ》んでいる。青木はなんとかその誤りを指摘したかったが、自分にそれができる自信はなかった。

「死ぬことはなかったんだ。君たちは残された者たちの気持ちを考えるべきだった」

「親のことでしょう？　考えましたよ。だからこういう手段をとったんじゃないですか。ぼくたちが普通に永井を殺して自殺したら、親たちは殺人を犯した子供たちの親ということになっちゃう。マスコミや世間は、したり顔でぼくたちの親を糾弾しますよ。そんなことにはさせたくなかった。親不孝な子供だとは思うけど、死んだ後まで迷惑をかけたくなかった。だからこそ、永井を殺すことは隠し続けたかったんだ」

水原の言葉に、青木は驚かされた。そこまでは推理していなかったのだ。子供たちはただ、自分の命を軽く考えていると思っていた。まさか親のことを心配して、今度の計画を練っていたとは。

「それでも、私はひと言相談して欲しかった。相談してくれれば、なんとかできるかもしれなかったのに」

「無駄ですよ。おじさんひとりに、この社会の仕組みをひっくり返すことなんてできないんだから。ぼくたちは永井を殺して死ぬしかなかった。それしか選択肢は残されていなかったんですよ」

「永井君を学校の屋上から突き落としたのは、君と園田君なんだね」

「そうです。青木が死んだことで、永井もけっこうビビってた。だから呼び出したら、素直に応じた。ぼくと園田は、永井を押さえつけてＬＳＤを服《の》ませた。以前に永井からもらったとき、隠しておいた奴をね。そうしたら永井はふらふらになって、簡単に突き落とすことができた。そう、ぼくと園田で永井を殺したんですよ。そのことについては、今でも反省していませんよ」

「……別に反省を促したいわけじゃない。君たちが思い詰めていたことは、もうよくわかったから」青木は自分がひどく疲れていることに、ふと気づいた。尋ねなければならないことは、まだいっぱいあった。「優馬の遺書が後から出てきたのは、あれはどういうことなんだ」

「青木はおじさんの性格をよくわかっていましたからね。もしおじさんが納得しないで調べ始めたら、あれを出してくれと言いました。ともかくぼくたちの計画では、青木の死が他殺と疑われてはおしまいだったんです。絶対に青木は自殺だと、はっきりわかる証拠が必要だった」

「最初から残しておかなかった理由は」

「多くを語ればボロが出ますからね。実際おじさんも、あの遺書を読んだってぜんぜん納得しなかったんでしょう理想は謎の自殺ということで片づけられることだったんです。おじさんさえこだわらなければ、うまくいったはずなのに」

「だから君は、」

「そうですよ。おじさんもこんなことは知らない方が良かったでしょう」

「そんなことはない。知らないよりは知っていた方がいい。私は優馬の親なんだからね」

水原は青木の言葉の意味まではわからないようだった。肩を軽く竦《すく》めると、投げやりに言った。

「他に、訊《き》きたいことは？」

「園田君は、遺書に暗号を残していたよ。『死にたくない』と遺書に書き残していた」

「あいつは弱いところがありましたからね。その点、一番に死んだ青木は勇気がありましたよ。この計画では、実際に永井を殺すぼくたちより、青木の方が怖かったはずだ。ぼくたちが後に続かなければ、無駄死ににになっちゃうんですからね。でも青木は、潔《いさぎよ》く死んだ。

だからぼくたちも、一度始めた計画は最後までやり通す必要があったんだ」

「まさかとは思うが、君が脅して園田君を無理矢理死なせたわけじゃないよな」

「脅したつもりはないですが、ビビった園田に少し活を入れてやりましたよ。青木がなんのために死んだのか、思い出させてやったんだ。それなのにあいつは、未練げに『死にたくない』なんて書き残してたんですか。まったく、駄目だな」

水原は顔を歪《ゆが》ませて舌打ちした。青木はそれを、開き直りというよりもやはり一種の諦念と見て取った。水原を始めとする子供たちが、ただ憐れに思えた。

「米倉文哉の事故死は、偶然などではないんだろう。奴は何者かに追われるように歩道に飛び出したと聞いている。米倉文哉を追いかけたのは、君たちか」

「一応言っておきますが、ぼくたちが殺したのは永井だけだ。米倉文哉は勝手に車道に飛び出して、轢《ひ》かれたんだ。追いかけたのかと訊かれれば、そうですと認めるけど、決して殺すつもりはなかったんですよ」

「ビデオテープを取り戻そうとしたんだね」

「ええ。あいつはあれをネタに、とんでもない要求をしてきましたから」

「要求」

「ええ。もう一度ビデオに出ろと、あいつはぼくたちに言ったんです。そんな要求、呑《の》めるわけないですよね。だからぼくたちは、少し刃物をちらつかせてあいつを脅した。そうでもしないと、あいつはテープを返してくれないと思ったから。ぼくたちだって怖かったんですよ」

水原の言葉に嘘《うそ》はないだろう。彼らが何人も人を殺して平然としているほど、ねじ曲がってしまっているとは思えない。米倉文哉の死に同情する気持ちは、青木も感じることはできなかった。

「……私は君たちのしたことを、馬鹿だったと思う。どうして他の解決案を見つけられなかったんだと、悔しく思うよ。でももうそれは、言っても仕方のないことだ。優馬も永井君も園田君も、真相が明らかになったからといって帰ってくるわけじゃない。だから私は、このことを自分ひとりの胸に納めようと思う。私さえ黙っていれば、真相は警察にもわからないだろう」

「言わないんですか、警察に？」

水原は驚いたように、青木をまじまじと見つめた。青木ははっきりと頷《うなず》いてみせた。

「そうだ。だから、水原君。君はもう死ぬ必要はない。三人死んで、君たちの目的は充分に達せられたはずだ。死んでいった三人のためにも、君だけはもう馬鹿なことはしないでくれ。それが言いたくて、私はやってきたんだ」

青木は水原に話しかけると同時に、死んだ優馬や永井、園田にも言い聞かせていた。

――なあ、そうだろう。水原君まで道連れにすることはないじゃないか。こんな悲惨な事件はもうたくさんだ。ひとりくらい生き残ったっていいじゃないか……。

だが水原は、青木の言葉に心を動かされた様子もなかった。

「駄目ですよ。それは駄目だ。青木も園田も死んだからこそ、ぼくだけおめおめと生き長らえることはできない。死んでいったふたりのためにも、ぼくは死ななきゃいけないんだ」

言うと同時に水原は、松葉杖を投げ捨ててフェンスにしがみついた。だが片足をギプスで固定されているため、その動きはあまり早くなかった。屋上に行こうと言われたときから、水原の行動を予測していた青木は、余裕を持ってその背中に追い縋《すが》ることができた。

「やめるんだ！」

叫んで、フェンスから引きずり下ろした。水原は尻餅《しりもち》をつき、呆然《ぼうぜん》と青木を見上げた。青木は膝《ひざ》をついて、正面から水原の顔を見た。

「馬鹿野郎」

声を浴びせて、平手で頬《ほお》を殴った。一回で済ます気はなかった。往復で何度も何度も、自分の手が痛くなっても水原の頬を張り続けた。本当はもっと早く、優馬に対してこうするべきだったのだと考えた。すると、どうにも込み上げてくる涙をこらえることができなかった。青木は泣きながら、「死ぬな！　死ぬなよ！」と叫んだ。

いつしか水原も、声を上げて泣きじゃくっていた。青木は手を休め、水原の頭に手を置いた。髪の毛がぐしゃぐしゃになるまで、頭を撫《な》で回してやった。

優馬、これで良かったろう。なあ、優馬……。

彼岸花が咲いていた。確か去年も咲いていたように記憶している。優馬の命日がやってくるこの季節は、彼岸花の季節でもあったのだ。これまで四季の花など意識したことのない青木だったが、これからは彼岸花の咲く時期だけは忘れないだろうと思った。来年も、再来年も、青木たち夫婦が優馬の墓参りに来る限りは……。

秋晴れだった。長い石段を上って、高台になっている墓所に出ると、雲ひとつない蒼《そう》穹《きゅう》が目の前に広がる。いい場所に葬ってやることができたなと、青木は改めて思った。優馬の死から一年経って、ようやく周囲の風景に目をやる余裕ができた。それを青木は、良いことだと積極的に考えた。あの事件を忘れることなどできないが、いつまでも思い悩むのは意味がない。

結局事件は、不可解な連続自殺ということでうやむやになった。ただひとり生き残った水原は、ＬＳＤの入手先を警察からしつこく訊《き》かれたようだったが、見知らぬ男から路上で買ったということで押し通してしまったようだ。平井刑事は納得できないように、いつまでも学校周辺をうろついていたようだが、やがてその姿も消えた。優馬たちのクラスメートは、半年後には卒業を迎えようとしていた。

透き通った空から目を転じ、水汲み場で手桶《ておけ》に水を溜《た》めた。柄杓《ひしゃく》を中に突っ込み、優馬の墓を目指す。美保子は供花《きょうか》を片手に、後についてきた。

優馬の墓石は、周囲の墓に比べてまだ真新しかった。それはあたかも、優馬の若い死を象徴しているかのようだった。青木は手桶から水を汲み、墓石を丁寧に洗ってやった。いつまでもここを、新しいままの姿で保っておいてやりたかった。

花を生け終えた美保子と、墓石を洗うのを替わった。青木は用意してきた線香にライターで火を点《つ》け、それを墓前に置いた。墓石の字をじっと見つめてから、静かに手を合わせた。

目を瞑《つぶ》っていても、横に美保子が並んで手を合わせているのがわかった。しばしそのままでいると、やがて美保子が話しかけてきた。

「優馬が死んでから、もう一年経ったなんて、嘘みたいね」

「……そうだな」

結局青木は、事件の真相を美保子に話さなかった。美保子はどうやら、青木が真相に達していることを薄々承知しているようだったが、あえて尋ねてこようとはしなかった。青木もまた、それでいいと思っている。いつか話す日が来ればすべてを打ち明けるが、それはいつのことかわからない。美保子が強く知りたいと望まない限り、優馬の遺志を尊重したいと青木は考えていた。

「水原君、進学しないんですってね。知ってた？」

「……いや、知らなかった」

驚いて、美保子の顔を見た。美保子は残念そうに続けた。

「就職するんですって。いたずら半分でＬＳＤなんかに手を出したことを、反省しているんでしょうね。せっかく成績が良かったのに、もったいない」

「まあ、水原君が自分で判断して決めたことなら、私たちがとやかく言うことじゃないよ」

「それもそうですけど……」

美保子は少し不満そうだった。もし優馬が生きていたなら、やはり優馬も進学を断念せざるを得なかったかもしれないと考えているのだろう。

青木の気持ちを言えば、水原を見逃してやったことが正しいことだったのか、今でも確信を持てずにいる。だから水原の決断に対して、何も言うことはできなかった。ただひとつだけ思うのは、それは水原なりの責任の取り方なのかもしれないということだ。あのとき青木は、学歴だけが生きていく上で必要なものではないと水原に言った。その言葉が少しでも届いてくれていたら、青木の行動も幾分かは意味があったことになるだろうと思った。

司直の手によって罰してもらったところで、当人が何も感じないのであれば意味はない。あの事件を子供たちが確信犯的に起こしたのである以上、青木としては水原本人に身の振り方を考えて欲しかった。突き放した言い方かもしれないが、自分の責を誰かに押しつけることなど不可能なのだ。水原がこれからの人生を自分の手で作り上げていこうと決意したのであれば、青木はそれが一番いいことだと考える。

墓石の周りのゴミを拾って帰ろうとしたときだった。ふと視界の隅に、人の姿を捉《とら》えた。顔を上げてみると、そこには意外な人物が立っていた。

常磐暁子だった。彼女は青木たちにぺこりと頭を下げると、ゆっくりと近づいてきた。

「ご無沙汰しています。もしかしたらお目にかかることになるかなと思ってました」

一年ぶりに聞く常磐暁子の声だったが、相変わらず大人びた口調だった。

「墓参りに来てくれたのかい」

「ええ。いいですか」

「もちろんだよ。どうぞ、お願いします」

体を引いて、墓石の前を空けた。常磐暁子は低頭すると、進み出て手にしている花を供えた。手を合わせて、長い時間瞑目《めいもく》していた。

「今日はあたし、青木君に報告することがあって、来たんです」

目を開けると、常磐暁子は青木たちに向かって言った。青木は少し美保子と顔を見合わせてから、尋ね返した。

「報告すること?」

「ええ。あたし、プロデビューが決まったんです」

「プロデビューって、歌手の?」

「そうです。四人のグループの中のひとりとしてですけど」

常磐暁子は、あの印象的な凛《りん》とした態度で言った。その言葉には、目的に向かって突き進む者の力強さが感じられた。

「そうか、それは良かった」

　青木は笑みを浮かべて、心から言った。この少女ならば、きっとこれからも自分の夢を叶《かな》えていくに違いない。青木は優馬が死んだあの日以来、初めて心弾む話を聞いたように思った。

「優馬もきっと喜ぶと思うよ。君がステージに立つ姿を、一度見せてやりたかったな」

「ええ。青木君には何度か励ましてもらったことがありました。だからこのことだけは、絶対に報告に来なきゃいけないと思ったんです」

　常磐暁子は、そう言って墓石の方に顔を振り向けた。その端整な横顔を見つめながら、青木は優馬に心の中で語りかけた。

　――馬鹿だな、優馬。お前があんなことに負けて死んだりしなければ、好きな女の子と喜びを分かち合うこともできたのに。まったくお前は馬鹿な奴だよ……。

　――わかってるよ、父さん。そんなに馬鹿馬鹿言わないでくれ。

　優馬の返事が聞こえたような気がした。青木が思わずニヤリと笑うと、常磐暁子も恥ずかしそうに微笑を浮かべた。

解説

フク

ミステリーと接する時、常に「この作品の《魅力》はどこだろう」と私は無意識のうちに考えている。

狭義の〝本格〟も〝ハードボイルド〟も〝サスペンス〟〝社会派〟も、全《すべ》てひっくるめて〝ミステリー〟と称され、その裾野《すその》の広がりと共に、エンタテインメント小説と等号として扱われつつある現在、〝ミステリー〟の《魅力》を固定された価値基準のみにて判断することは、無理があると同時に、勿体《もったい》ないことだと思うのだ。本格でないからダメだとか、感動出来ないからダメだとか、ロマンが感じられないからダメだとか。自分自身のモノサシを持つことは大切だと思うが、その基準だけに縛られてしまうと、新たな《魅力》を見落としてしまうことになりかねない。物語を楽しむと同時にその《魅力》を探し出す。それを見いだした瞬間こそが、読書における最大の悦《よろこ》びだと思う。

《魅力》と一口にいっても、それを感じるところは様々だ。何気ない伏線から驚愕《きょうがく》のエンディングを迎えるプロットの妙。溢《あふ》れていた謎《なぞ》がトリックの論理的解明によって収束する真相の鮮やかさ。登場人物の格好良さや、ひたむきさに共感して得られる充足。悪が正義によって滅ぼされるのを見る精神の快感。後味の良い、爽《さわ》やかなエンディングによる安心等々。これらの読後感全てが、私にとって作品の《魅力》になる。仮に多少の瑕疵《かし》が作品に存在したとしても、その《魅力》が上回っていた場合「ああ、面白かった」という感想を抱くことが出来る。

そんな私が物語の《魅力》として感じるものの一つに、時代、場所、登場人物、背景……等々の物語を進める装置を引っくるめた世界、即ち《舞台》というものがある。《舞台》の《魅力》は、読みはじめや、読んでいる途中では分からない。読み終えて、物語全体を振り返った時に初めて気付き、そしてじんわりと心に沁《し》み入って来る。読後、「この仕掛けをやりたかったが為《ため》に、この人物が（この時代が、この背景が）必要だったのか！」と気付いた時、その《舞台》そのものが、私にとっての《魅力》に転化する瞬間となる。手に取ったミステリーの最初の一ページを捲《めく》る時、「今度はどんな《舞台》と出会えるのだろう」という楽しみは、読書の原動力でもあるのだ。

さて『天使の屍《しかばね》』だ。本書は九三年『慟哭《どうこく》』（第四回鮎川《あゆかわ》哲也賞最終候補作品）にてデビューした貫井徳郎さんの四作目の長編にあたる。角川書店書き下ろし新本格ミステリーという叢書《そうしょ》の一冊として九六年に書き下ろされた。物語はこのように展開する。

イラストレーターの青木と妻の美保子。彼らの中学生の息子、優馬はテレビでの中学生のいじめによる自殺の報道を見て、「そんなつまんないことで死んで、どうするんだよ」と強い口調で言う。ところがその晩、優馬は「コンビニに行く」と言い残して家を出ると、そのまま近所のマンションから飛び降り自殺をしてしまう。突発した事態に愕然とする二人。優馬の部屋からは直筆の短い遺書が発見され、中身を消去された三十本以上のビデオテープが見つかった。更に青木は訪れた刑事から、優馬の死体からＬＳＤが検出されたことを知らされる。実は血の繋《つな》がっていない優馬の突然の死は、青木の父親としての自信を揺さぶる。青木は思い悩んだ末、息子の死の真相を探るために優馬と仲の良かった友人グループから話を聞いて回る。ところが話を聞いた生徒の一人が、学校の屋上から飛び降り、死亡したとの連絡が……。

この作品の《舞台》、それは円形に張り巡らされた三重の壁だ。

平穏無事な親子三人での暮らし。親から見れば「良い子」で全く自殺などとは縁の無さそうな息子、優馬が自ら死を選ぶ。ここで最初の壁「日常」が破壊され、主人公、青木は今までと別のステージへと否応《いやおう》なく進まされる。息子を唐突に喪《うしな》った親の哀《かな》しみが物語に溢れる。単なる親子の情愛を越え、男の意地を賭《か》けて真相を究明しようとする青木の前に厳然と立ちはだかるのが第二の壁「子供の論理」。この壁は高くそして堅固。息子が果たして何を考え、そして何が息子を死に追い立てたのか。息子の友人に話を聞くものの、彼らも壁を成すものの一部、力でも崩せず、情でも崩せない。大人たる青木にとっての異世界がこの内側に存在している。隙間を探して歩いてみても、円形の壁の周囲を一周してしまうに過ぎない。実は、更にその内側に第三の壁である「事件の真相」が存在しているのだが……。この第三の壁が、何故第二の壁の内側に構築されなければならなかったのか。それに気付いた時、周到に計算された《舞台》の凄さに改めて驚かされることになる。

ただ、三つの壁のうち最も注目されるのはやはり第二の壁「子供の論理」であろう。成績優秀な優等生たちが、自らの命を抛《なげう》つまでの決意に至るもの。受験戦争、学歴至上主義と呼ばれるものが産み落としてきた幻想が、大人の知らないうちに次世代の子供たちの内部で実体化し蔓延《まんえん》している現実を、本書では真っ向からとらえている。この論理は、青木に限らず、ある世代以上には、最後まで理解が出来ないかもしれない。私が理解出来たのは、実際の日本の子供たちが置かれている状況が、世の大人が言う綺麗事《きれいごと》で済まされないことを自分自身が既に肌で感じたことがあるから。子供の段階で、いや、子供の段階だからこそ、失敗は許されないのだ。これから本書に取り組む人は、是非とも「子供たちの言葉にならない叫び」に耳を傾けながら読んで欲しい。

蛇足になるかもしれないが、他の作品においても貫井さんは実にしっかりとした《舞台》を創り上げている。例えば、新興宗教にのめり込む父親。腐敗した警察。超法規的措置で悪人に対処する男たち。〝明詞〟を舞台に展開する不思議な事件。ごく普通の日常で発生する毒殺事件。心臓移植を受けた青年。作品ごと、シリーズごとに異なる切り口の《舞台》を使い分けた上で、仕掛けがしっかりと補強されている。是非とも貫井さんの創《つく》る《舞台》の妙、他の作品でも味わってみてはいかがだろうか。

UNCHARTED SPACE（国産ミステリー書評サイト）主宰
http://www.din.or.jp/~fukuda/

本書は、平成八年十一月に小社より単行本として刊行されました。

天使《てんし》の屍《しかばね》

貫井《ぬくい》徳郎《とくろう》

角川文庫　11499

平成十二年五月二十五日　初版発行
平成十五年八月二十五日　八版発行

発行者――田口恵司

発行所――株式会社角川書店
東京都千代田区富士見二―十三―三
電話　編集(〇三)三二三八―八五五五
　　　営業(〇三)三二三八―八五二一
〒一〇二―八一七七
振替〇〇一三〇―九―一九五二〇八

印刷所――暁印刷　製本所――コオトブックライン

装幀者――杉浦康平

本書の無断複写・複製・転載を禁じます。

落丁・乱丁本はご面倒でも小社受注センター読者係にお送りください。送料は小社負担でお取り替えいたします。

定価はカバーに明記してあります。

©Tokuro NUKUI 1996 Printed in Japan

ぬ 2-1　ISBN4-04-354101-5　C0193

角川文庫発刊に際して

角川源義

第二次世界大戦の敗北は、軍事力の敗北であった以上に、私たちの若い文化力の敗退であった。私たちの文化が戦争に対して如何に無力であり、単なるあだ花に過ぎなかったかを、私たちは身を以て体験し痛感した。西洋近代文化の摂取にとって、明治以後八十年の歳月は決して短かすぎたとは言えない。にもかかわらず、近代文化の伝統を確立し、自由な批判と柔軟な良識に富む文化層として自らを形成することに私たちは失敗して来た。そしてこれは、各層への文化の普及滲透を任務とする出版人の責任でもあった。

一九四五年以来、私たちは再び振出しに戻り、第一歩から踏み出すことを余儀なくされた。これは大きな不幸ではあるが、反面、これまでの混沌・未熟・歪曲の中にあった我が国の文化に秩序と確たる基礎を齎らすためには絶好の機会でもある。角川書店は、このような祖国の文化的危機にあたり、微力をも顧みず再建の礎石たるべき抱負と決意とをもって出発したが、ここに創立以来の念願を果すべく角川文庫を発刊する。これまで刊行されたあらゆる全集叢書文庫類の長所と短所とを検討し、古今東西の不朽の典籍を、良心的編集のもとに、廉価に、そして書架にふさわしい美本として、多くのひとびとに提供しようとする。しかし私たちは徒らに百科全書的な知識のジレッタントを作ることを目的とせず、あくまで祖国の文化に秩序と再建への道を示し、この文庫を角川書店の栄ある事業として、今後永久に継続発展せしめ、学芸と教養との殿堂として大成せんことを期したい。多くの読書子の愛情ある忠言と支持とによって、この希望と抱負とを完遂せしめられんことを願う。

一九四九年五月三日

角川文庫ベストセラー

夜の海に瞑《ねむ》れ　香納諒一

癌を患う老ヤクザが、死期迫るなか危険な駆け引きを試みた。裏切りと策謀の裏社会を舞台に、新たなるロマンの楔《くさび》を打ちこむ、香り高き冒険小説。

RIKO―女神の永遠―　柴田よしき

巨大な警察組織に渦巻く性差別や暴力。刑事・緑子《りこ》は女としての自分を失わず、奔放に生き、敢然と事件を追う！　第十五回横溝正史賞受賞作。

蒼穹の射手　鳴海章

極秘の改造で夜間対地攻撃と核装備の能力を付与された航空自衛隊イーグル戦闘機。そのパイロットとして選抜された男たちの過酷な任務と運命。

幸福荘の秘密
続・天井裏の散歩者　折原一

怪しげな人間ばかりが集まる館に残された一枚のフロッピー…。創作なのか、現実なのか――九転十転のドンデン返しで贈る究極の折原マジック！

特急しおかぜ殺人事件　西村京太郎

宝石店の女社長が、お遍路姿で失踪した！　遍路霊場の地、四国で起こる連続殺人事件に、十津川警部の推理が冴える。長編トラベル・ミステリー。

密室
ミステリーアンソロジー
姉小路祐、有栖川有栖
岩崎正吾、折原一
二階堂黎人、法月綸太郎
山口雅也、若竹七海

鍵の掛かった部屋だけが密室ではない。あらゆる場所が、密室状況になる可能性を秘めている。八人の作家による八つの密室の競演！

誘拐
ミステリーアンソロジー
有栖川有栖・五十嵐均
折原一・香納諒一
霞流一・法月綸太郎
山口雅也・吉村達也

攫う、脅す、奪う、逃げる！　サスペンスの要素ぎっしりの〝誘拐〟ミステリーに全く新たなスタイルを生み出した気鋭八作家の傑作アンソロジー。

角川文庫ベストセラー

傭兵《ようへい》たちの挽歌《ばんか》　全二冊　大藪春彦

卓越した射撃・戦闘術をもつ片山健一は、赤軍極東部隊の殲滅を命じられた。その探索中、彼の家族を奪った者と赤軍との繋りをつきとめるが……。

非情の女豹　大藪春彦

美しくセクシャルな殺人機械・小島恵美子。国際秘密組織に籍を置く彼女の仕事は、悪辣な権力者への復讐を請け負うことだ。女豹の肢体が躍る！

女豹の掟　大藪春彦

あの国際秘密組織スプロの殺人機械・小島恵美子が再び日本に戻ってきた！　初めて敗北し肉体の悦楽を教えられた男、伊達邦彦に会うために——。

長く熱い復讐《ころし》　全二冊　大藪春彦

過去を喪くした男—囚人第七二三号、鷲尾進。俺は一体誰なのか。俺はなぜ〝人殺し〟となったのか。壮絶なまでの血ぬられた復讐劇が幕をあける。

黒豹の鎮魂歌　全三冊　大藪春彦

父と母そして妹までも巨大企業と政府高官との謀略の生贄とされた新城彰に、激しく燃え立つ復讐の炎。血塗られた戦いが始まった。

アスファルトの虎《タイガー》　I〜XIV　大藪春彦

混血のテスト・ドライバー兼自動車ジャーナリスト、高見沢優。目指すはF1グランプリの覇者になることだ。素晴らしき〝背徳の虎〟の伝説。

凶獣の罠　大藪春彦

F1ドライバー・高見沢優が安らぎを求め日本に戻ってきた。だが彼を待ち受けていたのは、金髪娘の微笑と冷たく光るマカロフPMの銃口だった。

角川文庫ベストセラー

血の抗争
大藪春彦

裏切りと罠。対立する組織の狭間で、しがらみから逃れられず抗争に巻き込まれていく。果てしなく続く争いの中で、男たちは感情を捨てた――。

餓狼の弾痕
大藪春彦

汚く金儲けした奴らから、ハゲタカのように金を奪う端正でクールな凶獣の軌跡――。現代犯罪の盲点を突いた意欲作！

アンジェリーナ
佐野元春と十の短編

小川洋子

トウシューズを拾った僕は持ち主を待つ―アンジェリーナ。佐野元春の代表曲にのせて小川洋子が胸に奏でる無垢で美しい十の恋物語。

妖精が舞い下りる夜
小川洋子

書きたいと強く願った少女が母となり、芥川賞作家になった日々。幸せと悲しみに揺れる人の心の奥をすくいとる静謐な情熱にみちたエッセイ集。

アンネ・フランクの記憶
小川洋子

少女の頃から「アンネの日記」に大きな影響を受けてきた著者が、そのゆかりの人と土地をたずねて書き下ろした魂をゆさぶるノンフィクション。

刺繍する少女
小川洋子

母のいるホスピスの庭で、うず高く積まれた古着の前で、大学病院の待合室で、もう一人の私が見えてくる。恐ろしくも美しい愛の短編集。

FISH OR DIE《フイッシュ・オア・ダイ》
奥田民生

ユニコーン解散の真相からソロ・デビュー、そしてパフィのプロデュースまで。初めて自らを語った一冊。迷わず読めよ、読めばわかるさ！

角川文庫ベストセラー

妖しき瑠璃色《るり》の魔術
三色の悲劇③
吉村達也
事件の捜査に烏丸ひろみ刑事が投入。だが、現れたのは前作『哀しき檸檬色の密室』の犯人が……！　衝撃の真相は巻末の〝瑠璃色ページ〟に！

「巴里《パリ》の恋人」殺人事件
ワンナイトミステリー
吉村達也
地味な性格で友人もおらず、独り暮しのOL山添亜希子が初めて恋した相手は上司。だが、彼はホテルで死体となって……。鷲尾康太郎警部登場！

「カリブの海賊」殺人事件
ワンナイトミステリー
吉村達也
「カリブの海賊」と呼ばれ活躍中のボクサー、カルロス山東と対談するため、バハマに飛んだ推理作家の朝比奈耕作。が、そのカルロスが死体に！

「香港の魔宮」殺人事件
ワンナイトミステリー
吉村達也
女だって出世したい！　たとえ人を殺してでも…。人生の成功を賭けて香港へ来た沢村麻希だったが、野心の陰で彼女は…。精神分析医氷室想介登場！

西銀座殺人物語
吉村達也
ピザとビザを間違えている社長、勤続二十年の記念休暇をきっかけに変身をはかろうとした男の失敗、等々……笑いと恐怖のミステリー短編集！

出雲信仰殺人事件
吉村達也
都心の高層ホテルの一室に死体がひとつ、毒蛇が八匹！　日本神話のヤマタノオロチ伝説を連想させる衝撃の毒殺事件がすべてのはじまりだった！

ハロウィンに消えた
佐々木譲
日本企業が軋轢を生みだすシカゴ郊外で、ハロウィンの日、戦慄の事件が起きた——。日本経済の崩壊を暗示したハードサスペンス!!

角川文庫ベストセラー

謀将 直江兼続(上)(下)　南原幹雄

宿願の豊臣家覆滅を果たした家康にも徐々に老衰が忍び寄っていた。敗軍の将・直江が次に考えていた秘策とはなにか——。雄渾の大型歴史小説。

卍屋龍次無明斬り　鳴海丈

美貌の青年・龍次は、閨房で男女が使用する淫具を扱う卍屋である。彼から性具を買う行為に女達は酔い、次々と裸身を開く。官能時代小説第一弾。

卍屋龍次地獄旅　鳴海丈

幼い頃別れた幻の女〈おゆう〉の面影を求めて卍屋・龍次の旅は続く。女達との情事を繰り返しながら……。殺陣《アクション》と女悦《エロス》の曼荼羅、いよいよ佳境!!

その名は町野主水　中村彰彦

戊辰の戦役で辛くも生きながらえた町野主水《まちのもんど》は会津の名誉回復と復興のため奔走する。「最後の会津武士」の激しい生きざまと苦悩を描いた力作長編。

闘将伝 小説 立見鑑三郎　中村彰彦

桑名藩雷神隊の立見鑑三郎は冷静かつ大胆な戦術で数々の劣勢を勝ち戦に転じた。不屈の闘志で戊辰、西南、日清、日露の戦場を疾駆した名将の生涯。

もの食う人びと　辺見庸

飽食の国を旅立って、飢餓、紛争、大災害、貧困の世界にわけ入り、共に食らい、泣き、笑った壮大なる「食」の人間ドラマ。ノンフィクションの金字塔。

不安の世紀から　辺見庸

価値系列なき時代の不安の正体を探り、現状に断固「ノー!」と叫ぶ、知的興奮に満ちた対論ドキュメント。「いま」を撃ち、未来を生き抜く!

角川文庫ベストセラー

新版 いちずに一本道 いちずに一ッ事 相田みつを

現代人の心をつかみ、示唆と勇気を与える「相田みつを」の生涯を、未発表の書と共に綴った唯一の自伝。美しいろうけつを満載、超豪華版の初文庫。

死者の学園祭 赤川次郎

立入禁止の教室を探検する三人の女子高生。彼女たちは背後の視線に気づかない。そして、一人一人、この世から消えていく…。傑作学園ミステリー。

人形たちの椅子 赤川次郎

工場閉鎖に抗議していた組合員の姿が消えた。疑問を持った平凡なOLが、仕事と恋に揺れながらも、会社という組織に挑む痛快ミステリー。

素直な狂気 赤川次郎

借りた電車賃を返そうとする若者。それを受け取ると自らの犯行アリバイが崩れてしまう……。日常に潜むミステリーを描いた傑作、全六編。

輪舞《ロンド》—恋と死のゲーム— 赤川次郎

様々な喜びと哀しみを秘めた人間たちの、出逢いやすれ違いから生まれる愛と恋の輪舞《ロンド》。オムニバス形式でつづるラヴ・ミステリー。

静かなる良人 赤川次郎

夫が自宅で殺された。平凡だけれどもいい人だったのになぜ？　夫の生前を探るうちに思いもかけない事実が次々とあらわれはじめた！

眠りを殺した少女 赤川次郎

正当防衛で人を殺してしまった女子高生。誰にも言えず苦しむ彼女のまわりに奇怪な出来事が続発、事件は思わぬ方向へとまわりはじめる……。